中 島 敦

『李陵』初版本の表紙（昭和二十一年二月 小山書店刊）

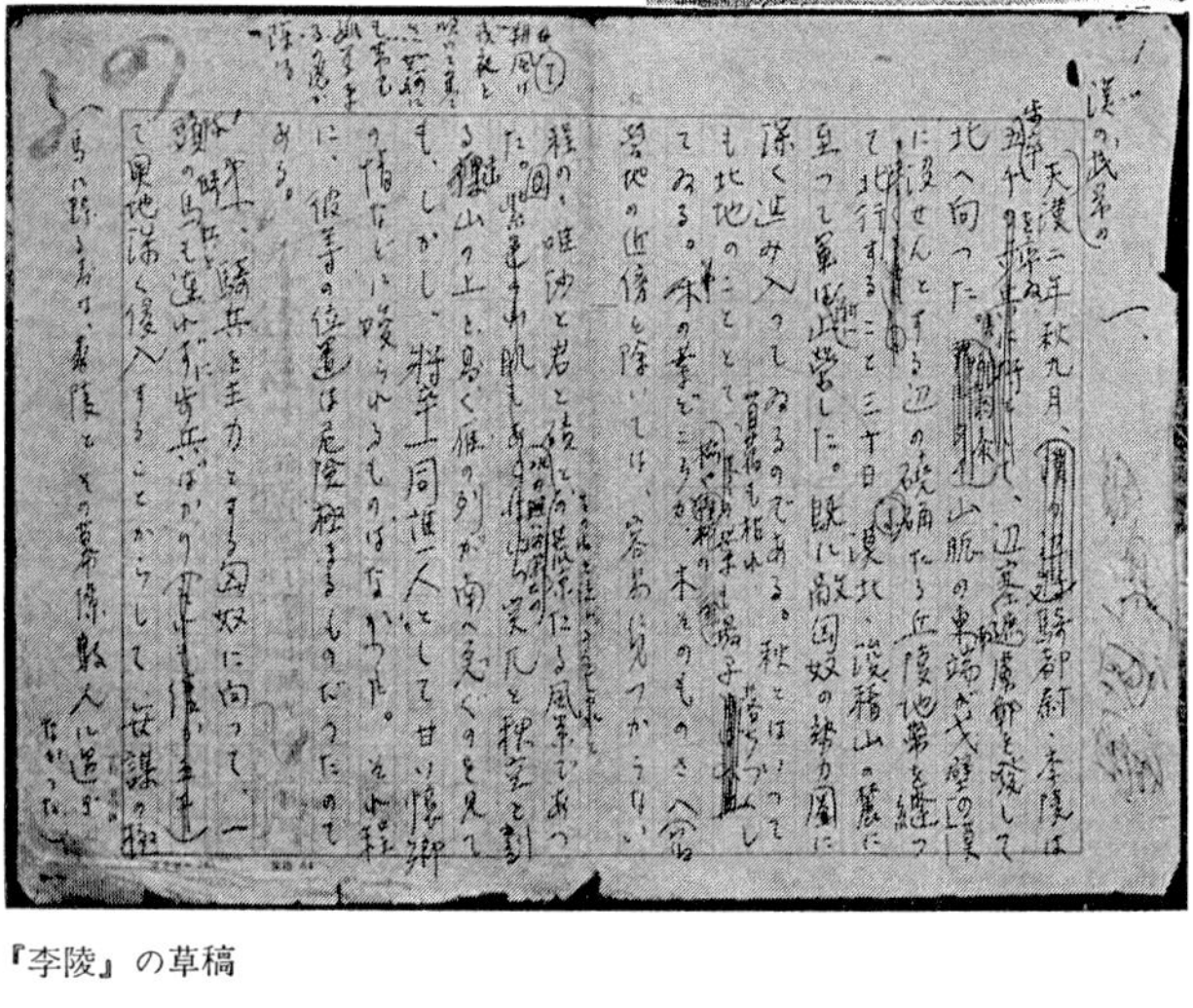

『李陵』の草稿

李陵・山月記

弟子・名人伝

中島 敦

角川文庫
294

本書は、現代表記法により、原文を新字・新かなづかいにしたほか、漢字の一部をひらがなに改めた。

（編集部）

目次

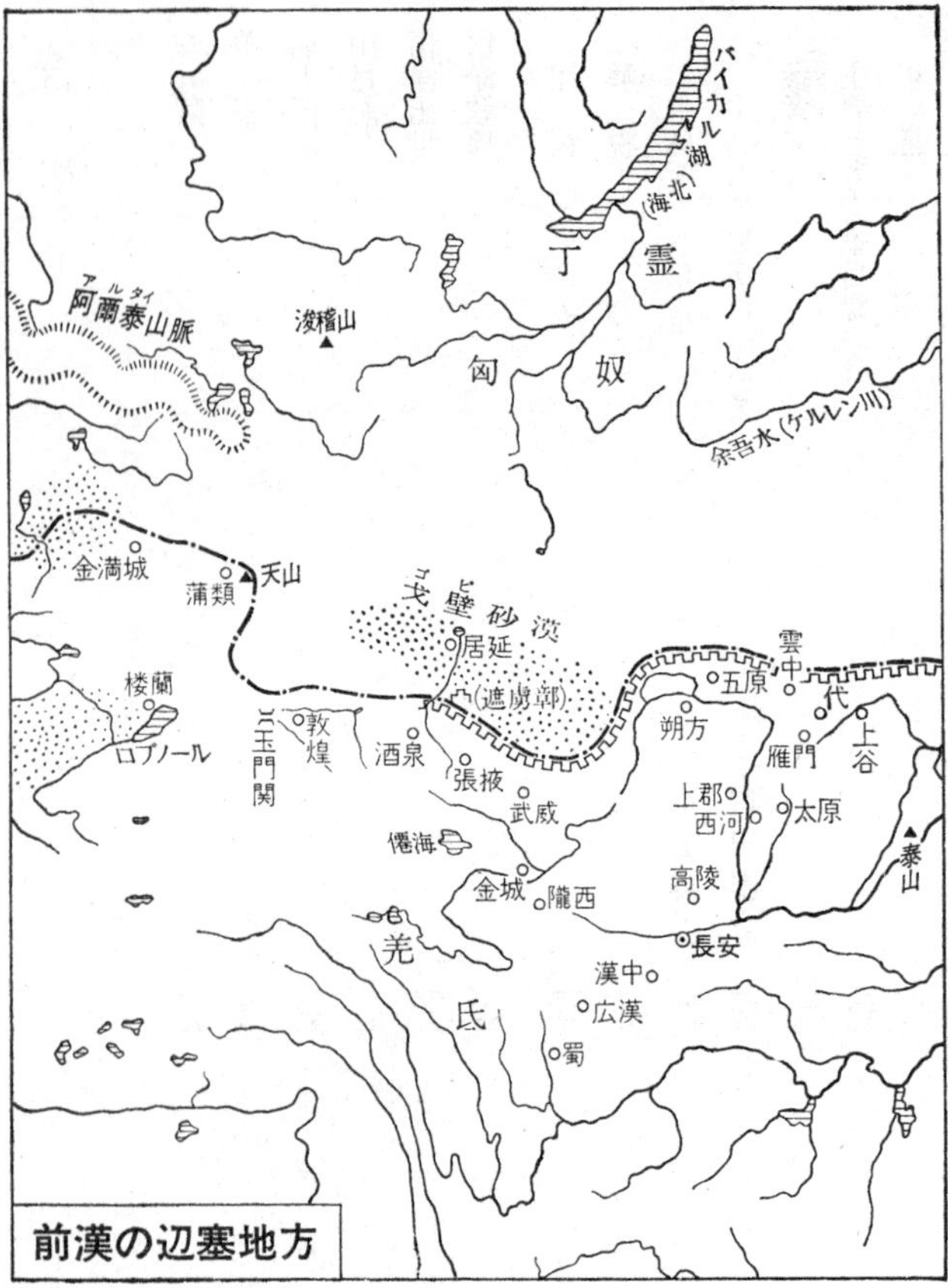
前漢の辺塞地方
バイカル湖
(北海)
丁
霊
匈
奴
阿爾泰《アルタイ》山脈
浚稽山
余吾水(ケルレン川)
金満城
蒲類
天山
戈壁《ゴビ》砂漠
居延
(遮虜鄣)
雲中
五原
代
上谷
朔方
雁門
楼蘭
ロプノール
玉門関
敦煌
酒泉
張掖
武威
上郡
西河
太原
泰山
僊海
金城
隴西
高陵
長安
羌
氐
漢中
広漢
蜀

「李陵」関係地図

李陵

一

漢《かん》の武帝《ぶてい》*の天漢《てんかん》二年秋九月、騎都尉《きとい》・李陵《りりょう》は歩卒五千を率い、辺塞遮虜鄣《へんさいしゃりょしょう》を発して北へ向かった。阿爾泰《アルタイ》山脈の東南端が戈壁《ゴビ》沙漠《さばく》に没せんとする辺の磽确《こうかく》たる丘陵地帯を縫って北行すること三十日。朔風《さくふう》*は戎衣《じゅうい》を吹いて寒く、いかにも万里孤軍来たるの感が深い。漠北《ばくほく》・浚稽山《しゅんけいざん》の麓《ふもと》に至って軍はようやく止営した。すでに敵匈奴《きょうど》*の勢力圏に深く進み入っているのである。秋とはいっても北地のこととて、苜蓿《うまごやし》も枯れ、楡《にれ》や檉柳《かわやなぎ》の葉ももはや落ちつくしている。木の葉どころか、木そのものさえ（宿営地の近傍《きんぼう》を除いては）、容易に見つからないほどの、ただ砂と岩と磧《かわら》と、水のない河床との荒涼たる風景であった。極目人煙を見ず、まれに訪れるものとては曠野《こうや》に水を求める羚羊《かもしか》ぐらいのものである。突兀《とっこつ》と秋空を劃《くぎ》る遠山の上を高く雁《かり》の列が南へ急ぐのを見ても、しかし、将卒一同誰《だれ》一人として甘い懐郷の情などに唆《そそ》られるものはない。それほどに、彼らの位置は危険極《きわ》まるものだったのである。

騎兵を主力とする匈奴に向かって、一隊の騎馬兵をも連れずに歩兵ばかり（馬に跨《また》がる者は、李陵とその幕僚《ばくりょう》数人にすぎなかった）で奥地深く侵入することからして、無謀の極《きわ》みというほかはない。その歩兵も僅《わず》か五千、絶えて後援はなく、しかもこの浚稽山《しゅんけいざん》は、最も近い漢塞《かんさい》の居《きょ》延《えん》からでも優に一千五百里（支那里程）は離れている。統率者李陵への絶対的な信頼と心服とがなかったならとうてい続けられるような行軍ではなかった。

毎年秋風が立ちはじめると決《きま》って漢の北辺には、胡馬《こば》に鞭《むち》うった剽悍《ひょうかん》な侵略者の大部隊が現われる。辺吏が殺され、人民が掠《かす》められ、家畜が奪略される。五原《ごげん》・朔方《さくほう》・雲中《うんちゅう》・上谷《じょうこく》・雁門《がんもん》などが、その例年の被害地である。大将軍衛青《えいせい》・嫖騎《ひょうき》将軍霍去病《かくきょへい》の武略によって一時漠南《ばくなん》に王庭なしといわれた元狩《げんしゅ》以後元鼎《げんてい》へかけての数年を除いては、ここ三十年来欠かすことなくこうした北辺の災いがつづいていた。霍去病《かくきょへい》が死んでから十八年、衛青《えいせい》が歿《ぼっ》してから七年。浞野侯《さくやこう》趙破奴《ちょうはど》は全軍を率いて虜《ろ》に降《くだ》り、光禄勲徐自為《こうろくくんじょじい》の朔北《さくほく》に築いた城障もたちまち破壊される。全軍の信頼を繋《つな》ぐに足る将帥《しょうすい》としては、わずかに先年大宛《だいえん》を遠征して武名を挙《あ》げた弐師《じし》将軍李広《りこう》利《り》*があるにすぎない。

その年——天漢二年夏五月、——匈奴《きょうど》の侵略に先立って、弐師将軍が三万騎に将として酒泉《しゅせん》を出た。しきりに西辺を窺《うかが》う匈奴の右賢王《うけんおう》を天山に撃とうというのである。武帝は李陵に命じてこの軍旅の輜重《しちょう》*のことに当たらせようとした。未央宮《びおうきゅう》*の武台殿《ぶだいでん》に召見された李陵は、しかし、極力その役を免ぜられんことを請うた。陵は、飛将軍《ひしょうぐん》と呼ばれた名将李広《りこう》の孫。つとに祖父の風ありといわれた騎射《きしゃ》の名手で、数年前から騎都尉《きとい》として西辺の酒泉《しゅせん》・張掖《ちょうえき》に在《あ》って射《しゃ》を教え兵を練っていたのである。年齢もようやく四十に近い血気盛りとあっては、輜重《しちょう》の役はあまりに情けなかったに違いない。臣が辺境に養うところの兵は皆荊楚《けいそ》*の一騎当千の勇士なれば、願わくは彼らの一隊を率いて討って出《い》で、側面から匈奴の軍を牽制《けんせい》したいという陵の嘆願には、武帝も頷《うなず》くところがあった。しかし、相つづく諸方への派兵のために、あいにく、陵の軍に割《さ》くべき騎馬の余力がないのである。李陵はそれでも構わぬといった。確かに無理とは思われたが、輜重《しちょう》の役などに当てられるよりは、むしろ己《おのれ》のために身命を惜しまぬ部下五千とともに危うきを冒《おか》すほうを選びたかったのである。臣願わくは少をもって衆を撃たんといった陵の言葉を、派手《はで》好きな武帝は大いに欣《よろこ》んで、その願いを容《い》れた。李陵は西、張掖《ちょうえき》に戻って部下の兵を勒《ろく》するとすぐに北へ向けて進発した。当時居延《きょえん》に屯《たむろ》していた彊弩都尉《きょうどとい》路博徳《ろはくとく》が詔を受けて、陵の軍を中道まで迎えに出る。そこまではよかったのだが、それから先がすこぶる拙《まず》いことになってきた。元来この路博徳《ろはくとく》という男は古くから霍去病《かくきょへい》の部下として軍に従い、邳離侯《ふりこう》にまで封ぜられ、ことに十二年前には伏波《ふくは》将軍として十万の兵を率いて南越《なんえつ》*を滅ぼした老将である。その後、法に坐《ざ》して侯を失い現在の地位に堕《お》とされて西辺を守っている。年齢からいっても、李陵とは父子ほどに違う。かつては封侯《ほうこう》をも得たその老将がいまさら若い李陵ごときの後塵《こうじん》を拝するのがなんとしても不愉快だったのである。彼は陵の軍を迎えると同時に、都へ使いをやって奏上させた。今まさに秋とて匈奴《きょうど》の馬は肥え、寡兵《かへい》をもってしては、騎馬戦を得意とする彼らの鋭鋒《えいほう》には些《いささ》か当たりがたい。それゆえ、李陵とともにここに越年し、春を待ってから、酒泉《しゅせん》・張掖《ちょうえき》の騎各五千をもって出撃したほうが得策と信ずるという上奏文である。もちろん、李陵はこのことをしらない。武帝はこれを見ると酷《ひど》く怒った。李陵が博徳と相談の上での上書と考えたのである。わが前ではあのとおり広言しておきながら、いまさら辺地に行って急に怯気《おじけ》づくとは何事ぞという。たちまち使いが都から博徳と陵の所に飛ぶ。李陵は少をもって衆を撃たんとわが前で広言したゆえ、汝《なんじ》はこれと協力する必要はない。今匈奴が西河《せいが》に侵入したとあれば、汝《なんじ》はさっそく陵を残して西河に馳《は》せつけ敵の道を遮《さえぎ》れ、というのが博徳への詔である。李陵への詔には、ただちに漠北《ばくほく》に至り東は浚稽山《しゅんけいざん》から南は竜勒水《りょうろくすい》の辺までを偵察観望し、もし異状なくんば、浞野侯《さくやこう》の故道に従って受降城《じゅこうじょう》に至って士を休めよとある。博徳と相談してのあの上書はいったいなんたることぞ、という烈《はげ》しい詰問《きつもん》のあったことは言うまでもない。寡兵《かへい》をもって敵地に徘徊《はいかい》することの危険を別としても、なお、指定されたこの数千里の行程は、騎馬を持たぬ軍隊にとってははなはだむずかしいものである。徒歩のみによる行軍の速度と、人力による車の牽引《けんいん》力と、冬へかけての胡地《こち》の気候とを考えれば、これは誰にも明らかであった。武帝はけっして庸王《ようおう》ではなかったが、同じく庸王ではなかった隋《ずい》の煬帝《ようだい》*や始皇帝《しこうてい》*などと共通した長所と短所とを有《も》っていた。愛寵《あいちょう》比なき李《り》夫人の兄たる弐師《じし》将軍にしてからが兵力不足のためいったん、大宛《だいえん》から引揚げようとして帝の逆鱗《げきりん》にふれ、玉門関《ぎょくもんかん》をとじられてしまった。その大宛征討も、たかだか善馬がほしいからとて思い立たれたものであった。帝が一度言出したら、どんな我儘《わがまま》でも絶対に通されねばならぬ。まして、李陵の場合は、もともと自《みずか》ら乞《こ》うた役割でさえある。（ただ季節と距離とに相当に無理な注文があるだけで）躊躇《ちゅうちょ》すべき理由はどこにもない。彼は、かくて、「騎兵を伴わぬ北征」に出たのであった。

浚稽山《しゅんけいざん》の山間には十日余留《とど》まった。その間、日ごとに斥候《せっこう》を遠く派して敵状を探ったのはもちろん、附近の山川地形を剰《あま》すところなく図に写しとって都へ報告しなければならなかった。報告書は麾下《きか》の陳歩楽《ちんほらく》という者が身に帯びて、単身都へ馳《は》せるのである。選ばれた使者は、李《り》陵《りょう》に一揖《いちゆう》*してから、十頭に足らぬ少数の馬の中の一匹に打跨《うちまたが》ると、一鞭《ひとむち》あてて丘を駈下《かけお》りた。

灰色に乾いた漠々《ばくばく》たる風景の中に、その姿がしだいに小さくなっていくのを、一軍の将士は何か心細い気持で見送った。

十日の間、浚稽山《しゅんけいざん》の東西三十里の中には一人の胡兵《こへい》をも見なかった。

彼らに先だって夏のうちに天山へと出撃した弐師《じし》将軍はいったん右賢王《うけんおう》を破りながら、その帰途別の匈奴《きょうど》の大軍に囲まれて惨敗《ざんぱい》した。漢兵は十に六、七を討たれ、将軍の一身さえ危うかったという。その噂《うわさ》は彼らの耳にも届いている。李広利《りこうり》を破ったその敵の主力が今どのあたりにいるのか？　今、因杅《いんう》将軍公孫敖《こうそんごう》が西河《せいが》・朔方《さくほう》の辺で禦《ふせ》いでいる（陵《りょう》と手を分かった路博徳《ろはくとく》はその応援に馳《は》せつけて行ったのだが）という敵軍は、どうも、距離と時間とを計ってみるに、問題の敵の主力ではなさそうに思われる。天山から、そんなに早く、東方四千里の河南《かなん》（オルドス）の地まで行けるはずがないからである。どうしても匈奴《きょうど》の主力は現在、陵の軍の止営地から北方郅居水《しっきょすい》までの間あたりに屯《たむろ》していなければならない勘定になる。李陵自身毎日前山の頂に立って四方を眺《なが》めるのだが、東方から南へかけてはただ漠々《ばくばく》たる一面の平沙《へいさ》、西から北へかけては樹木に乏しい丘陵性の山々が連なっているばかり、秋雲の間にときとして鷹《たか》か隼《はやぶさ》かと思われる鳥の影を見ることはあっても、地上には一騎の胡兵《こへい》をも見ないのである。

山峡の疎林の外《はず》れに兵車を並べて囲い、その中に帷幕《いばく》を連ねた陣営である。夜になると、気温が急に下がった。士卒は乏しい木々を折取って焚《た》いては暖をとった。十日もいるうちに月はなくなった。空気の乾いているせいか、ひどく星が美しい。黒々とした山影とすれすれに、夜ごと、狼星《ろうせい》が、青白い光芒《こうぼう》を斜めに曳《ひ》いて輝いていた。十数日事なく過ごしたのち、明日はい

よいよここを立退《たちの》いて、指定された進路を東南へ向かって取ろうと決したその晩である。一人の歩哨《ほしょう》が見るともなくこの爛々《らんらん》たる狼星《ろうせい》を見上げていると、突然、その星のすぐ下の所にすこぶる大きい赤黄色い星が現われた。オヤと思っているうちに、その見なれぬ巨《おお》きな星が赤く太い尾を引いて動いた。と続いて、二つ三つ四つ五つ、同じような光がその周囲に現われて、動いた。思わず歩哨《ほしょう》が声を立てようとしたとき、それらの遠くの灯《ひ》はフッと一時に消えた。まるで今見たことが夢だったかのように。

歩哨《ほしょう》の報告に接した李陵《りりょう》は、全軍に命じて、明朝天明とともにただちに戦闘に入るべき準備を整えさせた。外に出て一応各部署を点検し終わると、ふたたび幕営に入り、雷《らい》のごとき鼾声《かんせい》を立てて熟睡した。

翌朝李陵が目を醒《さ》まして外へ出て見ると、全軍はすでに昨夜の命令どおりの陣形をとり、静かに敵を待ち構えていた。全部が、兵車を並べた外側に出、戟《ほこ》と盾《たて》とを持った者が前列に、弓《きゅう》弩《ど》を手にした者が後列にと配置されているのである。この谷を挟《はさ》んだ二つの山はまだ暁暗《ぎょうあん》の中に森閑《しんかん》とはしているが、そこここの巖蔭《いわかげ》に何かのひそんでいるらしい気配《けはい》がなんとなく感じられる。

朝日の影が谷合にさしこんでくると同時に、(匈奴《きょうど》は、単于《ぜんう》がまず朝日を拝したのちでなければ事を発しないのであろう。)今まで何一つ見えなかった両山の頂から斜面にかけて、無数の人影が一時に湧《わ》いた。天地を撼《ゆる》がす喊声《かんせい》とともに胡兵《こへい》は山下に殺到した。胡兵の先登《せんとう》が二十歩の距離に迫ったとき、それまで鳴りをしずめていた漢の陣営からはじめて鼓声《こせい》が響く。たちまち千弩《せんど》ともに発し、弦に応じて数百の胡兵《こへい》はいっせいに倒れた。間髪《かんはつ》を入れず、浮足立った残りの胡兵に向かって、漢軍前列の持戟者《じげきしゃ》らが襲いかかる。匈奴《きょうど》の軍は完全に潰《つい》えて、山上へ逃げ上った。漢軍これを追撃して虜首《りょしゅ》を挙げること数千。

鮮《あざ》やかな勝ちっぷりではあったが、執念深い敵がこのままで退くことはけっしてない。今日の敵軍だけでも優に三万はあったろう。それに、山上に靡《なび》いていた旗印から見れば、紛れもなく単于《ぜんう》の親衛軍である。単于がいるものとすれば、八万や十万の後詰《ごづ》めの軍は当然繰出されるものと覚悟せねばならぬ。李陵は即刻この地を撤退して南へ移ることにした。それもここから東南二千里の受降城《じゅこうじょう》へという前日までの予定を変えて、半月前に辿《たど》って来たその同じ道を南へ取って一日も早くもとの居延塞《きょえんさい》（それとて千数百里離れているが）に入ろうとしたのである。

南行三日めの午《ひる》、漢軍の後方はるか北の地平線に、雲のごとく黄塵《こうじん》の揚がるのが見られた。匈奴騎兵の追撃である。翌日はすでに八万の胡兵が騎馬の快速を利して、漢軍の前後左右を隙《すき》もなく取囲んでしまっていた。ただし、前日の失敗に懲《こ》りたとみえ、至近の距離にまでは近づいて来ない。南へ行進して行く漢軍を遠巻きにしながら、馬上から遠矢を射かけるのである。李陵が全軍を停《と》めて、戦闘の体形をとらせれば、敵は馬を駆って遠く退き、搏戦《はくせん》を避ける。ふたたび行軍をはじめれば、また近づいて来て矢を射かける。行進の速度が著しく減ずるのはもとより、死傷者も一日ずつ確実に殖《ふ》えていくのである。飢え疲れた旅人の後をつける曠野《こうや》の狼のように、匈奴の兵はこの戦法を続けつつ執念深く追って来る。少しずつ傷つけていった揚句《あげく》、いつかは最後の止《とど》めを刺そうとその機会を窺《うかが》っているのである。

かつ戦い、かつ退きつつ南行することさらに数日、ある山谷の中で漢軍は一日の休養をとった。負傷者もすでにかなりの数に上っている。李陵《りりょう》は全員を点呼して、被害状況を調べたのち、傷の一か所にすぎぬ者には平生どおり兵器を執《と》って闘わしめ、両創を蒙《こうむ》る者にもなお兵車を助け推《お》さしめ、三創にしてはじめて輦《れん》に乗せて扶《たす》け運ぶことに決めた。輸送力の欠乏から屍体《したい》はすべて曠野《こうや》に遺棄するほかはなかったのである。この夜、陣中視察のとき、李陵はたまたまある輜重車《しちょうしゃ》中に男の服を纏《まと》うた女を発見した。全軍の車輛《しゃりょう》について一々調べたところ、同様にしてひそんでいた十数人の女が捜し出された。往年関東の群盗が一時に戮《りく》に遇《あ》ったとき、その妻子等が逐《お》われて西辺に遷《うつ》り住んだ。それら寡《か》婦のうち衣食に窮するままに、辺境守備兵の妻となり、あるいは彼らを華客《とくい》とする娼婦《しょうふ》となり果てた者が少なくない。兵車中に隠れてはるばる漠北《ばくほく》まで従い来たったのは、そういう連中である。李陵は軍吏に女らを斬《き》るべくカンタンに命じた。彼女らを伴い来たった士卒については一言のふれるところもない。澗間《たにま》の凹地《おうち》に引出された女どもの疳高《かんだか》い号泣《ごうきゅう》がしばらくつづいた後、突然それが夜の沈黙に呑《の》まれたようにフッと消えていくのを、軍幕の中の将士一同は粛然《しゅくぜん》たる思いで聞いた。

翌朝、久しぶりで肉薄来襲した敵を迎えて漢の全軍は思いきり快戦した。敵の遺棄屍体《したい》三千余。連日の執拗《しつよう》なゲリラ戦術に久しくいらだち屈していた士気が俄《にわ》かに奮《ふる》い立った形である。次の日からまた、もとの竜城《りゅうじょう》の道に循《したが》って、南方への退行が始まる。匈奴《きょうど》はまたしても、元の遠巻き戦術に還《かえ》った。五日め、漢軍は、平沙《へいさ》の中にときに見出《みいだ》される沼沢地《しょうたくち》の一つに踏入った。水は半ば凍り、泥濘《でいねい》も脛《はぎ》を没する深さで、行けども行けども果てしない枯葦原《かれあしはら》が続く。風上《かざかみ》に廻《まわ》った匈奴の一隊が火を放った。朔風《さくふう》は焔《ほのお》を煽《あお》り、真昼の空の下に白っぽく輝きを失った火は、すさまじい速さで漢軍に迫る。李陵はすぐに附近の葦《あし》に迎え火を放たしめて、かろうじてこれを防いだ。火は防いだが、沮洳地《そじょち》の車行の困難は言語に絶した。休息の地のないままに一夜泥濘《でいねい》の中を歩き通したのち、翌朝ようやく丘陵地に辿《たど》りついたとたんに、先廻《さきまわ》りして待伏せていた敵の主力の襲撃に遭《あ》った。人馬入乱れての搏兵戦《はくへいせん》である。騎馬隊の烈《はげ》しい突撃を避けるため、李陵は車を棄《す》てて、山麓《さんろく》の疎林の中に戦闘の場所を移し入れた。林間からの猛射はすこぶる効を奏した。たまたま陣頭に姿を現わした単于《ぜんう》とその親衛隊とに向かって、一時に連弩《れんど》を発して乱射したとき、単于の白馬は前脚を高くあげて棒立ちとなり、青袍《せいほう》をまとった胡主《こしゅ》はたちまち地上に投出された。親衛隊の二騎が馬から下りもせず、左右からさっと単于を掬《すく》い上げると、全隊がたちまちこれを中に囲んですばやく退いて行った。乱闘数刻ののちようやく執拗《しつよう》な敵を撃退しえたが、確かに今までにない難戦であった。遺された敵の屍体《したい》はまたしても数千を算したが、漢軍も千に近い戦死者を出したのである。

この日捕えた胡虜《こりょ》の口から、敵軍の事情の一端を知ることができた。それによれば、単于《ぜんう》は漢兵の手強《てごわ》さに驚嘆し、己《おのれ》に二十倍する大軍をも怯《おそ》れず日に日に南下して我を誘うかに見えるのは、あるいはどこか近くに、伏兵があって、それを恃《たの》んでいるのではないかと疑っているらしい。前夜その疑いを単于が幹部の諸将に洩《も》らして事を計ったところ、結局、そういう疑いも確かにありうるが、ともかくも、単于自ら数万騎を率いて漢の寡勢《かぜい》を滅しえぬとあっては、我々の面目に係わるという主戦論が勝ちを制し、これより南四、五十里は山谷がつづくがその間力戦猛攻し、さて平地に出て一戦してもなお破りえないとなったそのときはじめて兵を北に還《かえ》そうということに決まったという。これを聞いて、校尉《こうい》韓延年《かんえんねん》以下漢軍の幕僚《ばくりょう》たちの頭に、あるいは助かるかもしれぬぞという希望のようなものが微《かす》かに湧《わ》いた。

翌日からの胡軍《こぐん》の攻撃は猛烈を極めた。捕虜《ほりょ》の言の中にあった最後の猛攻というのを始めたのであろう。襲撃は一日に十数回繰返された。手厳《てきび》しい反撃を加えつつ漢軍は徐々に南に移って行く。三日経《た》つと平地に出た。平地戦になると倍加される騎馬隊の威力にものを言わせ匈奴《きょうど》らは遮二無二《しゃにむに》漢軍を圧倒しようとかかったが、結局またも二千の屍体《したい》を遺《のこ》して退いた。捕虜の言が偽りでなければ、これで胡軍は追撃を打切るはずである。たかが一兵卒の言った言葉ゆえ、それほど信頼できるとは思わなかったが、それでも幕僚《ばくりょう》一同些《いささ》かホッとしたことは争えなかった。

その晩、漢の軍候《ぐんこう》、管敢《かんかん》という者が陣を脱して匈奴の軍に亡《に》げ降《くだ》った。かつて長安《ちょうあん》都下の悪少年だった男だが、前夜斥候《せっこう》上の手抜かりについて校尉《こうい》・成安侯韓延年《せいあんこうかんえんねん》のために衆人の前で面《めん》罵《ば》され、笞《むち》打たれた。それを含んでこの挙に出たのである。先日渓間《たにま》で斬《ざん》に遭《あ》った女どもの一人が彼の妻だったとも言う。管敢は匈奴の捕虜の自供した言葉を知っていた。それゆえ、胡陣《こじん》に亡《に》げて単于《ぜんう》の前に引出されるや、伏兵を懼《おそ》れて引上げる必要のないことを力説した。言う。漢軍には後援がない。矢もほとんど尽きようとしている。負傷者も続出して行軍は難渋《なんじゅう》を極めている。漢軍の中心をなすものは、李《り》将軍および成安侯韓延年の率いる各八百人だが、それぞれ黄と白との幟《し》をもって印としているゆえ、明日胡騎《こき》の精鋭をしてそこに攻撃を集中せしめてこれを破ったなら、他は容易に潰滅《かいめつ》するであろう、云々《うんぬん》。単于《ぜんう》は大いに喜んで厚く敢を遇し、ただちに北方への引上げ命令を取消した。

翌日、李陵韓延年《りりょうかんえんねん》速《すみや》かに降《くだ》れと疾呼《しっこ》しつつ、胡軍の最精鋭は、黄白の幟《し》を目ざして襲いかかった。その勢いに漢軍は、しだいに平地から西方の山地へと押されて行く。ついに本道から遥《はる》かに離れた山谷の間に追込まれてしまった。四方の山上から敵は矢を雨のごとくに注《そそ》いだ。それに応戦しようにも、今や矢が完全に尽きてしまった。遮虜鄣《しゃりょしょう》を出るとき各人が百本ずつ携えた五十万本の矢がことごとく射尽くされたのである。矢ばかりではない。全軍の刀槍矛戟《とうそうぼうげき》の類も半ばは折れ欠けてしまった。文字どおり刀折れ矢尽きたのである。それでも、戟《ほこ》を失ったものは車輻《しゃふく》を斬《き》ってこれを持ち、軍吏《ぐんり》は尺刀《せきとう》を手にして防戦した。谷は奥へ進むに従っていよいよ狭《せま》くなる。胡卒《こそつ》は諸所の崖《がけ》の上から大石を投下しはじめた。矢よりもこのほうが確実に漢軍の死傷者を増加させた。死屍《しし》と壘石《るいせき》とでもはや前進も不可能になった。

その夜、李陵は小袖短衣《しょうしゅうたんい》の便衣《べんい》を着け、誰もついて来るなと禁じて独り幕営の外に出た。月が山の峡《かい》から覗《のぞ》いて谷間に堆《うずたか》い屍《しかばね》を照らした。浚稽山《しゅんけいざん》の陣を撤するときは夜が暗かったのに、またも月が明るくなりはじめたのである。月光と満地の霜とで片岡《かたおか》の斜面は水に濡《ぬ》れたように見えた。幕営の中に残った将士は、李陵の服装からして、彼が単身敵陣を窺《うかが》ってあわよくば単于と刺違える所存に違いないことを察した。李陵はなかなか戻って来なかった。彼らは息をひそめてしばらく外の様子を窺《うかが》った。遠く山上の敵塁から胡笳《こか》*の声が響く。かなり久しくたってから、音もなく帷《とばり》をかかげて李陵が幕の内にはいって来た。だめだ。と一言吐き出すように言うと、踞牀《きょしょう》に腰を下《おろ》した。全軍斬死《ざんし》のほか、途《みち》はないようだなと、またしばらくしてから、誰に向かってともなく言った。満座口を開く者はない。ややあって軍吏《ぐんり》の一人が口を切り、先年浞野侯趙破奴《さくやこうちょうはど》が胡軍《こぐん》のために生擒《いけど》られ、数年後に漢に亡《に》げ帰ったときも、武帝はこれを罰しなかったことを語った。この例から考えても、寡兵《かへい》をもって、かくまで匈奴《きょうど》を震駭《しんがい》させた李陵《りりょう》であってみれば、たとえ都へのがれ帰っても、天子はこれを遇する途《みち》を知りたもうであろうというのである。李陵はそれを遮《さえぎ》って言う。陵一個のことはしばらく措《お》け。とにかく、今数十矢もあれば一応は囲みを脱出することもできようが、一本の矢もないこの有様《ありさま》では、明日の天明には全軍が坐《ざ》して縛《ばく》を受けるばかり。ただ、今夜のうちに囲みを突いて外に出、各自鳥獣と散じて走ったならば、その中にはあるいは辺塞《へんさい》に辿《たど》りついて、天子に軍状を報告しうる者もあるかもしれぬ。案ずるに現在の地点は鞮汗山《ていかんざん》北方の山地に違いなく、居延《きょえん》まではなお数日の行程ゆえ、成否のほどはおぼつかないが、ともかく今となっては、そのほかに残された途《みち》はないではないか。諸将僚もこれに頷《うなず》いた。全軍の将卒に各二升の糒《ほしいい》と一個の冰片《ひょうへん》とが頒《わか》たれ、遮二無《しゃにむ》二《に》、遮虜鄣《しゃりょしょう》に向かって走るべき旨がふくめられた。さて、一方、ことごとく漢陣の旌旗《せいき》を倒しこれを斬《き》って地中に埋めたのち、武器兵車等の敵に利用されうる惧《おそ》れのあるものも皆打毀《うちこわ》した。夜半、鼓《こ》して兵を起こした。軍鼓《ぐんこ》の音も惨《さん》として響かぬ。李陵は韓校尉《かんこうい》とともに馬に跨《また》がり壮士十余人を従えて先登《せんとう》に立った。この日追い込まれた峡谷《きょうこく》の東の口を破って平地に出、それから南へ向けて走ろうというのである。

早い月はすでに落ちた。胡虜《こりょ》の不意を衝《つ》いて、ともかくも全軍の三分の二は予定どおり峡谷の東口を突破した。しかしすぐに敵の騎馬兵の追撃に遭《あ》った。徒歩の兵は大部分討たれあるいは捕えられたようだったが、混戦に乗じて敵の馬を奪った数十人は、その胡馬《こば》に鞭《むち》うって南方へ走った。敵の追撃をふり切って夜目にもぼっと白い平沙《へいさ》の上を、のがれ去った部下の数を数えて、確かに百に余ることを確かめうると、李陵《りりよう》はまた峡谷の入口の修羅場《しゆらば》にとって返した。身には数創を帯び、自《みずか》らの血と返り血とで、戎衣《じゆうい》は重く濡《ぬ》れていた。彼と並んでいた韓延年《かんえんねん》はすでに討たれて戦死していた。麾下《きか》を失い全軍を失って、もはや天子に見《まみ》ゆべき面目はない。彼は戟《ほこ》を取直すと、ふたたび乱軍の中に駈《かけ》入った。暗い中で敵味方も分らぬほどの乱闘のうちに、李陵の馬が流矢《ながれや》に当たったとみえてガックリ前にのめった。それとどちらが早かったか、前なる敵を突こうと戈《ほこ》を引いた李陵は、突然背後から重量のある打撃を後頭部に喰《くら》って失神した。馬から顚落《てんらく》した彼の上に、生擒《いけど》ろうと構えた胡兵《こへい》どもが十重《とえ》二十重《はたえ》とおり重なって、とびかかった。

二

九月に北へ立った五千の漢軍《かんぐん》は、十一月にはいって、疲れ傷ついて将を失った四百足らずの敗兵となって辺塞《へんさい》に辿《たど》りついた。敗報はただちに駅伝《えきでん》をもって長安《ちようあん》の都に達した。

武帝《ぶてい》は思いのほか腹を立てなかった。本軍たる李広利《りこうり》の大軍さえ惨敗《ざんぱい》しているのに、一支隊たる李陵の寡軍《かぐん》にたいした期待のもてよう道理がなかったから。それに彼は、李陵が必ずや戦死しているに違いないとも思っていたのである。ただ、先ごろ李陵の使いとして漠北《ばくほく》から、

「戦線異状なし、士気すこぶる旺盛《おうせい》」の報をもたらした陳歩楽《ちんほらく》だけは（彼は吉報の使者として嘉《よみ》せられ郎《ろう》となってそのまま都に留《とど》まっていた）成行上どうしても自殺しなければならなかった。哀れではあったが、これはやむを得ない。

翌、天漢《てんかん》三年の春になって、李陵《りりょう》は戦死したのではない。捕えられて虜《ろ》に降ったのだという確報が届いた。武帝ははじめて嚇怒《かくど》した。即位後四十余年。帝はすでに六十に近かったが、気象の烈《はげ》しさは壮時に超えている。神仙《しんせん》の説を好み方士《ほうし》巫覡《ふげき》*の類を信じた彼は、それまでに己《おのれ》の絶対に尊信する方士どもに幾度か欺《あざむ》かれていた。漢の勢威の絶頂に当たって五十余年の間君臨したこの大皇帝は、その中年以後ずっと、霊魂の世界への不安な関心に執拗《しつよう》につきまとわれていた。それだけに、その方面での失望は彼にとって大きな打撃となった。こうした打撃は、生来闊達《かったつ》だった彼の心に、年とともに群臣への暗い猜疑《さいぎ》を植えつけていった。李蔡《りさい》・青翟《せいてき》・趙周《ちょうしゅう》と、丞相《じょうしょう》たる者は相ついで死罪に行なわれた。現在の丞相たる公孫賀《こうそんが》のごとき、命を拝したときに己《おの》が運命を恐れて帝の前で手離しで泣出したほどである。硬骨漢汲黯《こうこつかんきゅうあん》が退いた後は、帝を取巻くものは、佞臣《ねいしん》にあらずんば酷吏《こくり》であった。

さて、武帝は諸重臣を召して李陵の処置について計った。李陵の身体は都にはないが、その罪の決定によって、彼の妻子眷属《けんぞく》家財などの処分が行なわれるのである。酷吏として聞こえた一廷尉《ていい》が常に帝の顔色を窺《うかが》い合法的に法を枉《ま》げて帝の意を迎えることに巧みであった。ある人が法の権威を説いてこれを詰《なじ》ったところ、これに答えていう。前主の是《ぜ》とするところこれが律《りつ》となり、後主の是とするところこれが令《りょう》となる。当時の君主の意のほかになんの法があろうぞと。群臣皆この廷尉の類であった。丞相《じょうしょう》公孫賀《こうそんが》、御史《ぎょし》大夫《たいふ》杜周《としゅう》、太常《たいじょう》、趙弟《ちょうてい》以下、誰一人として、帝の震怒《しんど》を犯してまで陵のために弁じようとする者はない。口を極めて彼らは李陵の売国的行為を罵《ののし》る。陵のごとき変節漢《へんせつかん》と肩を比べて朝《ちょう》に仕えていたことを思うといまさらながら愧《は》ずかしいと言出した。平生の陵の行為の一つ一つがすべて疑わしかったことに意見が一致した。陵の従弟《いとこ》に当たる李敢《りかん》が太子の寵《ちょう》を頼んで驕恣《きょうし》であることまでが、陵への誹謗《ひぼう》の種子になった。口を緘《かん》して意見を洩《も》らさぬ者が、結局陵に対して最大の好意を有《も》つものだったが、それも数えるほどしかいない。

ただ一人、苦々しい顔をしてこれらを見守っている男がいた。今口を極めて李陵を讒誣《ざんぶ》しているのは、数か月前李陵が都を辞するときに盃《さかずき》をあげて、その行を壮《さか》んにした連中ではなかったか。漠北《ばくほく》からの使者が来て李陵の軍の健在を伝えたとき、さすがは名将李広《りこう》の孫と李陵の孤軍奮闘を讃《たた》えたのもまた同じ連中ではないのか。恬《てん》として既往を忘れたふりのできる顕官《けんかん》連や、彼らの諂諛《てんゆ》を見破るほどに聡明《そうめい》ではありながらなお真実に耳を傾けることを嫌《きら》う君主が、この男には不思議に思われた。いや、不思議ではない。人間がそういうものとは昔からいやになるほど知ってはいるのだが、それにしてもその不愉快さに変わりはないのである。下大夫《かたいふ》の一人として朝《ちょう》につらなっていたために彼もまた下問を受けた。そのとき、この男はハッキリと李陵を褒《ほ》め上げた。言う。陵の平生を見るに、親に事《つか》えて孝、士と交わって信、常に奮って身を顧みずもって国家の急に殉ずるは誠《まこと》に国士のふうありというべく、今不幸にして事一度《たび》破れたが、身を全うし妻子を保《やす》んずることをのみただ念願とする君側の佞人《ねいじん》ばらが、この陵の一失《いっしつ》を取上げてこれを誇大歪曲《わいきょく》しもって上《しょう》の聡明を蔽《おお》おうとしているのは、遺憾《いかん》この上もない。そもそも陵の今回の軍たる、五千にも満たぬ歩卒を率いて深く敵地に入り、匈奴《きょうど》数万の師を奔命《ほんめい》に疲れしめ、転戦千里、矢尽き道窮《きわ》まるに至るもなお全軍空弩《くうど》を張り、白刃《はくじん》を冒して死闘している。部下の心を得てこれに死力を尽くさしむること、古《いにしえ》の名将といえどもこれには過ぎまい。軍敗れたりとはいえ、その善戦のあとはまさに天下に顕彰するに足る。思うに、彼が死せずして虜《ろ》に降《くだ》ったというのも、ひそかにかの地にあって何事か漢に報いんと期してのことではあるまいか。……

並いる群臣は驚いた。こんなことのいえる男が世にいようとは考えなかったからである。彼らはこめかみを顫《ふる》わせた武帝の顔を恐る恐る見上げた。それから、自分らをあえて全軀《くをまっとう》保妻子《しさいしをたもつ》の臣と呼んだこの男を待つものが何であるかを考えて、ニヤリとするのである。

向こう見ずなその男——太史令《たいしれい》・司馬遷《しばせん》*が君前を退くと、すぐに、「全軀《くをまっとう》保妻子《しさいしをたもつ》の臣」の一人が、遷《せん》と李陵《りりょう》との親しい関係について武帝の耳に入れた。太史令は故《ゆえ》あって弐師《じし》将軍と隙《げき》あり、遷が陵を褒《ほ》めるのは、それによって、今度、陵に先立って出塞《しゅっさい》して功のなかった弐師将軍を陥《おとし》れんがためであると言う者も出てきた。ともかくも、たかが星暦卜祀《せいれきぼくし》を司《つかさど》るにすぎぬ太史令の身として、あまりにも不遜《ふそん》な態度だというのが、一同の一致した意見である。おかしなことに、李陵の家族よりも司馬遷のほうが先に罪せられることになった。翌日、彼は廷尉《ていい》に下された。刑は宮《きゅう》と決まった。

支那《しな》で昔から行なわれた肉刑《にくけい》の主《おも》なるものとして、黥《けい》、劓《ぎ》（はなきる）、剕《ひ》（あしきる）、宮《きゅう》、の四つがある。武帝の祖父・文帝《ぶんてい》のとき、この四つのうち三つまでは廃せられたが、宮刑《きゅうけい》のみはそのまま残された。宮刑とはもちろん、男を男でなくする奇怪な刑罰である。これを一に腐《ふ》刑《けい》ともいうのは、その創《きず》が腐臭を放つがゆえだともいい、あるいは、腐木《ふぼく》の実を生ぜざるがごとき男と成り果てるからだともいう。この刑を受けた者を閹人《えんじん》と称し、宮廷の宦官《かんがん》の大部分がこれであったことは言うまでもない。人もあろうに司馬遷《しばせん》がこの刑に遭《あ》ったのである。しかし、後代の我々が史記《しき》の作者として知っている司馬遷は大きな名前だが、当時の太史令《たいしれい》司馬遷は眇《びょう》たる一文筆の吏《り》にすぎない。頭脳の明晰《めいせき》なことは確かとしてもその頭脳に自信をもちすぎた、人づき合いの悪い男、議論においてけっして他人《ひと》に負けない男、たかだか強情我慢の偏窟人《へんくつじん》としてしか知られていなかった。彼が腐刑《ふけい》に遇《あ》ったからとて別に驚く者はない。

司馬氏は元周《もとしゅう》の史官《しかん》であった。後、晋《しん》に入り、秦《しん》に仕え、漢《かん》の代となってから四代目の司馬《しば》談《たん》が武帝に仕えて建元《けんげん》年間に太史令《たいしれい》をつとめた。この談が遷の父である。専門たる律《りつ》・暦《れき》・易《えき》のほかに道家《どうか》の教えに精《くわ》しくまた博《ひろ》く儒《じゅ》、墨《ぼく》、法《ほう》、名《めい》、諸家《しょか》の説にも通じていたが、それらをすべて一家の見《けん》をもって綜《す》べて自己のものとしていた。己《おのれ》の頭脳や精神力についての自信の強さはそっくりそのまま息子《むすこ》の遷に受嗣《うけつ》がれたところのものである。彼が、息子に施した最大の教育は、諸学の伝授を終えてのちに、海内《かいだい》の大旅行をさせたことであった。当時としては変わった教育法であったが、これが後年の歴史家司馬遷に資するところのすこぶる大であったことは、いうまでもない。

元封《げんぽう》元年に武帝が東、泰山《たいざん》に登って天を祭ったとき、たまたま周南《しゅうなん》で病床にあった熱血漢《ねっけつかん》司馬談《ばだん》は、天子始めて漢家の封《ほう》を建つるめでたきときに、己《おのれ》一人従ってゆくことのできぬのを慨《なげ》き、憤を発してそのために死んだ。古今を一貫せる通史《つうし》の編述こそは彼の一生の念願だったのだが、単に材料の蒐集《しゅうしゅう》のみで終わってしまったのである。その臨終《りんじゅう》の光景は息子・遷《せん》の筆によって詳しく史記《しき》の最後の章に描かれている。それによると司馬談は己のまた起《た》ちがたきを知るや遷を呼びその手を執《と》って、懇《ねんご》ろに修史《しゅうし》の必要を説き、己太史《おのれたいし》となりながらこのことに着手せず、賢君忠臣の事蹟《じせき》を空《むな》しく地下に埋もれしめる不甲斐《ふがい》なさを慨《なげ》いて泣いた。「予《よ》死せば汝《なんじ》必ず太史とならん。太史とならばわが論著せんと欲するところを忘るるなかれ」といい、これこそ己に対する孝の最大なものだとて、爾《なんじ》それ念《おも》えやと繰返したとき、遷は俯首流涕《ふしゅりゅうてい》してその命に背《そむ》かざるべきを誓ったのである。

父が死んでから二年ののち、はたして、司馬遷《しばせん》は太史令《たいしれい》の職を継いだ。父の蒐集《しゅうしゅう》した資料と、宮廷所蔵の秘冊とを用いて、すぐにも父子相伝《ふしそうでん》の天職にとりかかりたかったのだが、任官後の彼にまず課せられたのは暦の改正という事業であった。この仕事に没頭することちょうど満四年。太初《たいしょ》元年にようやくこれを仕上げると、すぐに彼は史記《しき》の編纂《へんさん》に着手した。遷、ときに年四十二。

腹案はとうにでき上がっていた。その腹案による史書の形式は従来の史書のどれにも似ていなかった。彼は道義的批判の規準を示すものとしては春秋《しゅんじゅう》*を推したが、事実を伝える史書としてはなんとしてもあきたらなかった。もっと事実が欲しい。教訓よりも事実が。左伝《さでん》*や国語《こくご》*になると、なるほど事実はある。左伝の叙事の巧妙さに至っては感嘆のほかはない。しかし、その事実を作り上げる一人一人の人についての探求がない。事件の中における彼らの姿の描出は鮮《あざ》やかであっても、そうしたことをしでかすまでに至る彼ら一人一人の身許《みもと》調べの欠けているのが、司馬遷《しばせん》には不服だった。それに従来の史書はすべて、当代の者に既往をしらしめることが主眼となっていて、未来の者に当代を知らしめるためのものとしての用意があまりに欠けすぎているようである。要するに、司馬遷の欲するものは、在来の史には求めて得られなかった。どういう点で在来の史書があきたらぬかは、彼自身でも自ら欲するところを書上げてみてはじめて判然する底《てい》のものと思われた。彼の胸中にあるモヤモヤと鬱積《うっせき》したものを書き現わすことの要求のほうが、在来の史書に対する批判より先に立った。いや、彼の批判は、自ら新しいものを創《つく》るという形でしか現われないのである。自分が長い間頭の中で画《えが》いてきた構想が、史といえるものか、彼には自信はなかった。しかし、史といえてもいえなくても、とにかくそういうものが最も書かれなければならないものだ（世人にとって、後代にとって、なかんずく己自身にとって）という点については、自信があった。彼も孔子《こうし》に倣《なら》って、述べて作らぬ方針をとったが、しかし、孔子のそれとはたぶんに内容を異《こと》にした述而不作《のべてつくらず》＊である、司馬遷にとって、単なる編年体の事件列挙はいまだ「述べる」の中にはいらぬものだったし、また、後世人の事実そのものを知ることを妨げるような、あまりにも道義的な断案は、むしろ「作る」の部類にはいるように思われた。

漢が天下を定めてからすでに五代・百年、始皇帝《しこうてい》の反文化政策によって湮滅《いんめつ》しあるいは隠匿《いんとく》されていた書物がようやく世に行なわれはじめ、文の興《おこ》らんとする気運が鬱勃《うっぼつ》として感じられた。漢の朝廷ばかりでなく、時代が、史の出現を要求しているときであった。司馬遷《しばせん》個人としては、父の遺嘱《いしょく》による感激が学殖・観察眼・筆力の充実を伴ってようやく渾然《こんぜん》たるものを生み出すべく醱酵《はっこう》しかけてきていた。彼の仕事は実に気持よく進んだ。むしろ快調に行きすぎて困るくらいであった。というのは、初めの五帝本紀《ごていほんぎ》から夏殷周秦《かいんしゅうしん》本紀あたりまでは、彼も、材料を按排《あんばい》して記述の正確厳密を期する一人の技師に過ぎなかったのだが、始皇帝を経て、項羽《こうう》本紀*にはいるころから、その技術家の冷静さが怪しくなってきた。ともすれば、項羽が彼に、あるいは彼が項羽にのり移りかねないのである。

項王則《すなわ》チ夜起キテ帳中ニ飲ス。美人有リ。名ハ虞《ぐ》。常ニ幸セラレテ従フ。駿馬《しゅんめ》名ハ騅《すい》、常ニ之《これ》ニ騎ス。是《ここ》ニ於《おい》テ項王乃《すなわ》チ悲歌慷慨《こうがい》シ自ラ詩ヲ為《つく》リテ曰《いわ》ク「力山ヲ抜キ気世ヲ蓋《おお》フ、時利アラズ騅逝《ゆ》カズ、騅逝カズ奈何《いかん》スベキ、虞ヤ虞ヤ若《なんじ》ヲ奈何《いか》ニセン」*ト。歌フコト数闋《けつ》、美人之ニ和ス。項王泣《なみだ》数行下ル。左右皆泣キ、能《よ》ク仰ギ視《み》ルモノ莫《な》シ……。

これでいいのか？　と司馬遷は疑う。こんな熱に浮かされたような書きっぷりでいいものだろうか？　彼は「作ル」ことを極度に警戒した。自分の仕事は「述ベル」ことに尽きる。事実、彼は述べただけであった。しかしなんと生気溌剌《はつらつ》たる述べ方であったか？　異常な想像的視覚を有《も》った者でなければとうてい不能な記述であった。彼は、ときに「作ル」ことを恐れるのあまり、すでに書いた部分を読返してみて、それあるがために史上の人物が現実の人物のごとくに躍動すると思われる字句を削る。すると確かにその人物はハツラツたる呼吸を止《や》める。これで、「作ル」ことになる心配はないわけである。しかし、（と司馬遷が思うに）これでは項羽《こうう》が項羽でなくなるではないか。項羽も始皇帝《しこうてい》も楚《そ》の荘王《そうおう》*もみな同じ人間になってしまう。違った人間を同じ人間として記述することが、何が「述べる」だ？「述べる」とは、違った人間は違った人間として述べることではないか。そう考えてくると、やはり彼は削った字句をふたたび生かさないわけにはいかない。元どおりに直して、さて一読してみて、彼はやっと落ちつく。いや、彼ばかりではない。そこにかかれた史上の人物が、項羽や樊噲《はんかい》*や范増《はんぞう》*が、みんなようやく安心してそれぞれの場所に落ちつくように思われる。

調子のよいときの武帝《ぶてい》は誠《まこと》に高邁闊達《こうまいかったつ》な・理解ある文教の保護者だったし、太史令《たいしれい》という職が地味な特殊な技能を要するものだったために、官界につきものの朋党比周《ほうとうひしゅう》*の擠陥讒誣《せいかんざんぶ》*による地位（あるいは生命）の不安定からも免れることができた。

数年の間、司馬遷は充実した・幸福といっていい日々を送った。（当時の人間の考える幸福とは、現代人のそれと、ひどく内容の違うものだったが、それを求めることに変わりはない。）妥協性はなかったが、どこまでも陽性で、よく論じよく怒りよく笑いなかんずく論敵を完膚《かんぷ》なきまでに説破することを最も得意としていた。

さて、そうした数年ののち、突然、この禍《わざわい》が降《くだ》ったのである。

薄暗い蚕室《さんしつ》の中で――腐刑《ふけい》施術後当分の間は風に当たることを避けねばならぬので、中に火を熾《おこ》して暖かに保った・密閉した暗室を作り、そこに施術後の受刑者を数日の間入れて、身体を養わせる。暖かく暗いところが蚕を飼う部屋に似ているとて、それを蚕室と名づけるのである。――言語を絶した混乱のあまり彼は茫然《ぼうぜん》と壁によりかかった。憤激よりも先に、驚きのようなものさえ感じていた。斬《ざん》に遭《あ》うこと、死を賜《たま》うことに対してなら、彼にはもとより平生から覚悟ができている。刑死する己《おのれ》の姿なら想像してみることもできるし、武帝の気に逆らって李陵《りりょう》を褒《ほ》め上げたときもまかりまちがえば死を賜うようなことになるかもしれぬくらいの懸念《けねん》は自分にもあったのである。ところが、刑罰も数ある中で、よりによって最も醜陋《しゅうろう》な宮刑《きゅうけい》にあおうとは！　迂闊《うかつ》といえば迂闊だが、（というのは、死刑を予期するくらいなら当然、他のあらゆる刑罰も予期しなければならないわけだから）彼は自分の運命の中に、不測の死が待受けているかもしれぬとは考えていたけれども、このような醜いものが突然現われようとは、全然、頭から考えもしなかったのである。常々、彼は、人間にはそれぞれその人間にふさわしい事件しか起こらないのだという一種の確信のようなものを有《も》っていた。これは長い間史実を扱っているうちに自然に養われた考えであった。同じ逆境にしても、慷慨《こうがい》の士には激しい痛烈な苦しみが、軟弱の徒《と》には緩慢なじめじめした醜い苦しみが、というふうにである。たとえ始めは一見ふさわしくないように見えても、少なくともその後の対処のし方によってその運命はその人間にふさわしいことが判《わか》ってくるのだと。司馬遷《しばせん》は自分を男だと信じていた。文筆の吏《り》ではあっても当代のいかなる武人《ぶじん》よりも男であることを確信していた。自分でばかりではない。このことだけは、いかに彼に好意を寄せぬ者でも認めないわけにはいかないようであった。それゆえ、彼は自らの持論に従って、車裂《くるまざき》の刑なら自分の行く手に思い画《えが》くことができたのである。それが齢《よわい》五十に近い身で、この辱《はずかし》めにあおうとは！　彼は、今自分が蚕室《さんしつ》の中にいるという

ことが夢のような気がした。夢だと思いたかった。しかし、壁によって閉じていた目を開くと、うす暗い中に、生気のない・魂までが抜けたような顔をした男が三、四人、だらしなく横たわったりすわったりしているのが目にはいった。あの姿が、つまり今の己なのだと思ったとき、嗚咽《おえつ》とも怒号《どごう》ともつかない叫びが彼の咽喉《のど》を破った。

痛憤と煩悶《はんもん》との数日のうちには、ときに、学者としての彼の習慣からくる思索が——反省が来た。いったい、今度の出来事の中で、何が——誰が——誰のどういうところが、悪かったのだという考えである。日本の君臣道とは根柢《こんてい》から異なった彼《か》の国のこととて、当然、彼はまず、武帝を怨《うら》んだ。一時はその怨懣《えんまん》だけで、いっさい他を顧みる余裕はなかったというのが実際であった。しかし、しばらくの狂乱の時期の過ぎたあとには、歴史家としての彼が、目覚めてきた。儒者《じゅしゃ》と違って、先王の価値にも歴史家的な割引をすることを知っていた彼は、後王たる武帝の評価の上にも、私怨《しえん》のために狂いを来たさせることはなかった。なんといっても武帝は大君主である、そのあらゆる欠点にもかかわらず、この君がある限り、漢の天下は微動だもしない。高祖はしばらく措《お》くとするも、仁君文帝《じんくんぶんてい》も名君景帝《けいてい》も、この君に比べれば、やはり小さい。ただ大きいものは、その欠点までが大きく写ってくるのは、これはやむを得ない。司馬遷《しばせん》は極度の憤怨《ふんえん》のうちにあってもこのことを忘れてはいない。今度のことは要するに天の作《な》せる疾風暴雨霹靂《へきれき》に見舞われたものと思うほかはないという考えが、彼をいっそう絶望的な憤《いきどお》りへと駆《か》ったが、また一方、逆に諦観《ていかん》へも向かわせようとする。怨恨《えんこん》が長く君主に向かい得ないとなると、勢い、君側の姦臣《かんしん》に向けられる。彼らが悪い。たしかにそうだ。しかし、この悪さは、すこぶる副次的な悪さである。それに、自矜心《じきょうしん》の高い彼にとって、彼ら小人輩《しょうじんはい》は、怨恨の対象としてさえ物足りない気がする。彼は、今度ほど好人物というものへの腹立ちを感じたことはない。これは姦臣《かんしん》や酷吏《こくり》よりも始末が悪い。少なくとも側《かたわら》から見ていて腹が立つ。良心的に安っぽく安心しており、他にも安心させるだけ、いっそう怪《け》しからぬのだ。弁護もしなければ反駁《はんばく》もせぬ。心中、反省もなければ自責もない。丞相《じょうしょう》公孫賀《こうそんが》のごとき、その代表的なものだ。同じ阿諛迎合《あゆげいごう》を事としても、杜周《としゅう》（最近この男は前任者王卿《おうけい》を陥れてまんまと御史大夫《ぎょしたいふ》となりおおせた）のような奴《やつ》は自らそれと知っているに違いないがこのお人好しの丞相ときた日には、その自覚さえない。自分に全躯保妻子《くをまっとうしさいしをたもつ》の臣といわれても、こういう手合いは、腹も立てないのだろう。こんな手合いは恨みを向けるだけの値打ちさえもない。

　司馬遷は最後に忿懣《ふんまん》の持って行きどころを自分に求めようとする。実際、何ものかに対して腹を立てなければならぬとすれば、結局それは自分自身に対してのほかはなかったのである。だが、自分のどこが悪かったのか？　李陵《りりょう》のために弁じたこと、これはいかに考えてみてもまちがっていたとは思えない。方法的にも格別拙《まず》かったとは考えぬ。阿諛《あゆ》に堕《だ》するに甘んじないかぎり、あれはあれでどうしようもない。それでは、自ら顧みてやましくなければ、そのやましくない行為が、どのような結果を来たそうとも、士たる者はそれを甘受《かんじゅ》しなければならないはずだ。なるほどそれは一応そうに違いない。だから自分も肢解《しかい》されようと腰斬《ようざん》にあおうと、そういうものなら甘んじて受けるつもりなのだ。しかし、この宮刑《きゅうけい》は――その結果かく成り果てたわが身の有様というものは、――これはまた別だ。同じ不具でも足を切られたり鼻を切られたりするのとは全然違った種類のものだ。士たる者の加えられるべき刑ではない。こればかりは、身体のこういう状態というものは、どういう角度から見ても、完全な悪だ。飾言《しょくげん》の余地はない。そうして、心の傷だけならば時とともに癒《い》えることもあろうが、己《おの》が身体のこの醜悪な現実は死に至るまでつづくのだ。動機がどうあろうと、このような結果を招くものは、結局「悪かった」といわなければならぬ。しかし、どこが悪かった？　己《おのれ》のどこが？　どこも悪くなかった。己は正しいことしかしなかった。強《し》いていえば、ただ、「我あり」という事実だけが悪かったのである。

茫然《ぼうぜん》とした虚脱《きょだつ》の状態ですわっていたかと思うと、突然飛上り、傷ついた獣のごとくうめきながら暗く暖かい室の中を歩き廻《まわ》る。そうしたしぐさを無意識に繰返しつつ、彼の考えもまた、いつも同じ所をぐるぐる廻ってばかりいて帰結するところを知らないのである。

我を忘れ壁に頭を打ちつけて血を流したその数回を除けば、彼は自らを殺そうと試みなかった。死にたかった。死ねたらどんなによかろう。それよりも数等恐ろしい恥辱が追立てるのだから死をおそれる気持は全然なかった。なぜ死ねなかったのか？　獄舎の中に、自らを殺すべき道具のなかったことにもよろう。しかし、それ以外に何かが内から彼をとめる。はじめ、彼はそれがなんであるかに気づかなかった。ただ狂乱と憤懣《ふんまん》との中で、たえず発作《ほっさ》的に死への誘惑を感じたにもかかわらず、一方彼の気持を自殺のほうへ向けさせたがらないものがあるのを漠然《ばくぜん》と感じていた。何を忘れたのかはハッキリしないながら、とにかく何か忘れものをしたような気のすることがある。ちょうどそんなぐあいであった。

許されて自宅に帰り、そこで謹慎《きんしん》するようになってから、はじめて、彼は、自分がこの一月《ひと》狂乱にとり紛《まぎ》れて己《おの》が畢生《ひっせい》の事業たる修史《しゅうし》のことを忘れ果てていたこと、しかし、表面は忘れていたにもかかわらず、その仕事への無意識の関心が彼を自殺から阻《はば》む役目を隠々《いんいん》のうちにつとめていたことに気がついた。

十年前臨終《りんじゅう》の床《とこ》で自分の手をとり泣いて遺命《いめい》した父の惻々《そくそく》たる言葉は、今なお耳底《じてい》にある。しかし、今疾痛惨怛《しっつうさんたん》を極《きわ》めた彼の心の中に在《あ》ってなお修史の仕事を思い絶たしめないものは、その父の言葉ばかりではなかった。それは何よりも、その仕事そのものであった。仕事の魅力とか仕事への情熱とかいう怡《たの》しい態《てい》のものではない。修史という使命の自覚には違いないとしてもさらに昂然《こうぜん》として自らを恃《じ》する自覚ではない。恐ろしく我《が》の強い男だったが、今度のことで、己《おのれ》のいかにとるに足らぬものだったかをしみじみと考えさせられた。理想の抱負のと威張《いば》ってみたところで、所詮《しょせん》己は牛にふみつぶされる道傍《みちばた》の虫けらのごときものにすぎなかったのだ。「我」はみじめに踏みつぶされたが、修史という仕事の意義は疑えなかった。このような浅ましい身と成り果て、自信も自恃《じじ》も失いつくしたのち、それでもなお世にながらえてこの仕事に従うということは、どう考えても怡《たの》しいわけはなかった。それはほとんど、いかにいとわしくとも最後までその関係を絶つことの許されない人間同士のような宿命的な因縁《いんねん》に近いものと、彼自身には感じられた。とにかくこの仕事のために自分は自らを殺すことができぬのだ（それも義務感からではなく、もっと肉体的な、この仕事との繋《つな》がりによってである）ということだけはハッキリしてきた。

当座の盲目的な獣の呻《うめ》き苦しみに代わって、より意識的な・人間の苦しみが始まった。困ったことに、自殺できないことが明らかになるにつれ、自殺によってのほかに苦悩と恥辱とから逃れる途《みち》のないことがますます明らかになってきた。一個の丈夫《じょうふ》たる太史令司馬遷《たいしれいしばせん》は天漢《てんかん》三年の春に死んだ、そして、そののちに、彼の書残した史をつづける者は、知覚も意識もない一つの書写機械にすぎぬ、——自らそう思い込む以外に途《みち》はなかった。無理でも、彼はそう思おうとした。修史の仕事は必ず続けられねばならぬ。これは彼にとって絶対であった。修史の仕事のつづけられるためには、いかにたえがたくとも生きながらえねばならぬ。生きながらえるためには、どうしても、完全に身を亡《な》きものと思い込む必要があったのである。

五《いつ》月のち、司馬遷はふたたび筆を執《と》った。歓《よろこ》びも昂奮《こうふん》もない・ただ仕事の完成への意志だけに鞭打《むちう》たれて、傷ついた脚を引摺《ひきず》りながら目的地へ向かう旅人のように、とぼとぼと稿を継いでいく。もはや太史令の役は免ぜられていた。些《いささ》か後悔した武帝が、しばらく後に彼を中書《ちゅうしょ》令《れい》*に取立てたが、官職の黜陟《ちゅっちょく》*のごときは、彼にとってもうなんの意味もない。以前の論客司馬遷は、一切口を開かずなった。笑うことも怒ることもない。しかし、けっして悄然《しょうぜん》たる姿ではなかった。むしろ、何か悪霊《あくりょう》にでも取り憑《つ》かれているようなすさまじさを、人々は緘黙《かんもく》せる彼の風貌《ふうぼう》の中に見て取った。夜眠る時間をも惜しんで彼は仕事をつづけた。一刻も早く仕事を完成し、そのうえで早く自殺の自由を得たいとあせっているもののように、家人らには思われた。

凄惨《せいさん》な努力を一年ばかり続けたのち、ようやく、生きることの歓《よろこ》びを失いつくしたのちもなお表現することの歓びだけは生残りうるものだということを、彼は発見した。しかし、そのころになってもまだ、彼の完全な沈黙は破られなかったし、風貌《ふうぼう》の中のすさまじさも全然和《やわ》らげられはしない。稿をつづけていくうちに、宦者《かんじゃ》とか閹奴《えんど》*とかいう文字を書かなければならぬところに来ると、彼は覚えず呻《うめ》き声を発した。独り居室にいるときでも、夜、牀上《しょうじょう》に横になったときでも、ふとこの屈辱の思いが萌《きざ》してくると、たちまちカーッと、焼鏝《やきごて》をあてられるような熱い疼《うず》くものが全身を駈《か》けめぐる。彼は思わず飛上り、奇声を発し、呻きつつ四辺《あたり》を歩きまわり、さてしばらくしてから歯をくいしばって己《おのれ》を落ちつけようと努めるのである。

三

乱軍の中に気を失った李陵《りりょう》が獣脂《じゅうし》を灯《とも》し獣糞《じゅうふん》を焚《た》いた単于《ぜんう》の帳房《ちょうぼう》の中で目を覚ましたとき、咄嗟《とっさ》に彼は心を決めた。自《みずか》ら首刎《は》ねて辱《はずか》しめを免れるか、それとも今一応は敵に従っておいてそのうちに機を見て脱走する——敗軍の責を償《つぐな》うに足る手柄を土産《みやげ》として——か、この二つのほかに途《みち》はないのだが、李陵は、後者を選ぶことに心を決めたのである。

単于《ぜんう》は手ずから李陵の縄《なわ》を解いた。その後の待遇も鄭重《ていちょう》を極めた。且鞮侯《そていこう》単于とて先代の呴犁湖《くりこ》単于の弟だが、骨骼《こっかく》の逞《たくま》しい巨眼赭髯《きょがんしゃぜん》の中年の偉丈夫《いじょうふ》である。数代の単于に従って漢《かん》と戦ってはきたが、まだ李陵ほどの手《て》強《ごわ》い敵に遭《あ》ったことはないと正直に語り、陵の祖父李広《りこう》の名を引合いに出して陵の善戦を讃《ほ》めた。虎《とら》を格殺《かくさつ》したり岩に矢を立てたりした飛将軍《ひしょうぐん》李広の驍名《ぎょうめい》は今もなお胡地《こち》にまで語り伝えられている。陵が厚遇を受けるのは、彼が強き者の子孫でありまた彼自身も強かったからである。食を頒《わ》けるときも強壮者が美味をとり老弱者に余り物を与えるのが匈奴《きょうど》のふうであった。ここでは、強き者が辱《はずか》しめられることはけっしてない。降将李陵は一つの穹廬《きゅうろ》*と数十人の侍者《じしゃ》とを与えられ賓客《ひんきゃく》の礼をもって遇《ぐう》せられた。

李陵にとって奇異な生活が始まった。家は絨帳《じゅうちょう》穹廬《きゅうろ》、食物は羶肉《せんにく》、飲物は酪漿《らくしょう》と獣乳と乳《にゅう》醋酒《さくしゅ》。着物は狼《おおかみ》や羊や熊《くま》の皮を綴《つづ》り合わせた旃裘《せんきゅう》*。牧畜と狩猟と寇掠《こうりゃく》*と、このほかに彼らの生活はない。一望際涯《いちぼうさいがい》のない高原にも、しかし、河や湖や山々による境界があって、単于《ぜんう》直轄地《ちょっかつち》のほかは左賢王《さけんおう》右賢王左谷蠡王《さろくりおう》右谷蠡王以下の諸王侯の領地に分けられており、牧民の移住はおのおのその境界の中に限られているのである。城郭もなければ田畑もない国。村落はあっても、それが季節に従い水草を逐《お》って土地を変える。

李陵には土地は与えられない。単于麾下《きか》の諸将とともにいつも単于に従っていた。隙《すき》があったら単于の首でも、と李陵は狙《ねら》っていたが、容易に機会が来ない。たとえ、単于を討果たしたとしても、その首を持って脱出することは、非常な機会に恵まれないかぎり、まず不可能であった。胡地《こち》にあって単于と刺違えたのでは、匈奴《きょうど》は己《おのれ》の不名誉を有耶無耶《うやむや》のうちに葬ってしまうこと必定《ひつじょう》ゆえ、おそらく漢に聞こえることはあるまい。李陵は辛抱強《しんぼうづよ》く、その不可能とも思われる機会の到来を待った。

単于《ぜんう》の幕下《ばっか》には、李陵《りりょう》のほかにも漢の降人《こうじん》が幾人かいた。その中の一人、衛律《えいりつ》という男は軍人ではなかったが、丁霊王《ていれいおう》の位を貰《もら》って最も重く単于に用いられている。その父は胡人《こじん》だが、故《ゆえ》あって衛律は漢の都で生まれ生長した。武帝に仕えていたのだが、先年協律都尉《きょうりつとい》李延年《りえんねん》の事に坐《ざ》するのを懼《おそ》れて、亡《に》げて匈奴《きょうど》に帰《き》したのである。血が血だけに胡風《こふう》になじむことも速く、

相当の才物でもあり、常に且鞮侯単于《そていこうぜんう》の帷幄《いあく》に参じてすべての画策に与《あず》かっていた。李陵はこの衛律を始め、漢人《かんじん》の降《くだ》って匈奴の中にあるものと、ほとんど口をきかなかった。彼の頭の中にある計画について事をともにすべき人物がいないと思われたのである。そういえば、他の漢人同士の間でもまた、互いに妙に気まずいものを感じるらしく、相互に親しく交わることがないようであった。

一度単于は李陵を呼んで軍略上の示教を乞《こ》うたことがある。それは東胡《とうこ》に対しての戦いだったので、陵は快く己《おの》が意見を述べた。次に単于が同じような相談を持ちかけたとき、それは漢軍に対する策戦についてであった。李陵はハッキリと嫌《いや》な表情をしたまま口を開こうとしなかった。単于も強《し》いて返答を求めようとしなかった。それからだいぶ久しくたったころ、代・上郡を寇掠《こうりゃく》する軍隊の一将として南行することを求められた。このときは、漢に対する戦いには出られない旨を言ってキッパリ断わった。爾後《じご》、単于は陵にふたたびこうした要求をしなくなった。待遇は依然として変わらない。他に利用する目的はなく、ただ士を遇するために士を遇しているのだとしか思われない。とにかくこの単于は男だと李陵は感じた。

単于の長子・左賢王《さけんおう》が妙に李陵に好意を示しはじめた。好意というより尊敬といったほうが近い。二十歳を越したばかりの・粗野《そや》ではあるが勇気のある真面目《まじめ》な青年である。強き者への讃美《さんび》が、実に純粋で強烈なのだ。初め李陵のところへ来て騎射《きしゃ》を教えてくれという。騎射といっても騎のほうは陵に劣らぬほど巧《うま》い。ことに、裸馬《らば》を駆る技術に至っては遥《はる》かに陵を凌《しの》いでいるので、李陵はただ射《しゃ》だけを教えることにした。左賢王《さけんおう》は、熱心な弟子となった。陵の祖父李広《りこう》の射における入神《にゅうしん》の技などを語るとき、蕃族《ばんぞく》の青年は眸《ひとみ》をかがやかせて熱心に聞入るのである。よく二人して狩猟に出かけた。ほんの僅《わず》かの供廻《ともまわ》りを連れただけで二人は縦横に曠野《こうや》を疾駆《しっく》しては狐《きつね》や狼《おおかみ》や羚羊《かもしか》や鵰《おおとり》や雉子《きじ》などを射た。あるときなど夕暮れ近くなって矢も尽きかけた二人が――二人の馬は供の者を遥《はる》かに駈抜《かけぬ》いていたので――一群の狼に囲まれたことがある。馬に鞭《むち》うち全速力で狼群の中を駈け抜けて逃れたが、そのとき、李陵の馬の尻《しり》に飛びかかった一匹を、後ろに駈けていた青年左賢王が彎刀《わんとう》をもって見事《みごと》に胴斬《どうぎ》りにした。あとで調べると二人の馬は狼どもに嚙《か》み裂かれて血だらけになっていた。そういう一日ののち、夜、天幕《てんまく》の中で今日の獲物を羹《あつもの》の中にぶちこんでフウフウ吹きながら啜《すす》るとき、李陵は火影《ほかげ》に顔を火照《ほて》らせた若い蕃王《ばんおう》の息子に、ふと友情のようなものをさえ感じることがあった。

天漢三年の秋に匈奴《きょうど》がまたもや雁門《がんもん》を犯した。これに酬《むく》いるとて、翌四年、漢は弐《じ》師将軍李《り》広利《こうり》に騎六万歩七万の大軍を授《さず》けて朔方《さくほう》を出でしめ、歩卒一万を率いた彊弩都尉《きょうどとい》路博徳《ろはくとく》にこれを援《たす》けしめた。ひいて因杅《いんう》将軍公孫敖《こうそんごう》は騎一万歩三万をもって雁門を、游撃《ゆうげき》将軍韓説《かんせつ》は歩三万をもって五原《ごげん》を、それぞれ進発する。近来にない大北伐《ほくばつ》である。単于《ぜんう》はこの報に接するや、ただちに婦女、老幼、畜群、資財の類をことごとく余吾《しょご》水《すい》（ケルレン河）北方の地に移し、自《みずか》ら十万の精騎を率いて李《り》広利《こうり》・路博徳《ろはくとく》の軍を水南《すいなん》の大草原に邀《むか》え撃った。連戦十余日。漢軍はついに退くのやむなきに至った。李陵《りりょう》に師事する若き左賢王《さけんおう》は、別に一隊を率いて東方に向かい因杅《いんう》将軍を迎えてさんざんにこれを破った。漢軍の左翼たる韓説《かんせつ》の軍もまた得るところなくして兵を引いた。北征は完全な失敗である。李陵は例によって漢との戦いには陣頭に現われず、水北に退いていたが、左賢王の戦績をひそかに気遣《きづか》っている己《おのれ》を発見して愕然《がくぜん》とした。もちろん、全体としては漢軍の成功と匈奴《きょうど》の敗戦とを望んでいたには違いないが、どうやら左賢王だけは何か負けさせたくないと感じていたらしい。李陵はこれに気がついて激しく己を責めた。

その左賢王に打破られた公孫敖《こうそんごう》が都に帰り、士卒を多く失って功がなかったとの廉《かど》で牢《ろう》に繫《つな》がれたとき、妙な弁解をした。敵の捕虜《ほりょ》が、匈奴軍の強いのは、漢から降《くだ》った李《り》将軍が常々兵を練り軍略を授けてもって漢軍に備えさせているからだと言ったというのである。だからといって自軍が敗《ま》けたことの弁解にはならないから、もちろん、因杅《いんう》将軍の罪は許されなかったが、これを聞いた武帝が、李陵に対し激怒したことは言うまでもない。一度許されて家に戻っていた陵の一族はふたたび獄《ごく》に収められ、今度は、陵の老母から妻、子、弟に至るまでことごとく殺された。軽薄なる世人の常とて、当時隴西《ろうせい》（李陵の家は隴西の出である）の士大夫《したいふ》ら皆李家を出したことを恥としたと記されている。

この知らせが李陵の耳に入ったのは半年ほど後のこと、辺境から拉致《らち》された一漢卒《かんそつ》の口からである。それを聞いたとき、李陵は立上がってその男の胸倉《むなぐら》をつかみ、荒々しくゆすぶりながら、事の真偽を今一度たしかめた。たしかにまちがいのないことを知ると、彼は歯をくい縛《しば》り、思わず力を両手にこめた。男は身をもがいて、苦悶《くもん》の呻《うめ》きを洩《も》らした。陵の手が無意識のうちにその男の咽喉《いんこう》を扼《やく》していたのである。陵が手を離すと、男はバッタリ地に倒れた。その姿に目もやらず、陵は帳房《ちょうぼう》の外へ飛出した。

めちゃくちゃに彼は野を歩いた。激しい憤りが頭の中で渦《うず》を巻いた。老母や幼児のことを考えると心は灼《や》けるようであったが、涙は一滴も出ない。あまりに強い怒りは涙を涸渇《こかつ》させてしまうのであろう。

今度の場合には限らぬ。今まで我が一家はそもそも漢から、どのような扱いを受けてきたか？　彼は祖父の李広《りこう》の最期《さいご》を思った。（陵の父、当戸《とうこ》は、彼が生まれる数か月前に死んだ。陵はいわゆる、遺腹の児である。だから、少年時代までの彼を教育し鍛えあげたのは、有名なこの祖父であった。）名将李広は数次の北征に大功を樹《た》てながら、君側の姦佞《かんねい》に妨げられて何一つ恩賞にあずからなかった。部下の諸将がつぎつぎに爵位封侯《しゃくいほうこう》を得て行くのに、廉潔《れんけつ》な将軍だけは封侯はおろか、終始変わらぬ清貧《せいひん》に甘んじなければならなかった。最後に彼は大将軍衛《えい》青《せい》と衝突した。さすがに衛青にはこの老将をいたわる気持はあったのだが、その幕下《ばっか》の一軍吏《ぐんり》が虎《とら》の威《い》を借りて李広を辱《はずか》しめた。憤激した老名将はすぐその場で——陣営の中で自《みずか》ら首刎《は》ねたのである。祖父の死を聞いて声をあげてないた少年の日の自分を、陵はいまだにハッキリと憶《おぼ》えている。……

陵の叔父（李広の次男）李敢《りかん》の最後はどうか。彼は父将軍の惨《みじ》めな死について衛青を怨《うら》み、自ら大将軍の邸に赴《おもむ》いてこれを辱《はずか》しめた。大将軍の甥《おい》にあたる嫖騎《ひょうき》将軍霍去病《かくきょへい》がそれを憤って、甘泉宮《かんせんきゅう》の猟のときに李敢を射殺した。武帝はそれを知りながら、嫖騎将軍をかばわんがために、李敢は鹿《しか》の角に触れて死んだと発表させたのだ。……

司馬遷《しばせん》の場合と違って、李陵のほうは簡単であった。憤怒《ふんぬ》がすべてであった。（無理でも、もう少し早くかねての計画——単于《ぜんう》の首でも持って胡地《こち》を脱するという——を実行すればよかったという悔いを除いては、）ただそれをいかにして現わすかが問題であるにすぎない。彼は先刻の男の言葉「胡地《こち》にあって李将軍が兵を教え漢に備えていると聞いて陛下が激怒され云々《うんぬん》」を思出した。ようやく思い当たったのである。もちろん彼自身にはそんな覚えはないが、同じ漢の降将に李緒《りしょ》という者がある。元、塞外都尉《さいがいとい》として奚侯城《けいこうじょう》を守っていた男だが、これが匈奴《きょうど》に降《くだ》ってから常に胡軍《こぐん》に軍略を授け兵を練っている。現に半年前の軍にも、単于に従って、（問題の公孫敖《こうそんごう》の軍とではないが）漢軍と戦っている。これだと李陵《りりょう》は思った。同じ李《り》将軍で、李緒《りしょ》とまちがえられたに違いないのである。

その晩、彼は単身、李緒の帳幕《ちょうばく》へと赴《おもむ》いた。一言も言わぬ、一言も言わせぬ。ただの一刺しで李緒は斃《たお》れた。

翌朝李陵は単于の前に出て事情を打明けた。心配は要《い》らぬと単于は言う。だが母の大閼氏《たいえん》が少々うるさいから——というのは、相当の老齢でありながら、単于の母は李緒と醜関係があったらしい。単于はそれを承知していたのである。匈奴《きょうど》の風習によれば、父が死ぬと、長子たる者が、亡父の妻妾《さいしょう》のすべてをそのまま引きついで己《おの》が妻妾とするのだが、さすがに生母だけはこの中にはいらない。生みの母に対する尊敬だけは極端に男尊女卑の彼らでも有《も》っているのである——今しばらく北方へ隠れていてもらいたい、ほとぼりがさめたころに迎えを遣《や》るから、とつけ加えた。その言葉に従って、李陵は一時従者どもをつれ、西北の兜衛山《とうかんざん》（額林達班嶺《がくりんたつばんれい》）の麓《ふもと》に身を避けた。

まもなく問題の大閼氏《たいえん》が病死し、単于《ぜんう》の庭《てい》に呼戻されたとき、李陵《りりょう》は人間が変わったように見えた。というのは、今まで漢に対する軍略にだけは絶対に与《あずか》らなかった彼が、自《みずか》ら進んでその相談に乗ろうと言出したからである。単于はこの変化を見て大いに喜んだ。彼は陵を右校王《うこうおう》に任じ、己《おの》が娘の一人をめあわせた。娘を妻にという話は以前にもあったのだが、今まで断わりつづけてきた。それを今度は躊躇《ちゅうちょ》なく妻としたのである。ちょうど酒泉張掖《しゅせんちょうえき》の辺を寇掠《こうりゃく》すべく南に出て行く一軍があり、陵は自ら請うてその軍に従った。しかし、西南へと取った進路がたまたま浚稽山《しゅんけいざん》の麓《ふもと》を過《よぎ》ったとき、さすがに陵の心は曇った。かつてこの地で己《おのれ》に従って死戦した部下どものことを考え、彼らの骨が埋められ彼らの血の染《し》み込んだその砂の上を歩きながら、今の己が身の上を思うと、彼はもはや南行して漢兵と闘う勇気を失った。病と称して彼は独り北方へ馬を返した。

翌、太始《たいし》元年、且鞮侯単于《そていこうぜんう》が死んで、陵と親しかった左賢王《さけんおう》が後を嗣《つ》いだ。狐鹿姑《ころくこ》単于というのがこれである。

匈奴《きょうど》の右校王《うこうおう》たる李陵《りりょう》の心はいまだにハッキリしない。母妻子を族滅《ぞくめつ》された怨《うら》みは骨髄《こつずい》に徹しているものの、自《みずか》ら兵を率いて漢と戦うことができないのは、先ごろの経験で明らかである。ふたたび漢の地を踏むまいとは誓ったが、この匈奴の俗に化して終生安んじていられるかどうかは、新単于への友情をもってしても、まださすがに自信がない。考えることの嫌《きら》いな彼は、イライラしてくると、いつも独り駿馬《しゅんめ》を駆って曠野《こうや》に飛び出す。秋天一碧《しゅうてんいっぺき》の下、嘎々《かつかつ》と蹄《ひづめ》の音を響かせて草原となく丘陵となく狂気のように馬を駆けさせる。何十里かぶっとばした後、馬も人もようやく疲れてくると、高原の中の小川を求めてその滸《ほとり》に下り、馬に飲《みず》かう。それから己《おのれ》は草の上に仰向《あおむ》けにねころんで快い疲労感にウットリと見上げる碧落《へきらく》の潔《きよ》さ、高さ、広さ。ああ我もと天地間の一粒子《いちりゅうし》のみ、なんぞまた漢と胡《こ》とあらんやとふとそんな気のすることもある。一しきり休むとまた馬に跨《また》がり、がむしゃらに駈《か》け出す。終日乗り疲れ黄雲《こううん》が落暉《らっき》に曛《くん》ずるころになってようやく彼は幕営《ばくえい》に戻る。疲労だけが彼のただ一つの救いなのである。

司馬遷《しばせん》が陵《りょう》のために弁じて罪をえたことを伝える者があった。李陵は別にありがたいとも気の毒だとも思わなかった。司馬遷とは互いに顔は知っているし挨拶《あいさつ》をしたことはあっても、特に交を結んだというほどの間柄ではなかった。むしろ、厭《いや》に議論ばかりしてうるさいやつだくらいにしか感じていなかったのである。それに現在の李陵は、他人の不幸を実感するには、あまりに自分一個の苦しみと闘《たたか》うのに懸命であった。よけいな世話とまでは感じなかったにしても、特に済まないと感じることがなかったのは事実である。

初め一概に野卑《やひ》滑稽《こっけい》としか映《うつ》らなかった胡地《こち》の風俗が、しかし、その地の実際の風土・気候等を背景として考えてみるとけっして野卑でも不合理でもないことが、しだいに李陵にのみこめてきた。厚い皮革製の胡服《こふく》でなければ朔北《さくほく》の冬は凌《しの》げないし、肉食でなければ胡地の寒冷に堪《た》えるだけの精力を貯《たくわ》えることができない。固定した家屋を築かないのも彼らの生活形態から来た必然で、頭から低級と貶《けな》し去るのは当たらない。漢人のふうをあくまで保《たも》とうとするなら、胡地の自然の中での生活は一日といえども続けられないのである。

かつて先代の且鞮侯単于《そていこうぜんう》の言った言葉を李陵《りりょう》は憶《おぼ》えている。漢の人間が二言めには、己《おの》が国を礼儀の国といい、匈奴《きょうど》の行ないをもって禽獣《きんじゅう》に近いと看做《みな》すことを難じて、単于は言った。漢人のいう礼儀とは何ぞ？　醜いことを表面だけ美しく飾り立てる虚飾の謂《いい》ではないか。利を好み人を嫉《ねた》むこと、漢人と胡人《こじん》といずれかはなはだしき？　色に耽《ふけ》り財を貪《むさぼ》ること、またいずれかはなはだしき？　表《うわ》べを剝《は》ぎ去れば畢竟《ひっきょう》なんらの違いはないはず。ただ漢人はこれをごまかし飾ることを知り、我々はそれを知らぬだけだ、と。漢初以来の骨肉相喰《こつにくあいは》む内乱や功臣連の排斥擠陥《はいせきせいかん》の跡を例に引いてこう言われたとき、李陵はほとんど返す言葉に窮した。実際、武人《ぶじん》たる彼は今までにも、煩瑣《はんさ》な礼のための礼に対して疑問を感じたことが一再ならずあったからである。たしかに、胡俗《こぞく》の粗野《そや》な正直さのほうが、美名の影に隠れた漢人の陰険さより遥《はる》かに好ましい場合がしばしばあると思った。諸夏《しょか》*の俗を正しきもの、胡俗《こぞく》を卑しきものと頭から決めてかかるのは、あまりにも漢人的な偏見ではないかと、しだいに李陵にはそんな気がしてくる。たとえば今まで人間には名のほかに字《あざな》がなければならぬものと、ゆえもなく信じ切っていたが、考えてみれば字が絶対に必要だという理由はどこにもないのであった。

彼の妻はすこぶる大人《おとな》しい女だった。いまだに主人の前に出るとおずおずしてろくに口も利《き》けない。しかし、彼らの間にできた男の児は、少しも父親を恐れないで、ヨチヨチと李陵の膝《ひざ》に匍上《はいあ》がって来る。その児の顔に見入りながら、数年前長安《ちょうあん》に残してきた——そして結局母や祖母とともに殺されてしまった——子供の俤《おもかげ》をふと思いうかべて李陵は我しらず憮然《ぶぜん》とするのであった。

陵が匈奴《きょうど》に降《くだ》るよりも早く、ちょうどその一年前から、漢の中郎将蘇武《ちゅうろうしょうそぶ》が胡地《こち》に引留められていた。

元来蘇武は平和の使節として捕虜《ほりょ》交換のために遣《つか》わされたのである。ところが、その副使某がたまたま匈奴の内紛《ないふん》に関係したために、使節団全員が囚《とら》えられることになってしまった。単《ぜん》于《う》は彼らを殺そうとはしないで、死をもって脅《おびや》かしてこれを降《くだ》らしめた。ただ蘇武一人は降服を肯《がえ》んじないばかりか、辱《はずか》しめを避けようと自《みずか》ら剣を取って己《おの》が胸を貫いた。昏倒《こんとう》した蘇武に対する胡毉《こい》の手当てというのがすこぶる変わっていた。地を掘って坎《あな》をつくり熅火《うんか》を入れて、その上に傷者を寝かせその背中を蹈《ふ》んで血を出させたと漢書《かんじょ》には誌《しる》されている。この荒療治のおかげで、不幸にも蘇武は半日昏絶《こんぜつ》したのちにまた息を吹返した。且鞮侯《そていこう》単于はすっかり彼に惚《ほ》れ込んだ。数旬ののちようやく蘇武の身体が恢復《かいふく》すると、例の近臣衛律《えいりつ》をやってまた熱心に降をすすめさせた。衛律は蘇武が鉄火の罵詈《ばり》に遭《あ》い、すっかり恥をかいて手を引いた。その後蘇武が窖《あなぐら》の中に幽閉《ゆうへい》されたとき旃毛《せんもう》*を雪に和して喰《くら》いもって飢えを凌《しの》いだ話や、ついに北海《ほっかい》（バイカル湖）のほとり人なき所に徙《うつ》されて牡羊《おひつじ》が乳を出さば帰るを許さんと言われた話は、持節《じせつ》十九年の彼の名とともに、あまりにも有名だから、ここには述べない。とにかく、李陵《りりょう》が悶々《もんもん》の余生を胡地《こち》に埋めようとようやく決心せざるを得なくなったころ、蘇武は、すでに久しく北海のほとりで独り羊を牧していたのである。

李陵《りりょう》にとって蘇武《そぶ》は二十年来の友であった。かつて時を同じゅうして侍中《じちゅう》*を勤めていたこともある。片意地でさばけないところはあるにせよ、確かにまれに見る硬骨の士であることは疑いないと陵は思っていた。天漢元年に蘇武が北へ立ってからまもなく、武の老母が病死したときも、陵は陽陵《ようりょう》までその葬を送った。蘇武の妻が良人《おっと》のふたたび帰る見込みなしと知って、去って他家に嫁《か》した噂《うわさ》を聞いたのは、陵の北征出発直前のことであった。そのとき、陵は友のためにその妻の浮薄をいたく憤った。

しかし、はからずも自分が匈奴《きょうど》に降《くだ》るようになってからのちは、もはや蘇武に会いたいとは思わなかった。武が遥《はる》か北方に遷《うつ》されていて顔を合わせずに済むことをむしろ助かったと感じていた。ことに、己《おのれ》の家族が戮《りく》せられてふたたび漢に戻る気持を失ってからは、いっそうこの「漢節を持した牧羊者」との面接を避けたかった。

狐鹿姑単于《ころくこぜんう》が父の後《あと》を嗣《つ》いでから数年後、一時蘇武が生死不明との噂《うわさ》が伝わった。父単于がついに降服させることのできなかったこの不屈の漢使の存在を思出した狐鹿姑単于は、蘇武の安否を確かめるとともに、もし健在ならば今一度降服を勧告するよう、李陵に頼んだ。陵が武の友人であることを聞いていたのである。やむを得ず陵は北へ向かった。

姑且水《こじょすい》を北に溯《さかのぼ》り郅居水《しっきょすい》との合流点からさらに西北に森林地帯を突切る。まだ所々に雪の残っている川岸を進むこと数日、ようやく北海《ほっかい》の碧《あお》い水が森と野との向こうに見え出したころ、この地方の住民なる丁霊族《ていれいぞく》の案内人は李陵の一行を一軒の哀れな丸太小舎《こや》へと導いた。小舎の住人が珍しい人声に驚かされて、弓矢を手に表へ出て来た。頭から毛皮を被《かぶ》った鬚《ひげ》ぼうぼうの熊《くま》のような山男の顔の中に、李陵がかつての栘中厩監蘇子卿《いちゅうきゅうかんそしけい》の俤《おもかげ》を見出してからも、先方がこの胡服《こふく》の大官を前の騎都尉李少卿《きといりしょうけい》と認めるまでにはなおしばらくの時間が必要であった。蘇武《そぶ》のほうでは陵が匈奴《きょうど》に事《つか》えていることも全然聞いていなかったのである。

感動が、陵の内に在《あ》って今まで武との会見を避けさせていたもの、、を一瞬圧倒し去った。二人とも初めほとんどものが言えなかった。

陵の供廻《ともまわ》りどもの穹廬《きゅうろ》がいくつか、あたりに組立てられ、無人の境が急に賑《にぎ》やかになった。用意してきた酒食がさっそく小舎《こや》に運び入れられ、夜は珍しい歓笑の声が森の鳥獣を驚かせた。滞在は数日に亙《わた》った。

己《おの》が胡服を纏《まと》うに至った事情を話すことは、さすがに辛《つら》かった。しかし、李陵は少しも弁解の調子を交えずに事実だけを語った。蘇武がさりげなく語るその数年間の生活はまったく惨憺《さんたん》たるものであったらしい。何年か以前に匈奴の於靬王《おけんおう》が猟をするとてたまたまここを過ぎ蘇武に同情して、三年間つづけて衣服食料等を給してくれたが、その於靬王の死後は、凍《い》てついた大地から野鼠《のねずみ》を掘出して、飢えを凌《しの》がなければならない始末だと言う。彼の生死不明の噂《うわさ》は彼の養っていた畜群が剽盗《ひょうとう》どものために一匹残らずさらわれてしまったことの訛伝《かでん》らしい。陵は蘇武の母の死んだことだけは告げたが、妻が子を棄《す》てて他家へ行ったことはさすがに言えなかった。

この男は何を目あてに生きているのかと李陵は怪しんだ。いまだに漢に帰れる日を待ち望んでいるのだろうか。蘇武の口うらから察すれば、いまさらそんな期待は少しももっていないようである。それではなんのためにこうした惨憺《さんたん》たる日々をたえ忍んでいるのか？　単于《ぜんう》に降服を申出れば重く用いられることは請合《うけあ》いだが、それをする蘇武《そぶ》でないことは初めから分り切っている。陵の怪しむのは、なぜ早く自《みずか》ら生命を絶たないのかという意味であった。李陵《りりよう》自身が希望のない生活を自らの手で断ち切りえないのは、いつのまにかこの地に根を下《おろ》して了《しま》った数々の恩愛や義理のためであり、またいまさら死んでも格別漢のために義を立てることにもならないからである。蘇武の場合は違う。彼にはこの地での係累《けいるい》もない。漢朝に対する忠信という点から考えるなら、いつまでも節旄《せつぼう》*を持して曠野《こうや》に飢えるのと、ただちに節旄を焼いてのち自ら首刎《は》ねるのとの間に、別に差異はなさそうに思われる。はじめ捕えられたとき、いきなり自分の胸を刺した蘇武に、今となって急に死を恐れる心が萌《きざ》したとは考えられない。李陵は、若いころの蘇武の片意地を——滑稽《こっけい》なくらい強情な痩我慢《やせがまん》を思出した。単于《ぜんう》は栄華を餌《え》に極度の困窮《こんきゅう》の中から蘇武を釣《つ》ろうと試みる。餌につられるのはもとより、苦難に堪《た》ええずして自ら殺すこともまた、単于に（あるいはそれによって象徴される運命に）負けることになる。蘇武はそう考えているのではなかろうか。運命と意地の張合いをしているような蘇武の姿が、しかし、李陵には滑稽や笑止《しょうし》には見えなかった。想像を絶した困苦・欠乏・酷寒・孤独を、（しかもこれから死に至るまでの長い間を）平然と笑殺していかせるものが、意地だとすれば、この意地こそは誠《まこと》に凄《すさま》じくも壮大なものと言わねばならぬ。昔の多少は大人《おとな》げなく見えた蘇武の痩《やせ》我慢《がまん》が、かかる大我慢にまで成長しているのを見て李陵は驚嘆した。しかもこの男は自分の行ないが漢にまで知られることを予期していない。自分がふたたび漢に迎えられることはもとより、自分がかかる無人の地で困苦と戦いつつあることを漢はおろか匈奴《きょうど》の単于にさえ伝えてくれる人間の出て来ることをも期待していなかった。誰にもみとられずに独り死んでいくに違いないその最後の日に、自《みずか》ら顧みて最後まで運命を笑殺しえたことに満足して死んでいこうというのだ。誰一人己《おの》が事蹟《じせき》を知ってくれなくともさしつかえないというのである。李陵《りりょう》は、かつて先代単于《ぜんう》の首を狙《ねら》いながら、その目的を果たすとも、自分がそれをもって匈奴《きょうど》の地を脱走しえなければ、せっかくの行為が空《むな》しく、漢にまで聞こえないであろうことを恐れて、ついに決行の機を見出しえなかった。人に知られざることを憂えぬ蘇武《そぶ》を前にして、彼はひそかに冷汗の出る思いであった。

最初の感動が過ぎ、二日三日とたつうちに、李陵の中にやはり一種のこだわりができてくるのをどうすることもできなかった。何を語るにつけても、己《おのれ》の過去と蘇武のそれとの対比がいちいちひっかかってくる。蘇武は義人《ぎじん》、自分は売国奴《ばいこくど》と、それほどハッキリ考えはしないけれども、森と野と水との沈黙によって多年の間鍛え上げられた蘇武の厳《きび》しさの前には己の行為に対する唯一の弁明であった今までのわが苦悩のごときは一溜《ひとたま》りもなく圧倒されるのを感じないわけにいかない。それに、気のせいか、日《ひ》にちが立つにつれ、蘇武の己に対する態度の中に、何か富者が貧者に対するときのような――己の優越を知ったうえで相手に寛大であろうとする者の態度を感じはじめた。どことハッキリはいえないが、どうかした拍子《ひょうし》にひょいとそういうものの感じられることがある。襤褸《ぼろ》をまとうた蘇武の目の中に、ときとして浮かぶかすかな憐《れん》憫《びん》の色を、豪奢《ごうしゃ》な貂裘《ちょうきゅう》をまとうた右校王李陵《うこうおうりりょう》はなによりも恐れた。

十日ばかり滞在したのち、李陵は旧友に別れて、悄然《しょうぜん》と南へ去った。食糧衣服の類は充分に森の丸木小舎《こや》に残してきた。

李陵は単于《ぜんう》からの依嘱《いしょく》たる降服勧告についてはとうとう口を切らなかった、蘇武《そぶ》の答えは問うまでもなく明らかであるものを、何もいまさらそんな勧告によって蘇武をも自分をも辱《はずかし》めるには当たらないと思ったからである。

南に帰ってからも、蘇武の存在は一日も彼の頭から去らなかった。離れて考えるとき、蘇武の姿はかえっていっそうきびしく彼の前に聳《そび》えているように思われる。

李陵自身、匈奴《きょうど》への降服という己《おのれ》の行為をよしとしているわけではないが、自分の故国につくした跡と、それに対して故国の己に酬《むく》いたところとを考えるなら、いかに無情な批判者といえども、なお、その「やむを得なかった」ことを認めるだろうとは信じていた。ところが、ここに一人の男があって、いかに「やむを得ない」と思われる事情を前にしても、断じて、自らにそれは「やむを得ぬのだ」という考えかたを許そうとしないのである。

飢餓も寒苦も孤独の苦しみも、祖国の冷淡も、己の苦節がついに何人《なんぴと》にも知られないだろうというほとんど確定的な事実も、この男にとって、平生の節義を改めなければならぬほどのやむを得ぬ事情ではないのだ。

蘇武の存在は彼にとって、崇高な訓誡《くんかい》でもあり、いらだたしい悪夢でもあった。ときどき彼は人を遣《つか》わして蘇武の安否を問わせ、食品、牛羊、絨氈《じゅうせん》を贈った。蘇武をみたい気持と避けたい気持とが彼の中で常に闘っていた。

数年後、今一度李陵は北海《ほっかい》のほとりの丸木小舎《ごや》を訪《たず》ねた。そのとき途中で雲中《うんちゅう》の北方を戍《まも》る衛兵《えいへい》らに会い、彼らの口から、近ごろ漢の辺境では太守《たいしゅ》以下吏民《りみん》が皆白服をつけていることを聞いた。人民がことごとく服を白くしているとあれば天子の喪《も》に相違ない。李陵は武帝《ぶてい》の崩《ほう》じたのを知った。北海の滸《ほとり》に到《いた》ってこのことを告げたとき、蘇武《そぶ》は南に向かって号哭《ごうこく》した。慟哭《どうこく》数日、ついに血を嘔《は》くに至った。その有様を見ながら、李陵はしだいに暗く沈んだ気持になっていった。彼はもちろん蘇武の慟哭の真摯《しんし》さを疑うものではない。その純粋な烈《はげ》しい悲嘆には心を動かされずにはいられない。だが、自分には今一滴の涙も泛《うか》んでこないのである。蘇武は、李陵のように一族を戮《りく》せられることこそなかったが、それでも彼の兄は天子の行列にさいしてちょっとした交通事故を起こしたために、また、彼の弟はある犯罪者を捕ええなかったことのために、ともに責を負うて自殺させられている。どう考えても漢の朝《ちょう》から厚遇されていたとは称しがたいのである。それを知ってのうえで、今目の前に蘇武の純粋な痛哭《つうこく》を見ているうちに、以前にはただ蘇武の強烈な意地とのみ見えたものの底に、実は、譬《たと》えようもなく清冽《せいれつ》な純粋な漢の国土への愛情（それは義とか節とかいう外から押しつけられたものではなく、抑《おさ》えようとして抑えられぬ、こんこんと常に湧出《わきで》る最も親身な自然な愛情）が湛《たた》えられていることを、李陵ははじめて発見した。

李陵は己《おのれ》と友とを隔てる根本的なものにぶつかっていやでも己《おのれ》自身に対する暗い懐疑に追い

やられざるをえないのである。

蘇武《そぶ》の所から南へ帰って来ると、ちょうど、漢からの使者が到着したところであった。武帝《ぶてい》の死と昭帝《しょうてい》の即位とを報じてかたがた当分の友好関係を――常に一年とは続いたことのない友好関係だったが――結ぶための平和の使節である。その使いとしてやって来たのが、はからずも李陵《りりょう》の故人《とも》・隴西《ろうせい》の任立政《じんりっせい》ら三人であった。

その年の二月武帝が崩じて、僅《わず》か八歳の太子弗陵《ふつりょう》が位を嗣《つ》ぐや、遺詔《いじょう》によって侍中奉車都尉《じちゅうほうしゃとい》霍光《かくこう》が大司馬《だいしば》*大将軍として政《まつりごと》を輔《たす》けることになった。霍光はもと、李陵と親しかったし、左将軍となった上官桀《じょうかんけつ》もまた陵の故人であった。この二人の間に陵を呼返そうとの相談ができ上がったのである。今度の使いにわざわざ陵の昔の友人が選ばれたのはそのためであった。

単于《ぜんう》の前で使者の表向きの用が済むと、盛んな酒宴が張られる。いつもは衛律《えいりつ》がそうした場合の接待役を引受けるのだが、今度は李陵の友人が来た場合とて彼も引張り出されて宴につらなった。任立政は陵を見たが、匈奴《きょうど》の大官連の並んでいる前で、漢に帰れとは言えない。席を隔てて李陵を見ては目配せをし、しばしば己《おのれ》の刀環《とうかん》を撫《な》でて暗にその意を伝えようとした。陵はそれを見た。先方の伝えんとするところもほぼ察した。しかし、いかなるしぐさをもって応《こた》えるべきかを知らない。

公式の宴が終わった後で、李陵・衛律らばかりが残って牛酒と博戯《ばくぎ》*とをもって漢使をもてなした。そのとき任立政が陵に向かって言う。漢ではいまや大赦令《たいしゃれい》が降り万民は太平の仁政《じんせい》を楽しんでいる。新帝はいまだ幼少のこととて君が故旧たる霍子孟《かくしもう》・上官少叔《じょうかんしょうしゅく》が主上を輔《たす》けて天下の事を用いることとなったと。立政は、衛律《えいりつ》をもって完全に胡人《こじん》になり切ったものと見做《みな》して――事実それに違いなかったが――その前では明らさまに陵に説くのを憚《はばか》った。ただ霍光《かくこう》と上官桀《じょうかんけつ》との名を挙《あ》げて陵の心を惹《ひ》こうとしたのである。陵は黙《もく》して答えない。しばらく立政《りっせい》を熟視してから、己《おの》が髪を撫《な》でた。その髪も椎結《ついけい》とてすでに中国のふうではない。ややあって衛律が服を更《か》えるために座を退いた。初めて隔てのない調子で立政が陵の字《あざな》を呼んだ。少卿《しょうけい》よ、多年の苦しみはいかばかりだったか。霍子孟《かくしもう》と上官少叔《じょうかんしょうしゅく》からよろしくとのことであったと。その二人の安否を問返す陵のよそよそしい言葉におっかぶせるようにして立政がふたたび言った。少卿よ、帰ってくれ。富貴《ふうき》などは言うに足りぬではないか。どうか何もいわずに帰ってくれ。蘇武《そぶ》の所から戻ったばかりのこととて李陵も友の切なる言葉に心が動かぬではない。しかし、考えてみるまでもなく、それはもはやどうにもならぬことであった。「帰るのは易《やす》い。だが、また辱《はずか》しめを見るだけのことではないか？　如何《いかん》？」言葉半ばにして衛律が座に還《かえ》ってきた。二人は口を噤《つぐ》んだ。

会が散じて別れ去るとき、任立政はさりげなく陵のそばに寄ると、低声で、ついに帰るに意なきやを今一度尋ねた。陵は頭を横にふった。丈夫《じょうふ》ふたたび辱めらるるあたわずと答えた。その言葉がひどく元気のなかったのは、衛律に聞こえることを惧《おそ》れたためではない。

後五年、昭帝の始元《しげん》六年の夏、このまま人に知られず北方に窮死《きゅうし》すると思われた蘇武《そぶ》が偶然にも漢に帰れることになった。漢の天子が上林苑《じょうりんえん》中で得た雁《かり》の足に蘇武の帛書《はくしょ》がついていた*云《うん》云《ぬん》というあの有名な話は、もちろん、蘇武《そぶ》の死を主張する単于《ぜんう》を説破するためのでたらめである。十九年前蘇武に従って胡地《こち》に来た常恵《じょうけい》という者が漢使に遭《あ》って蘇武の生存を知らせ、この嘘《うそ》をもって武《ぶ》を救出《すくいだ》すように教えたのであった。さっそく北海《ほっかい》の上に使いが飛び、蘇武は単于の庭《てい》につれ出された。李陵《りりょう》の心はさすがに動揺した。ふたたび漢に戻れようと戻れまいと蘇武の偉大さに変わりはなく、したがって陵の心の笞《しもと》たるに変わりはないに違いないが、しかし、天はやっぱり見ていたのだという考えが李陵をいたく打った。見ていないようでいて、やっぱり天は見ている。彼は粛然《しゅくぜん》として懼《おそ》れた。今でも、己《おのれ》の過去をけっして非なりとは思わないけれども、なおここに蘇武という男があって、無理ではなかったはずの己の過去をも恥ずかしく思わせることを堂々とやってのけ、しかも、その跡が今や天下に顕彰《けんしょう》されることになったという事実は、なんとしても李陵にはこたえた。胸をかきむしられるような女々《めめ》しい己の気持が羨《せん》望《ぼう》ではないかと、李陵は極度に惧《おそ》れた。

別れに臨んで李陵は友のために宴を張った。いいたいことは山ほどあった。しかし結局それは、胡《こ》に降《くだ》ったときの己《おのれ》の志が那辺《なへん》にあったかということ。その志を行なう前に故国の一族が戮《りく》せられて、もはや帰るに由なくなった事情とに尽きる。それを言えば愚痴《ぐち》になってしまう。彼は一言もそれについてはいわなかった。ただ、宴酣《たけなわ》にして堪えかねて立上がり、舞いかつ歌うた。

径万里兮度沙幕《ばんりをゆきすぎさばくをわたる》
為　君　将　兮　奮　匈　奴《きみのためしようとなってきょうどにふるう》
路窮絶兮矢刃摧《みちきゆうぜつししじんくだけ》
士衆滅兮名已隤《ししゆうほろびなすでにおつ》
老母已死　雖　欲　報　恩　将　安　帰《ろうぼすでにしすおんにむくいんとほっするもまたいずくにかかえらん》

歌っているうちに、声が顫《ふる》え涙が頰《ほお》を伝わった。女々《めめ》しいぞと自《みずか》ら叱《しか》りながら、どうしようもなかった。

蘇武《そぶ》は十九年ぶりで祖国に帰って行った。

司馬遷《しばせん》はその後も孜々《しし》として書き続けた。

この世に生きることをやめた彼は書中の人物としてのみ活《い》きていた。現実の生活ではふたたび開かれることのなくなった彼の口が、魯仲連《ろちゆうれん》*の舌端《ぜつたん》を借りてはじめて烈々《れつれつ》と火を噴くのである。あるいは伍子胥《ごししよ》*となって己《おの》が眼を抉《えぐ》らしめ、あるいは藺相如《りんしようじよ》*となって秦王《しんおう》を叱《しつ》し、あるいは太子丹《たいしたん》*となって泣いて荊軻《けいか》を送った。楚《そ》の屈原《くつげん》*の憂憤《うつぷん》を叙して、そのまさに汨羅《べきら》に身を投ぜんとして作るところの懐沙之賦《かいさのふ》を長々と引用したとき、司馬遷にはその賦がどうしても己《おのれ》自身の作品のごとき気がしてしかたがなかった。

稿を起こしてから十四年、腐刑《ふけい》の禍《わざわい》に遭《あ》ってから八年。都では巫蠱《ふこ》の獄*が起こり戻太子《れいたいし》の悲劇が行なわれていたころ、父子相伝《ふしそうでん》のこの著述がだいたい最初の構想どおりの通史《つうし》がひととおりでき上がった。これに増補改刪推敲《かいさんすいこう》を加えているうちにまた数年がたった。史記《しき》百三十巻、五十二万六千五百字が完成したのは、すでに武帝《ぶてい》の崩御《ほうぎょ》に近いころであった。

列伝《れつでん》第七十太史《たいし》公《こう》自序の最後の筆を擱《お》いたとき、司馬遷は几《き》に凭《よ》ったまま惘然《ぼうぜん》とした。深い溜息《ためいき》が腹の底から出た。目は庭前の槐樹《えんじゅ》の茂みに向かってしばらくはいたが、実は何ものをも見ていなかった。うつろな耳で、それでも彼は庭のどこからか聞こえてくる一匹の蟬《せみ》の声に耳をすましているようにみえた。歓《よろこ》びがあるはずなのに気の抜けた漠然《ばくぜん》とした寂しさ、不安のほうが先に来た。

完成した著作を官に納め、父の墓前にその報告をするまではそれでもまだ気が張っていたが、それらが終わると急に酷《ひど》い虚脱の状態が来た。憑依《ひょうい》*の去った巫者《ふしゃ》のように、身も心もぐったりとくずおれ、まだ六十を出たばかりの彼が急に十年も年をとったように耄《ふ》けた。武帝の崩御《ほうぎょ》も昭帝の即位もかつてのさきの太史令《たいしれい》司馬遷《しばせん》の脱殻《ぬけがら》にとってはもはやなんの意味ももたないように見えた。

前に述べた任立政《じんりっせい》らが胡地《こち》に李陵《りりょう》を訪《たず》ねて、ふたたび都に戻って来たころは、司馬遷はすでにこの世に亡《な》かった。

蘇武《そぶ》と別れた後の李陵については、何一つ正確な記録は残されていない。元平《げんぺい》元年に胡地《こち》で死んだということのほかは。

すでに早く、彼と親しかった狐鹿姑単于《ころくこぜんう》は死に、その子壺衍鞮単于《こえんてい》の代となっていたが、その即位にからんで左賢王《さけんおう》、右谷蠡王《うろくりおう》の内紛があり、閼氏《えんし》や衛律《えいりつ》らと対抗して李陵も心ならずも、その紛争にまきこまれたろうことは想像に難《かた》くない。

漢書《かんじょ》*の匈奴伝《きょうどでん》には、その後、李陵の胡地で儲《もう》けた子が烏藉都尉《うせきとい》を立てて単于とし、呼韓邪単于《こかんやぜんう》に対抗してついに失敗した旨が記されている。宣帝《せんてい》の五鳳《ごほう》二年のことだから、李陵が死んでからちょうど十八年めにあたる。李陵の子とあるだけで、名前は記されていない。

弟子

一

　魯《ろ》の卞《べん》の游侠《ゆうきょう》の徒、仲由《ちゅうゆう》、字《あざな》は子路《しろ》という者が、近ごろ賢者《けんじゃ》の噂《うわさ》も高い学匠《がくしょう》・陬人孔丘《すうひとこうきゅう》を辱《はずか》しめてくれようものと思い立った。似而非《えせ》賢者何ほどのことやあらんと、蓬頭突鬢《ほうとうとっびん》・垂冠《すいかん》・短後《たんこう》の衣という服装《いでたち》で、左手に雄鶏《おんどり》、右手に牡豚《おすぶた》を引っさげ、勢い猛に、孔丘が家を指《さ》して出かける。鶏を揺《ゆ》すり豚を奮い、嗷《かまびす》しい脣吻《しんぶん》の音をもって、儒家《じゅか》の絃歌講誦《げんかこうしょう》の声を擾《みだ》そうというのである。

　けたたましい動物の叫びとともに眼を瞋《いか》らして跳《と》び込んで来た青年と、圜冠句履《えんかんこうり》緩《ゆる》く玦《けつ》*を帯びて几《き》に凭《よ》った温顔の孔子《こうし》との間に、問答が始まる。

「汝《なんじ》、何をか好む？」と孔子が聞く。

「我《われ》、長剣を好む。」と青年は昂然《こうぜん》として言い放つ。

　孔子は思わずニコリとした。青年の声や態度の中に、あまりに稚気《ちき》満々たる誇負《こふ》を見たからである。血色のいい・眉《まゆ》の太い・眼のはっきりした、見るからに精悍《せいかん》そうな青年の顔には、しかし、どこか、愛すべき素直さが自《おの》ずと現われているように思われる。ふたたび孔子が聞く。

「学は則《すなわ》ち如何《いかん》？」

「学、豈《あに》、益あらんや。」もともとこれを言うのが目的なのだから、子路は勢い込んでどなるように答える。

学の権威について云々《うんぬん》されては微笑《わら》ってばかりもいられない。孔子は諄々《じゅんじゅん》として学の必要を説き始める。人君にして諫臣《かんしん》がなければ正を失い、士にして教友がなければ聴を失う。樹も縄《じょう》を受けてはじめて直《なお》くなるのではないか。馬に策《むち》が、弓に檠《けい》が必要なように、人にも、その放恣《し》な性情を矯《た》める教学が、どうして必要でなかろうぞ。匡《ただ》し理《おさ》め磨《みが》いて、はじめてものは有用の材となるのだ。

後世に残された語録の字面《じづら》などからはとうてい想像もできぬ・きわめて説得的な弁舌を、孔子は有《も》っていた。言葉の内容ばかりでなく、その穏やかな音声・抑揚の中にも、それを語る時のきわめて確信にみちた態度の中にも、どうしても聴者を説得せずにはおかないものがある。青年の態度からはしだいに反抗の色が消えて、ようやく謹聴《きんちょう》のようすに変わってくる。

「しかし」と、それでも子路はなお逆襲する気力を失わない。南山《なんざん》の竹は揉《た》めずして自ら直《なお》く、斬《き》ってこれを用うれば犀革《さいかく》の厚きをも通すと聞いている。してみれば、天性優《すぐ》れたる者にとって、なんの学ぶ必要があろうか？

孔子にとって、こんな幼稚な譬喩《ひゆ》を打破るほどたやすいことはない。汝《なんじ》のいうその南山の竹に矢の羽をつけ鏃《やじり》をつけてこれを礪《みが》いたならば、啻《ただ》に犀革《さいかく》を通すのみではあるまいに、と孔子に言われた時、愛すべき単純な若者は返す言葉に窮した。顔を赧《あか》らめ、しばらく孔子の前に突っ立ったまま何か考えているようすだったが、急に鶏と豚とをほうり出し、頭をたれて、「謹《つつし》んで教《おしえ》を受けん。」と降参した。単に言葉に窮したためではない。実は、室に入って孔子の容《すがた》を見、その最初の一言を聞いた時、ただちに鶏豚の場違いであることを感じ、己《おのれ》とあまりにも懸《けん》絶《ぜつ》した相手の大きさに圧倒されていたのである。

即日、子路は師弟の礼を執《と》って孔子の門に入った。

二

このような人間を、子路《しろ》は見たことがない。力千鈞《せんきん》の鼎《かなえ》をあげる勇者を彼は見たことがある。明千里《めいせんり》の外を察する智者《ちしゃ》の話も聞いたことがある。しかし、孔子《こうし》にあるものは、けっしてそんな怪物めいた異常さではない。ただ最も常識的な完成にすぎないのである。知情意《ちじょうい》のおのおのから肉体的の諸能力に至るまで、実に平凡に、しかし実に伸び伸びと発達したみごとさである。一つ一つの能力の優秀さが全然目立たないほど、過不及《かふきゅう》なく均衡のとれた豊かさは、子路にとって正《まさ》しくはじめて見るところのものであった。闊達《かったつ》自在、いささかの道学者臭もないのに子路は驚く。この人は苦労人だなとすぐに子路は感じた。おかしいことに、子路の誇る武芸や膂《りょ》力《りょく》においてさえ孔子のほうが上なのである。ただそれを平生用いないだけのことだ。俠者《きょうしゃ》子路はまずこの点で度胆《どぎも》を抜かれた。放蕩無頼《ほうとうぶらい》の生活にも経験があるのではないかと思われるくらい、あらゆる人間への鋭い心理的洞察《どうさつ》がある。そういう一面から、また一方、きわめて高く汚れないその理想主義に至るまでの幅の広さを考えると、子路はウーンと心の底からうならずにはいられない。とにかく、この人はどこへ持って行っても大丈夫な人だ。潔癖な倫理的な見方からしても大丈夫だし、最も世俗的な意味からいっても大丈夫だ。子路が今までに会った人間の偉さは、どれも皆その利用価値の中にあった。これこれの役に立つから偉いというにすぎない。孔子の場合は全然違う。ただそこに孔子という人間が存在するだけで充分なのだ。少なくとも子路には、そう思えた。彼はすっかり心酔してしまった。門にはいってまだ一月《ひと》ならずして、もはや、この精神的支柱から離れ得ない自分を感じていた。

後年の孔子の長い放浪の艱苦《かんく》を通じて、子路ほど欣然《きんぜん》として従った者はない。それは、孔子の弟子たることによって仕官の途《みち》を求めようとするのでもなく、また、滑稽《こっけい》なことに、師の傍《かたわら》にあって己《おのれ》の才徳を磨《みが》こうとするのでさえもなかった。死に至るまで渝《かわ》らなかった・極端に求むるところのない・純粋な敬愛の情だけが、この男を師の傍に引留めたのである。かつて長剣を手離せなかったように、子路は今はなんとしてもこの人から離れられなくなっていた。

その時、四十而不惑《しじゅうにしてまどわず》といった・その四十歳に孔子はまだ達していなかった。子路よりわずか九歳の年長にすぎないのだが、子路はその年齢の差をほとんど無限の距離に感じていた。

孔子は孔子で、この弟子のきわ立った馴《な》らしがたさに驚いている。単に勇を好むとか柔を嫌《きら》うとかいうならばいくらでも類はあるが、この弟子ほどものの形を軽蔑《けいべつ》する男も珍しい。究極は精神に帰すると言い条《じょう》、礼なるものはすべて形からはいらねばならぬのに、子路という男は、その形からはいっていくという筋道を容易に受けつけないのである。「礼といい礼という。玉《ぎょく》帛《はく》をいわんや。楽《がく》といい楽という。鐘鼓《しょうこ》をいわんや。*」などというと大いに欣《よろこ》んで聞いているが、曲礼《きょくれい》の細則を説く段になるとにわかにつまらなそうな顔をする。形式主義への・この本能的《てきき》忌避《ひ》と闘ってこの男に礼楽を教えるのは、孔子にとってもなかなかの難事であった。が、それ以上に、これを習うことが子路《しろ》にとっての難事業であった。子路が頼《たよ》るのは孔子《こうし》という人間の厚みだけである。その厚みが、日常の区々たる細行の集積であるとは、子路《しろ》には考えられない。本《もと》があってはじめて末が生ずるのだと彼は言う。しかしその本《もと》をいかにして養うかについての実際的な考慮が足りないとて、いつも孔子に叱《しか》られるのである。彼が孔子に心服するのは一つのこと。彼が孔子の感化をただちに受けつけたかどうかは、また別のことに属する。

上智《じょうち》と下愚《げぐ》は移りがたいと言ったとき、孔子は子路のことを考えに入れていなかった。欠点だらけではあっても、子路を下愚とは孔子も考えない。孔子はこの剽悍《ひょうかん》な弟子の無類の美点を誰よりも高く買っている。それはこの男の純粋な没利害性のことだ。この種の美しさは、この国の人々の間にあってはあまりにもまれなので、子路のこの傾向は、孔子以外の誰からも徳としては認められない。むしろ一種の不可解な愚かさとして映るにすぎないのである。しかし、子路の勇も政治的才幹も、この珍しい愚かさに比べれば、ものの数でないことを、孔子だけはよく知っていた。

師の言に従って己《おのれ》を抑《おさ》え、とにもかくにも形につこうとしたのは、親に対する態度においてであった。孔子の門にはいって以来、乱暴者の子路が急に親孝行になったという親戚《しんせき》中の評判である。褒《ほ》められて子路は変な気がした。親孝行どころか、嘘《うそ》ばかりついているような気がしてしかたがないからである。わがままをいって親をてこずらせていたころのほうが、どう考えても正直だったのだ。今の自分の偽《いつわ》りに喜ばされている親たちが少々情けなくも思われる。こまかい心理分析家ではないけれども、きわめて正直な人間だったので、こんなことにも気がつくのである。ずっと後年になって、ある時突然、親の老いたことに気がつき、己《おのれ》の幼かったころの両親の元気な姿を思い出したら、急に泪《なみだ》が出てきた。その時以来、子路の親孝行は無類の献身的なものとなるのだが、とにかく、それまでの彼の俄《にわ》か孝行はこんなぐあいであった。

三

ある日子路《しろ》が街を歩いて行くと、かつての友人の二、三に出会った。無頼とはいえぬまでも放縦《ほうじゅう》にしてこだわるところのない游俠《ゆうきょう》の徒《と》である。子路は立ち止ってしばらく話した。そのうちに彼らの一人が子路の服装をじろじろ見まわし、やあ、これが儒服《じゅふく》というやつか？　ずいぶんみすぼらしいなりだな、と言った。長剣が恋しくはないかい、とも言った。子路が相手にしないでいると、今度は聞き捨てのならぬことを言い出した。どうだい。あの孔丘《こうきゅう》という先生はなかなかのくわせものだっていうじゃないか。しかつめらしい顔をして心にもないことをまことしやかに説いていると、えらく甘い汁が吸えるものと見えるなあ。別に悪意があるわけではなく、心安立《こころやすだ》てからのいつもの毒舌だったが、子路は顔色を変えた。いきなりその男の胸倉《むなぐら》をつかみ、右手の拳《こぶし》をしたたか横面《よこつら》に飛ばした。二つ三つ続けざまに喰《くら》わしてから手を離すと、相手は意気地《いくじ》なく倒れた。呆気《あっけ》に取られている他の連中に向かっても、子路は挑戦的な眼を向けたが、子路の剛勇を知る彼らは向かって来ようともしない。殴《なぐ》られた男を左右から扶《たす》け起こし、捨台詞《すてぜりふ》一つ残さずにこそこそと立ち去った。

いつかこのことが孔子《こうし》の耳にはいったものと見える。子路が呼ばれて師の前に出て行ったとき、直接には触れないながら、次のようなことを聞かされねばならなかった。古《いにしえ》の君子《くんし》は忠をもって質《しつ》となし仁《じん》をもって衛《えい》とした。不善《ふぜん》ある時はすなわち忠をもってこれを化し、侵暴《しんぼう》ある時はすなわち仁をもってこれを固うした。腕力の必要を見ぬ所以《ゆえん》である。とかく小人《しょうじん》は不遜《ふそん》をもって勇とみなしがちだが、君子の勇とは義を立つることの謂《いい》である云々《うんぬん》。神妙に子路は聞いていた。

数日後、子路がまた街を歩いていると、往来の木蔭《こかげ》で閑人《かんじん》たちの盛んに弁じている声が耳にはいった。それがどうやら孔子の噂《うわさ》のようである。――昔、昔、となんでも古《いにしえ》を担《かつ》ぎ出して今を貶《けな》す。誰も昔を見たことがないのだからなんとでも言えるわけさ。しかし昔の道を杓子定規《しゃくしじょうぎ》にそのまま履《ふ》んで、それでうまく世が治まるくらいなら、誰も苦労はしないよ。俺《おれ》たちにとっては、死んだ周公《しゅうこう》よりも生ける陽虎《ようこ》様のほうが偉いということになるのさ。

下剋上《げこくじょう》の世であった。政治の実権が魯侯《ろこう》からその大夫《たいふ》たる季孫《きそん》氏の手に移り、それが今やさらに季孫氏の臣たる陽虎という野心家の手に移ろうとしている。しゃべっている当人はあるいは陽虎の身内の者かもしれない。

――ところで、その陽虎様がこの間から孔丘《こうきゅう》を用いようと何度も迎えを出されたのに、なんと、孔丘のほうからそれを避けているというじゃないか。口ではたいそうなことを言っても、実際の生きた政治にはまるで自信がないのだろうよ。あの手合いはね。

子路《しろ》は背後《うしろ》から人々を分けて、つかつかと弁者の前に進み出た。人々は彼が孔門の徒《と》であることをすぐに認めた。今まで得々《とくとく》と弁じ立てていた当の老人は、顔色を失い、意味もなく子路の前に頭を下げてから人垣《ひとがき》の背後《うしろ》に身を隠した。眥《まなじり》を決した子路の形相《ぎょうそう》があまりにすさまじかったのであろう。

その後しばらく、同じようなことが処々で起こった。肩を怒らせ炯々《けいけい》と眼を光らせた子路の姿が遠くから見え出すと、人々は孔子《こうし》を刺《そし》る口をつぐむようになった。

子路はこのことでたびたび師に叱《しか》られるが、自分でもどうしようもない。彼は彼なりに心の中では言い分がないでもない。いわゆる君子なるものが俺《おれ》と同じ強さの忿怒《ふんぬ》を感じてなおかつそれを抑《おさ》えうるのだったら、そりゃ偉い。しかし、実際は、俺ほど強く怒りを感じやしないんだ。少なくとも、抑えうる程度に弱くしか感じていないのだ。きっと……。

一年ほどたってから孔子が苦笑とともに嘆じた。由《ゆう》が門に入ってから自分は悪言を耳にしなくなったと。

四

ある時、子路が一室で瑟《しつ》を鼓《こ》していた。

孔子《こうし》はそれを別室で聞いていたが、しばらくしてかたわらなる冉有《ぜんゆう》に向かって言った。あの瑟の音を聞くがよい。暴厲《ぼうれい》の気がおのずから漲《みなぎ》っているではないか。君子《くんし》の音は温柔にして中《ちゅう》に居り、生育の気を養うものでなければならぬ。昔舜《しゅん》は五絃琴《ごげんきん》を弾《だん》じて南風《なんぷう》の詩を作った。南風の薫《くん》ずるや以《もっ》て我が民の慍《いかり》を解くべし。南風の時なるや以て我が民の財を阜《おおい》にすべしと。今由《ゆう》の音を聞くに、まことに殺伐激越《さつばつげきえつ》、南音にあらずして北声に類するものだ。弾者《だんじゃ》の荒怠暴恣《こうたいぼうし》の心状をこれほど明らかに映し出したものはない。――

のち、冉有《ぜんゆう》が子路のところへ行って夫子《ふうし》の言葉を告げた。

子路はもともと自分に楽才の乏しいことを知っている。そして自らそれを耳と手のせいに帰していた。しかし、それが実はもっと深い精神の持ち方から来ているのだと聞かされたとき、彼は愕然《がくぜん》として懼《おそ》れた。大切なのは手の習練ではない。もっと深く考えねばならぬ。彼は一室にとじこもり、静思して喰《くら》わず、もって骨立《こつりつ》するに至った。数日の後、ようやく思いえたと信じて、ふたたび瑟《しつ》を執《と》った。そうして、きわめて恐る恐る弾じた。その音を洩《も》れ聞いた孔子は、今度は別に何も言わなかった。咎《とが》めるような顔色も見えない。子貢《しこう》が子路のところへ行ってその旨を告げた。師の咎《とがめ》がなかったと聞いて子路は嬉《うれ》しげに笑った。

人の良い兄弟子の嬉しそうな笑顔を見て、若い子貢も微笑を禁じ得ない。聡明《そうめい》な子貢はちゃんと知っている。子路の奏《かな》でる音が依然として殺伐《さつばつ》な北声に満ちていることを。そうして、夫子がそれを咎《とが》めたまわぬのは、痩《や》せ細るまで苦しんで考え込んだ子路の一本気を愍《あわれ》まれたためにすぎないことを。

五

弟子の中で、子路《しろ》ほど孔子《こうし》に叱《しか》られる者はない。子路ほど遠慮なく師に反問する者もない。「請う。古《いにしえ》の道を釈《す》てて由《ゆう》の意を行なわん。可ならんか。*」などと、叱られるに決まっていることを聞いてみたり、孔子に面と向かってずけずけと「是《これ》ある哉《かな》。子の迂《う》なるや！」などと言ってのける人間はほかに誰もいない。それでいて、また、子路ほど全身的に孔子によりかかっている者もないのである。どしどし問い返すのは、心から納得《なっとく》できないものを表面《うわべ》だけ諾《うべな》うことのできぬ性分《しょうぶん》だからだ。また、他の弟子たちのように、嗤《わら》われまい叱られまいと気をつかわないからである。

子路が他のところではあくまで人の下風《かふう》に立つを潔《いさぎよ》しとしない独立不羈《どくりつふき》の男であり、一諾千《いちだくせん》金《きん》の快男児であるだけに、碌々《ろくろく》たる凡弟子然《ぼんていしぜん》として孔子の前に侍《はんべ》っている姿は、人々に確かに奇異な感じを与えた。事実、彼には、孔子の前にいる時だけは複雑な思索や重要な判断はいっさい師に任せてしまって自分は安心しきっているような滑稽《こっけい》な傾向もないではない。母親の前では自分にできることまでも、してもらっている幼児と同じようなぐあいである。退いて考えてみて、自ら苦笑することがあるくらいだ。

だが、これほどの師にもなお触れることを許さぬ胸中の奥所《おうしょ》がある。ここばかりは譲れないというぎりぎり結著のところが。

すなわち、子路にとって、この世に一つの大事なものがある。そのものの前には死生も論ずるに足りず、いわんや、区々たる利害のごとき、問題にはならない。侠《きょう》といえばやや軽すぎる。信といい義というと、どうも道学者流で自由な躍動の気に欠ける憾《うら》みがある。そんな名前はどうでもいい。子路にとって、それは快感の一種のようなものである。とにかく、それの感じられるものが善《よ》きことであり、それの伴《とも》なわないものが悪《あ》しきことだ。きわめてはっきりしていて、いまだかつてこれに疑いを感じたことがない。孔子のいう仁とはかなり開きがあるのだが、子路は師の教えの中から、この単純な倫理観を補強するようなものばかりを選んで摂《と》り入れる。巧言令色足恭《こうげんれいしょくすうきょう》、怨《えん》ヲ匿《かく》シテ其《そ》ノ人ヲ友トスルハ、丘之《きゅうこれ》ヲ恥ヅ*とか、生ヲ求メテ以《もっ》テ仁《じん》ヲ害スルナク身ヲ殺シテ以テ仁ヲ成スアリ*とか、狂者ハ進ンデ取リ狷者《けんじゃ》ハ為《な》サザル所アリ*とかいうのが、それだ。孔子もはじめはこの角《つの》を矯《た》めようとしないではなかったが、後には諦《あきら》めてやめてしまった。とにかく、これはこれで一匹のみごとな牛には違いないのだから。策《むち》を必要とする弟子もあれば、手綱《たづな》を必要とする弟子もある。容易な手綱では抑《おさ》えられそうもない子路の性格的欠点が、実は同時にかえって大いに用うるに足るものであることを知り、子路にはだいたいの方向の指示さえ与えればよいのだと考えていた。敬ニシテ礼ニ中《あた》ラザルヲ野《や》トイヒ、勇ニシテ礼ニ中ラザルヲ逆トイフ*とか、信ヲ好ンデ学ヲ好マザレバソノ蔽《へい》ヤ賊《ぞく》、直《ちょく》ヲ好ンデ学ヲ好マザレバソノ蔽ヤ絞《こう》*などというのも、結局は、個人としての子路に対してよりも、いわば塾頭格《じゅくとうかく》としての子路に向かっての叱言《こごと》である場合が多かった。子路という特殊な個人にあってはかえって魅力となりうるものが、他の門生一般についてはおおむね害となることが多いからである。

六

晋《しん》の魏楡《ぎゆ》の地で石がものを言ったという。民の怨嗟《えんさ》の声が石を仮《か》りて発したのであろうと、ある賢者《けんじゃ》が解した。すでに衰微《すいび》した周室《しゅうしつ》はさらに二つに分かれて争っている。十に余る大国はそれぞれ相結《あいむす》び相闘《あいたたか》って干戈《かんか》のやむ時がない。斉侯《せいこう》の一人は臣下の妻に通じて夜ごとその邸に忍んで来るうちについにその夫に弑《しい》せられてしまう。楚《そ》では王族の一人が病臥《びょうが》中の王の頸《くび》をしめて位を奪う。呉《ご》では足頸《あしくび》を斬《き》り取られた罪人どもが王を襲い、晋では二人の臣が互いに妻を交換し合う。このような世の中であった。

魯《ろ》の昭公《しょうこう》は上卿季平子《じょうけいきへいし》を討とうとしてかえって国を逐《お》われ、亡命七年にして他国で窮死《きゅうし》する。亡命中帰国の話がととのいかかっても、昭公に従った臣下どもが帰国後の己《おのれ》の運命を案じ公を引留めて帰らせない。魯の国は季《き》孫《そん》・叔孫《しゅくそん》・孟孫《もうそん》三氏の天下から、さらに季氏の宰《さい》・陽虎《ようこ》の恣《ほしいまま》な手に操《あやつ》られていく。

ところが、その策士陽虎が結局己《おのれ》の策に倒れて失脚してから、急にこの国の政界の風向きが変わった。思いがけなく孔子《こうし》が中都の宰として用いられることになる。公平無私な官吏や苛斂《かれん》誅求《ちゅうきゅう》*を事とせぬ政治家の皆無だった当時のこととて、孔子の公正な方針と周到な計画とはごく短い期間に驚異的な治績を挙《あ》げた。すっかり驚嘆した主君の定公《ていこう》が問うた。汝《なんじ》の中都を治めしところの法をもって魯国を治むればすなわち如何《いかん》？　孔子が答えて言う。何ぞただ魯国のみならんや。天下を治むるといえども可ならんか。およそ法螺《ほら》とは縁《えん》の遠い孔子がすこぶる恭《うやうや》しい調子ですましてこうした壮語を弄《ろう》したので、定公はますます驚いた。彼はただちに孔子を司《し》空《くう》に挙《あ》げ、続いて大司寇《だいしこう》に進めて宰相《さいしょう》の事をも兼ね摂《と》らせた。孔子の推挙で子路《しろ》は魯《ろ》国の内閣書記官長ともいうべき季氏の宰となる。孔子の内政改革案の実行者としてまっ先に活動したことはいうまでもない。

孔子の政策の第一は中央集権すなわち魯侯《ろこう》の権力強化である。このためには、現在魯侯よりも勢力をもつ季《き》・叔《しゅく》・孟《もう》・三桓《さんかん》の力を削《そ》がねばならぬ。三氏の私城にして百雉《ち》（厚さ三丈、高さ一丈）を超えるものに郈《こう》・費《ひ》・成《せい》の三地がある。まずこれらを毀《こぼ》つことに孔子は決め、その実行に直接当たったのが子路であった。

自分の仕事の結果がすぐにはっきりと現われてくる、しかも今までの経験にはなかったほどの大きい規模で現われてくることは、子路のような人間にとって確かに愉快に違いなかった。ことに、既成政治家の張りめぐらした奸悪《かんあく》な組織や習慣を一つ一つ破砕して行くことは、子路に、今まで知らなかった一種の生甲斐《いきがい》を感じさせる。多年の抱負の実現に生き生きと忙しげな孔子の顔を見るのも、さすがに嬉《うれ》しい。孔子の目にも、弟子の一人としてではなく一個の実行力ある政治家としての子路の姿がたのもしいものに映った。

費《ひ》の城を毀《こわ》しにかかったとき、それに反抗して公山不狃《こうざんふじゅう》という者が費《ひ》人《ひと》を率い魯《ろ》の都を襲うた。武子台《ぶしだい》に難を避けた定公の身辺にまで叛軍《はんぐん》の矢が及ぶほど、一時は危うかったが、孔子の適切な判断と指揮とによってわずかに事なきを得た。子路はまた改めて師の実際家的手腕に敬服する。孔子の政治家としての手腕はよく知っているし、またその個人的な膂力《りょりょく》の強さも知ってはいたが、実際の戦闘に際してこれほどの鮮やかな指揮ぶりを見せようとは思いがけなかったのである。もちろん、子路《しろ》自身もこの時はまっ先に立って奮い戦った。久しぶりに揮《ふる》う長剣の味も、まんざら棄《す》てたものではない。とにかく、経書《けいしょ》の字句をほじくったり古礼《これい》を習うたりするよりも、粗《あら》い現実の面と取っ組み合って生きていくほうが、この男の性《しょう》に合っているようである。

斉《せい》との間の屈辱的媾和《こうわ》のために、定公が孔子《こうし》をしたがえて斉の景公《けいこう》と夾谷《きょうこく》の地に会したことがある。そのとき孔子は斉の無礼を咎《とが》めて、景公はじめ群卿諸大夫《ぐんけいしょたいふ》を頭ごなしに叱咤《しった》した。戦勝国たるはずの斉の君臣一同ことごとく顫《ふる》え上がったとある。子路をして心からの快哉《かいさい》を叫ばしめるに充分な出来事ではあったが、この時以来、強国斉は、隣国の宰相《さいしょう》としての孔子の存在に、あるいは孔子の施政の下に充実していく魯《ろ》の国力に、懼《おそ》れを抱き始めた。苦心の結果、まことにいかにも古代支那《しな》式な苦肉の策が採《と》られた。すなわち、斉から魯へ贈るに、歌舞に長じた美女の一団をもってしたのである。こうして魯侯の心を蕩《とろ》かし定公と孔子との間を離間しようとしたのだ。ところで、さらに古代支那式なのは、この幼稚な策が、魯国内反孔子派の策動と相俟《あいま》って、あまりにも速く効を奏したことである。魯侯は女楽《じょがく》に耽《ふけ》ってもはや朝《ちょう》に出なくなった。季桓子《きかんし》以下の大官連もこれに倣《なら》い出す。子路はまっ先に憤慨して衝突し、官を辞した。孔子は子路ほど早く見切りをつけず、なおつくせるだけの手段をつくそうとする。子路は孔子に早く辞《や》めてもらいたくてしかたがない。師が臣節を汚すのを懼《おそ》れるのではなく、ただこの淫《みだ》らな雰囲気の中に師を置いて眺《なが》めるのがたまらないのである。

孔子の粘り強さもついに諦《あきら》めねばならなくなったとき、子路はほっ、とした。そうして、師に従って欣《よろこ》んで魯の国を立ち退《の》いた。

作曲家でもあり作詞家でもあった孔子は、しだいに遠離《とおざか》り行く都城《とじょう》を顧みながら、歌う。

彼《か》の美婦《びふ》の口には君子も以《もっ》て出走すべし。彼《か》の美婦の謁《えつ》には君子も以て死敗すべし。* ……

かくて爾後《じご》永年にわたる孔子の遍歴が始まる。

七

大きな疑問が一つある。子供の時からの疑問なのだが、成人になっても老人になりかかってもいまだに納得《なっとく》できないことに変わりはない。それは誰もがいっこうに怪しもうとしない事柄だ。邪が栄えて正がしいたげられるという・ありきたりの事実についてである。

この事実にぶつかるごとに、子路《しろ》は心からの悲憤を発しないではいられない。なぜだ？　何故そうなのだ？　悪は一時栄えても結局はその酬《むく》いを受けると人はいう。なるほどそういう例もあるかもしれぬ。しかし、それも人間というものが結局は破滅に終わるという一般的な場合の一例なのではないか。善人が窮極《きゅうきょく》の勝利を得たなどという例《ためし》は、遠い昔は知らず、今の世ではほとんど聞いたことさえない。何故だ？　何故だ？　大きな子供・子路にとって、これはばかりはいくら憤慨しても憤慨し足りないのだ。彼は地団駄《じだんだ》を踏む思いで、天とは何だと考える。天は何を見ているのだ。そのような運命を作り上げるのが天なら、自分は天に反抗しないではいられない。天は人間と獣との間に区別を設けないと同じく、善と悪との間にも差別を立てないのか。正とか邪とかは畢竟《ひっきょう》人間の間だけの仮の取決《とりきめ》にすぎないのか？　子路がこの問題で孔《こう》子《し》のところへ聞きに行くと、いつも決まって、人間の幸福というものの真のあり方について説き聞かせられるだけだ。善をなすことの報いは、では結局、善をなしたという満足のほかにはないのか？　師の前では一応納得《なっとく》したような気になるのだが、さて退いてひとりになって考えてみると、やはりどうしても釈然としないところが残る。そんな無理に解釈してみたあげくの幸福なんかでは承知できない。誰が見ても文句のない・はっきりした形の善報が義人の上に来るのでなくては、どうしてもおもしろくないのである。

天についてのこの不満を、彼は何よりも師の運命について感じる。ほとんど人間とは思えないこの大才、大徳が、何故こうした不遇に甘んじなければならぬのか。家庭的にも恵まれず、年老いてから放浪の旅に出なければならぬような不運が、どうしてこの人を待たねばならぬのか。一夜、「鳳鳥至《ほうちょういた》らず。河《か》、図《と》を出さず。已《や》んぬるかな。*」と独言《ひとりごと》に孔子が呟《つぶや》くのを聞いたとき、子路は思わず涙が溢《あふ》れてくるのを禁じえなかった。孔子が嘆じたのは天下蒼生《そうせい》のためだったが、子路の泣いたのは天下のためではなく孔子一人のためである。

この人と、この人を竢《ま》つ時世とを見て泣いた時から、子路の心は決まっている。濁世《じょくせ》のあらゆる侵害からこの人を守る楯《たて》となること。精神的には導かれ守られる代わりに、世俗的な煩労《はんろう》汚辱《おじょく》をいっさい己《おの》が身に引受けること。僭越《せんえつ》ながらこれが自分の務めだと思う。学も才も自分は後学の諸才人に劣るかもしれぬ。しかし、一旦《いったん》事ある場合まっ先に夫子《ふうし》のために生命をなげうって顧みぬのは誰よりも自分だと、彼は自ら深く信じていた。

八

「ここに美玉あり。匱《ひつ》に韞《おさ》めて蔵《かく》さんか。善賈《ぜんこ》を求めて沽《う》らんか。」と子貢《しこう》が言ったとき、孔子《こうし》は即座に、「之《これ》を沽《う》らん哉《かな》。之を沽らん哉。我は賈《あたい》を待つものなり。」と答えた。

そういうつもりで孔子は天下周遊の旅に出たのである。随《したが》った弟子たちも大部分はもちろん沽りたいのだが、子路は必ずしも沽ろうとは思わない。権力の地位にあって所信を断行する快《こころよ》さはすでに先ごろの経験で知ってはいるが、それには孔子を上に戴《いただ》くといったふうな特別な条件が絶対に必要である。それができないなら、むしろ、「褐《かつ》（粗衣）を被《き》て玉を懐《いだ》く」という生き方が好ましい。生涯《しょうがい》孔子の番犬に終わろうとも、いささかの悔いもない。世俗的な虚栄心がないわけではないが、なまじいの仕官《しかん》はかえって己《おのれ》の本領たる磊落闊達《らいらくかったつ》を害するものだと思っている。

さまざまな連中が孔子に従って歩いた。てきぱきした実務家の冉有《ぜんゆう》。温厚の長者閔子騫《びんしけん》。穿鑿《せんさく》好きな故実家《こじつか》の子夏《しか》。いささか詭弁派《きべんは》的《てき》な享受家宰予《さいよ》。気骨稜々《きこつりょうりょう》たる慷慨家《こうがいか》の公良孺《こうりょうじゅ》。身長《みのたけ》九尺六寸といわれる長人孔子の半分くらいしかない短矮《たんわい》な愚直者子羔《しこう》。年齢からいっても貫禄《かんろく》からいっても、もちろん子路が彼等の宰領格《さいりょうかく》である。

子路より二十二歳も年下ではあったが、子貢《しこう》という青年はまことにきわ立った才人である。

孔子がいつも口をきわめてほめる顔回《がんかい》よりも、むしろ子貢《しこう》のほうを子路は推したい気持であった。孔子からその強靭《きょうじん》な生活力と、またその政治性とを抜き去ったような顔回という若者を、子路はあまり好まない。それはけっして嫉妬《しっと》ではない。(子貢子張《しこうしちょう》輩は、顔淵《がんえん》に対する・師の桁《けた》はずれの打込み方に、どうしてもこの感情を禁じ得ないらしいが。)子路は年齢が違いすぎてもいるし、それに元来そんなことにこだわらぬ性《たち》でもあったから。ただ、彼には顔淵の受動的な柔軟な才能の良さが全然のみ込めないのである。第一、どこかヴァイタルな力の欠けているところが気にいらない。そこへいくと、多少軽薄ではあっても常に才気と活力とに充《み》ちている子貢のほうが、子路の性質には合うのであろう。この若者の頭の鋭さに驚かされるのは子路ばかりではない。頭に比べてまだ人間のできていないことは誰にも気づかれるところだが、しかし、それは年齢というものだ。あまりの軽薄さに腹を立てて一喝《いっかつ》を喰《くら》わせることもあるが、だいたいにおいて、後世畏《おそ》るべしという感じを子路はこの青年に対して抱《いだ》いている。

ある時、子貢が二、三の朋輩《ほうばい》に向かって次のような意味のことを述べた。——夫子《ふうし》は巧弁を忌むといわれるが、しかし夫子自身弁がうますぎると思う。これは警戒を要する。宰予《さいよ》などのうまさとは、まるで違う。宰予の弁のごときは、うまさが目に立ちすぎるゆえ、聴者に楽しみは与ええても、信頼は与ええない。それだけにかえって安全といえる。夫子のは全く違う。流《りゅう》暢《ちょう》さの代わりに、絶対に人に疑いを抱かせぬ重厚さを備え、諧謔《かいぎゃく》の代わりに、含蓄《がんちく》に富む譬喩《ひゆ》を有《も》つその弁は、何人《なんぴと》といえども逆らうことのできぬものだ。もちろん、夫子のいわれるところは九分九厘《くぶくりん》まで常に謬《あやま》りなき真理だと思う。また夫子の行なわれるところは九分九厘まで我々の誰もが取ってもって範《はん》とすべきものだ。にもかかわらず、残りの一厘——絶対に人に信頼を起こさせる夫子の弁舌の中の・わずか百分の一が、時に、夫子の性格の（その性格の中の・絶対普遍的な真理と必ずしも一致しない極少部分の）弁明に用いられる惧《おそ》れがある。警戒を要するのはここだ。これはあるいは、あまり夫子に親しみすぎ狎《な》れすぎたための慾《よく》のいわせることかもしれぬ。実際、後世の者が夫子をもって聖人と崇《あが》めたところで、それは当然すぎるくらい当然なことだ。夫子ほど完全に近い人を自分は見たことがないし、また将来もこういう人はそう現われるものではなかろうから。ただ自分の言いたいのは、その夫子にしてなおかつかかる微小ではあるが・警戒すべき点を残すものだということだ。顔回のような夫子と似かよった肌合《はだあ》いの男にとっては、自分の感じるような不満は少しも感じられないに違いない。夫子がしばしば顔回を讃《ほ》められるのも、結局はこの肌合いのせいではないのか。……

青二才の分際《ぶんざい》で師の批評などおこがましいと腹が立ち、また、これを言わせているのは畢竟《ひっきょう》顔淵《がんえん》への嫉妬《しっと》だとは知りながら、それでも子路はこの言葉の中に莫迦《ばか》にしきれないものを感じた。肌合いの相違ということについては、確かに子路も思い当たることがあったからである。

己《おれ》たちには漠然《ばくぜん》としか気づかれないものをハッキリ形に表わす・妙な才能が、この生意気な若僧《わかぞう》にはあるらしいと、子路は感心と軽蔑《けいべつ》とを同時に感じる。

子貢《しこう》が孔子《こうし》に奇妙な質問をしたことがある。「死者は知ることありや？　はた知ることなきや？」死後の知覚の有無、あるいは霊魂の滅不滅についての疑問である。孔子がまた妙な返辞をした。「死者知るありと言わんとすれば、将《まさ》に孝子《こうし》順孫《じゅんそん》、生を妨《さまた》げて以《もっ》て死を送らんとすることを恐る。死者知るなしと言わんとすれば、将に不孝の子その親を棄《す》てて葬《ほうむ》らざらんとすることを恐る。」およそ見当違いの返辞なので子貢ははなはだ不服だった。もちろん、子貢の質問の意味はよくわかっているが、あくまで現実主義者、日常生活中心主義者たる孔子は、このすぐれた弟子の関心の方向をかえようとしたのである。

子貢は不満だったので、子路にこの話をした。子路は別にそんな問題に興味はなかったが、死そのものよりも師の死生観を知りたい気がちょっとしたので、ある時死について訊《たず》ねてみた。

「いまだ生を知らず、いずくんぞ死を知らん。」これが孔子の答であった。

全くだ！　と子路はすっかり感心した。しかし、子貢はまたしても鮮やかに肩透《かたすか》しを喰《く》ったような気がした。それはそうです。しかし私の言っているのはそんなことではない。明らかにそう言っている子貢の表情である。

九

衛《えい》の霊公《れいこう》はきわめて意志の弱い君主である。賢と不才とを識別しえないほど愚かではないのだが、結局は苦い諫言《かんげん》よりも甘い諂諛《てんゆ》に欣《よろこ》ばされてしまう。衛の国政を左右するものはその後《こう》宮《きゅう》であった。

夫人南子《なんし》はつとに淫奔《いんぽん》の噂《うわさ》が高い。いまだ宋《そう》の公女だったころ異母兄の朝《ちょう》という有名な美男と通じていたが、衛侯の夫人となってからもなお宋朝を衛に呼び大夫《たいふ》に任じてこれと醜関係を続けている。すこぶる才ばしった女で、政治向きの事にまで容喙《ようかい》するが、霊公はこの夫人の言葉ならうなずかぬことはない。霊公に聴《き》かれようとする者はまず南子に取り入るのが例であった。

孔子《こうし》が魯《ろ》から衛《えい》に入ったとき、召を受けて霊公には謁《えつ》したが、夫人のところへは別に挨拶《あいさつ》に出なかった。南子《なんし》が冠《かんむり》をまげた。さっそく人をつかわして孔子に言わしめる。四方の君子《くんし》、寡《か》君《くん》と兄弟たらんと欲する者は、必ず寡小君《かしょうくん》（夫人）を見る。寡小君見んことを願えり云々《うんぬん》。

孔子もやむを得ず挨拶に出た。南子は絺帷《ちい》（薄い葛布《くずふ》の垂れぎぬ）の後にあって孔子を引見する。孔子の北面稽首《ほくめんけいしゅ》*の礼に対し、南子が再拝して応《こた》えると、夫人の身に着けた環佩《かんぱい》が璆然《きゅうぜん》として鳴ったとある。

孔子が公宮《こうきゅう》から帰って来ると、子路が露骨に不愉快な顔をしていた。彼は、孔子が南子風情《ふぜい》の要求などは黙殺することを望んでいたのである。まさか孔子が妖婦《ようふ》にたぶらかされるとは思いはしない。しかし、絶対清浄であるはずの夫子《ふうし》が汚《けが》らわしい淫女《いんじょ》に頭を下げたというだけですでにおもしろくない。美玉を愛蔵する者がその珠《たま》の表面《おもて》に不浄なるものの影の映るのさえ避けたい類《たぐい》なのであろう。孔子はまた、子路の中で相当敏腕な実際家と隣り合って住んでいる大きな子供が、いつまでたってもいっこう老成しそうもないのを見て、おかしくもあり困りもするのである。

一日、霊公のところから孔子へ使いが来た。車でいっしょに都を一巡しながらいろいろ話を承ろうという。孔子は欣《よろこ》んで服を改めただちに出かけた。

この丈《たけ》の高いぶっきらぼうな爺《じい》さんを、霊公がむやみに賢者《けんじゃ》として尊敬するのが、南子《なんし》にはおもしろくない。自分を出し抜いて、二人同車して都を巡《めぐ》るなどとはもってのほかである。

孔子が公に謁《えっ》し、さて表に出てともに車に乗ろうとすると、そこにはすでに盛装を凝《こ》らした南子夫人が乗り込んでいた。孔子の席がない。南子は意地の悪い微笑を含んで霊公を見る。孔子もさすがに不愉快になり、冷《ひや》やかに公の様子を窺《うかが》う。霊公は面目《めんぼく》なげに目を俯《ふ》せ、しかし南子には何事も言えない。黙って孔子のために次の車を指さす。

二乗の車が衛《えい》の都を行く。前なる四輪の豪奢《ごうしゃ》な馬車には、霊公と並んで嬋妍《せんけん》たる南子夫人の姿が牡丹《ぼたん》の花のように輝く。後《うしろ》の見すぼらしい二輪の牛車《ぎっしゃ》には、寂しげな孔子の顔が端然《たんぜん》と正面を向いている。沿道の民衆の間にはさすがに秘《ひめ》やかな嘆声と顰蹙《ひんしゅく》とが起こる。

群集の間に交《まじ》って子路《しろ》もこの様子を見た。公からの使いを受けた時の夫子《ふうし》の欣《よろこ》びを目にしているだけに、腸《はらわた》の煮え返る思いがするのだ。何事か嬌声《きょうせい》を弄《ろう》しながら南子が目の前を進んで行く。思わず嚇《かっ》となって、彼は拳《こぶし》を固め人々を押し分けて飛び出そうとする。背後《うしろ》から引留める者がある。振り切ろうと眼を瞋《いか》らせて後を向く。子若《しじゃく》と子正《しせい》の二人である。必死に子路の袖《そで》を控えている二人の眼に、涙の宿っているのを子路は見た。子路は、ようやく振り上げた拳をおろす。

翌日、孔子らの一行は衛を去った。「我いまだ徳を好むこと色を好むがごとき者を見ざるなり。*」というのが、その時の孔子の嘆声である。

一〇

葉公子高《しょうこうしこう》は竜《りゅう》を好むことははなはだしい。居室にも竜を彫《ほ》り繡帳《しゅうちょう》にも竜を画き、日常竜の中に起臥《きが》していた。これを聞いたほん物《もの》の天竜が大きに欣《よろこ》んで一日葉公の家に降《くだ》り己《おのれ》の愛好者を覗《のぞ》き見た。頭は牖《まど》に窺《うかが》い尾は堂に拖《ひ》く*というすばらしい大きさである。葉公はこれを見るや怖《おそ》れわなないて逃げ走った。その魂魄《こんぱく》を失い五色主なし、という意気地《いくじ》なさであった。

諸侯は孔子《こうし》の賢の名を好んで、その実を欣《よろこ》ばぬ。いずれも葉公の竜における類《たぐい》である。実際の孔子はあまりに彼らには大きすぎるもののように見えた。孔子を国賓《こくひん》として遇しようという国はある。孔子の弟子の幾人かを用いた国もある。が、孔子の政策を実行しようとする国はどこにもない。匡《きょう》では暴民の凌辱《りょうじょく》を受けようとし、宋《そう》では姦臣《かんしん》の迫害に遭《あ》い、蒲《ほ》ではまた兇漢《きょうかん》の襲撃を受ける。諸侯の敬遠と御用学者の嫉視《しっし》と政治家連の排斥《はいせき》とが、孔子を待ち受けていたもののすべてである。

それでもなお、講誦《こうしょう》をやめず切磋《せっさ》を怠《おこた》らず、孔子と弟子たちとは倦《う》まずに国々への旅を続けた。「鳥よく木を選ぶ。木あに鳥を択《えら》ばんや。」などといたって気位は高いが、けっして世を拗《す》ねたのではなく、あくまで用いられんことを求めている。そして、己《おのれ》らの用いられようとするのは己がためにあらずして天下のため、道のためなのだと本気で──全く呆《あき》れたことに本気でそう考えている。乏しくとも常に明るく、苦しくとも望みを捨てない。まことに不思議な一行であった。

一行が招かれて楚《そ》の昭王《しようおう》のもとへ行こうとしたとき、陳《ちん》・蔡《さい》の大夫《たいふ》どもが相計《あいはか》り秘かに暴徒を集めて孔子らを途《みち》に囲ましめた。孔子の楚に用いられることを惧《おそ》れこれを妨げようとしたのである。暴徒に襲われるのはこれが始めてではなかったが、この時は最も困窮《こんきゆう》に陥った。糧道《りようどう》が絶たれ、一同火食《かしよく》せざること七日に及んだ。さすがに、餒《う》え、疲れ、病者も続出する。弟子たちの困憊《こんぱい》と恐惶《きようこう》との間にあって孔子はひとり気力少しも衰えず、平生どおり絃歌《げんか》して輟《や》まない。従者らの疲憊《ひはい》を見るに見かねた子路《しろ》が、いささか色を作《な》して、絃歌する孔子の側に行った。そうして訊《たず》ねた。夫子《ふうし》の歌うは礼かと。孔子は答えない。絃を操《あやつ》る手も休めない。さて曲が終わってからようやく言った。

「由《ゆう》よ。我汝《なんじ》に告《つ》げん。君子《くんし》楽《がく》を好むは驕《おご》るなきがためなり。小人《しようじん》楽《がく》を好むは慴《おそ》るるなきがためなり。それ誰の子ぞや。我を知らずして我に従う者は。」

子路は一瞬耳を疑った。この窮境《きゆうきよう》にあってなお驕《おご》るなきがために楽《がく》をなすとや？　しかし、すぐにその心に思い到ると、とたんに彼は嬉《うれ》しくなり、覚えず戚《ほこ》を執《と》って舞うた。孔子がこれに和して弾《だん》じ、曲、三度《みたび》めぐった。傍《かたわら》にある者またしばらくは飢えを忘れ疲れを忘れて、この武骨《よこつ》な即興の舞に興じ入るのであった。

同じ陳蔡《ちんさい》の厄《やく》のとき、いまだ容易に囲みの解けそうもないのを見て、子路が言った。君子も

窮することとあるか？　と。師の平生《へいぜい》の説によれば、君子は窮することがないはずだと思ったからである。孔子が即座に答えた。「窮するとは道に窮するの謂《いい》にあらずや。今、丘《きゅう》、仁義《じんぎ》の道を抱《いだ》き乱世の患に遭《あ》う。何ぞ窮すとなさんや。もしそれ、食足らず体瘁《つか》るるを以《も》って窮すとなさば、君子《くんし》もとより窮す。ただ、小人《しょうじん》は窮すればここに濫《みだ》る。」と。そこが違うだけだというのである。子路《しろ》は思わず顔を赧《あか》らめた。己《おのれ》の内なる小人を指摘された心地である。窮するも命《めい》なることを知り、大難に臨んでいささかの興奮の色もない孔子の容《すがた》を見ては、大勇なるかなと嘆ぜざるを得ない。かつての自分の誇りであった・白刃《はくじん》前に接《まじ》わるも目まじろがざる底《てい》の勇が、なんと惨《みじ》めにちっぽけなことかと思うのである。

二

許《きょ》から葉《しょう》へと出る途《みち》すがら、子路がひとり孔子の一行に遅れて畑中の路を歩いて行くと、篠《あじか》を荷《にの》うた一人の老人に会った。子路が気軽に会釈《えしゃく》して、夫子《ふうし》を見ざりしや、と問う。老人は立ち止って、「夫子夫子と言ったとて、どれがいったい汝《なんじ》のいう夫子やら俺《おれ》にわかるわけがないではないか」とつっけんどんに答え、子路の人態《にんてい》をじろりと眺《なが》めてから、「見受けたところ、四体を労せず実事に従わず空理空論に日を暮らしている人らしいな。」と蔑《さげす》むように笑う。それから傍の畑に入りこちらを見返りもせずにせっせと草を取り始めた。隠者《いんじゃ》の一人に違いないと子路は思って一揖《いちゆう》し、道に立って次の言葉を待った。老人は黙って一仕事してから道に出て来、子路を伴《ともな》って己《おの》が家に導いた。すでに日が暮れかかっていたのである。老人は鶏をつぶし黍《きび》を炊《かし》いで、もてなし、二人の子にも子路を引合わせた。食後、いささかの濁酒に酔いのまわった老人は傍なる琴《きん》を執って弾《だん》じた。二人の子がそれに和して唱《うた》う。

湛々《たんたん》タル露アリ
陽ニ非《あら》ザレバ晞《き》ズ
厭々《えんえん》トシテ夜飲ス
酔ハズンバ帰ルコトナシ*

明らかに貧しい生活《くらし》なのにもかかわらず、寔《まこと》に融々たる裕《ゆた》かさが家中にあふれている。なごやかに充《み》ち足りた親子三人の顔つきの中に、時としてどこか知的なものが閃《ひらめ》くのも、見逃しがたい。

弾《だん》じ終わってから老人が子路に向かって語る。陸を行くには車、水を行くには舟と昔から決まったもの。今陸を行くに舟を以《も》ってすれば、如何《いかん》？　今の世に周《しゅう》の古法を施そうとするのは、ちょうど陸に舟を行《や》るが如《ごと》きものというべし。猨狙《さる》に周公の服を着せれば、驚いて引裂き棄《す》てるに決まっている。云々《うんぬん》……子路を孔門《こうもん》の徒《と》と知っての言葉であることは明らかだ。老人はまた言う。「楽しみ全くしてはじめて志を得たといえる。志を得るとは軒冕《けんべん》*の謂《いい》ではない。」と。澹然無極《たんぜんむきょく》とでもいうのがこの老人の理想なのであろう。子路にとってこうした遁世哲学《とんせいてつがく》ははじめてではない。長沮《ちょうそ》・桀溺《けつでき》の二人にも遇《あ》った。楚《そ》の接輿《せつよ》という佯狂《ようきょう》*の男にも遇ったことがある、しかしこうして彼らの生活の中に入り一夜をともに過ごしたことは、まだなかった。穏やかな老人の言葉と怡々《いい》たるその容《すがた》に接しているうちに、子路は、これもまた一つの美しき生き方には違いないと、いくぶんの羨望《せんぼう》をさえ感じないではなかった。

しかし、彼も黙って相手の言葉に頷《うなず》いてばかりいたわけではない。「世と断つのはもとより楽しかろうが、人の人たる所以《ゆえん》は楽しみを全うするところにあるのではない。区々たる一身を潔《いさぎよ》うせんとして大倫を紊《みだ》るのは、人間の道ではない。我々とて、今の世に道の行なわれないことぐらいは、とっくに承知している。今の世に道を説くことの危険さも知っている。しかし、道なき世なればこそ、危険を冒してもなお道を説く必要があるのではないか。」

翌朝、子路は老人の家を辞して道を急いだ。みちみち孔子と昨夜の老人とを並べて考えてみた。孔子の明察があの老人に劣るわけはない。孔子の慾《よく》があの老人よりも多いわけはない。それでいてなおかつ己《おのれ》を全うする途《みち》を棄《す》て道のために天下を周遊していることを思うと、急に、昨夜はいっこうに感じなかった憎悪《ぞうお》を、あの老人に対して覚え始めた。午《ひる》近く、ようやく、はるか前方のまっさおな麦畠《むぎばたけ》の中に一団の人影が見えた。その中で特にきわ立って丈《たけ》の高い孔子の姿を認めえたとき、子路は突然、何か胸を緊《し》めつけられるような苦しさを感じた。

三

宋《そう》から陳《ちん》に出る渡船の上で、子貢《しこう》と宰予《さいよ》とが議論をしている。「十室の邑《ゆう》、必ず忠信丘《きゅう》が如《ごと》き者あり。丘の学を好むに如《し》かざるなり。」という師の言葉を中心に、子貢は、この言葉にもかかわらず孔子《こうし》の偉大な完成はその先天的な素質の非凡さによるものだといい、宰予は、いや、後天的な自己完成への努力のほうがあずかって大きいのだと言う。宰予によれば、孔子の能力と弟子たちの能力との差異は量的なものであって、けっして質的なそれではない。孔子の有《も》っているものは万人のもっているものだ。ただその一つ一つを孔子は絶えざる刻苦によって今の大きさにまで仕上げただけのことだと。子貢は、しかし、量的な差も絶大になると結局質的な差と変わるところはないという。それに、自己完成への努力をあれほどまでに続けうることそれ自体が、すでに先天的な非凡さの何よりの証拠ではないかと。だが、何にも増して孔子の天才の核心たるものは何かといえば、「それは」と子貢が言う。「あの優れた中庸《ちゅうよう》への本能だ。いついかなる場合にも夫子《ふうし》の進退を美しいものにする・みごとな中庸への本能だ。」と。

何を言ってるんだと、傍《そば》で子路《しろ》が苦い顔をする。口先ばかりで腹のない奴《やつ》らめ！　今この舟がひっくり返りでもしたら、奴らはどんなにまっさおな顔をするだろう。なんといっても一旦《いったん》有事のさいに、実際に夫子の役に立ちうるのは己《おれ》なのだ。才弁縦横の若い二人を前にして、巧《こう》言《げん》は徳を紊《みだ》るという言葉を考え、矜《ほこ》らかにわが胸中一片の氷心《ひょうしん》を恃《たの》むのである。

子路にも、しかし、師への不満が必ずしもないわけではない。

陳《ちん》の霊公が臣下の妻と通じその女の肌着《はだぎ》を身につけて朝《ちょう》に立ち、それを見せびらかしたとき、泄冶《せつや》という臣が諫《いさ》めて、殺された。百年ばかり以前のこの事件について一人の弟子が孔子に尋ねたことがある。泄冶の正諫《せいかん》して殺されたのは古《いにしえ》の名臣比干《ひかん》の諫死《かんし＊》と変わるところがない。仁《じん》と称してよいであろうかと。孔子が答えた。いや、比干と紂王《ちゅうおう》との場合は血縁でもあり、また官からいっても少師《しょうし》であり、したがって己《おのれ》の身を捨てて争諫《そうかん》し、殺された後に紂王の悔寤《かいご》するのを期待したわけだ。これは仁《じん》というべきであろう。泄冶の霊公におけるは骨肉の親あるにもあらず、位も一大夫《たいふ》にすぎぬ。君正しからず一国正しからずと知らば、潔《いさぎよ》く身を退くべきに、身のほどをも計らず、区々たる一身をもって一国の淫婚《いんこん》を正そうとした。自らむだに生命を捐《す》てたものだ。仁どころの騒ぎではないと。

その弟子はそう言われて納得《なっとく》して引き下がったが、傍《そば》にいた子路にはどうしても頷《うなず》けない。さっそく、彼は口を出す。仁・不仁はしばらく措《お》く。しかしとにかく一身の危うきを忘れて一国の紊乱《ぶんらん》を正そうとしたことの中には、智不智《ちふち》を超《こ》えた立派なものがあるのではなかろうか。むなしく命を捐《す》つなどと言いきれないものが。たとい結果はどうあろうとも。

「由《ゆう》よ。汝《なんじ》には、そういう小義の中にあるみごとさばかりが眼について、それ以上はわからぬと見える。古《いにしえ》の士は国に道あれば忠を尽くして以《もっ》てこれを輔《たす》け、国に道なければ身を退いて以《もっ》てこれを避けた。こうした出処進退《しゅっしょしんたい》のみごとさはまだわからぬと見える。詩に曰《い》う。民僻《よこしま》多き時は自ら辟《のり》を立つることなかれ*と。けだし、泄冶《せつや》の場合にあてはまるようだな。」

「では」とだいぶ長い間考えた後《あと》で子路が言う。結局この世で最も大切なことは、一身の安全を計ることにあるのか？　身を捨てて義を成すことのうちにはないのであろうか？　一人の人間の出処進退の適不適のほうが、天下蒼生《そうせい》の安危ということよりも大切なのであろうか？　というのは、今の泄冶がもし眼前の乱倫《らんりん》に顰蹙《ひんしゅく》して身を退いたとすれば、なるほど彼の一身はそれでよいかも知れぬが、陳国《ちんこく》の民にとっていったいそれが何になろう？　まだしも、むだとは知りつつも諫死《かんし》したほうが、国民の気風に与える影響から言ってもはるかに意味があるのではないか。

「それは何も一身の保全ばかりが大切とは言わない。それならば比干《ひかん》を仁人《じんじん》と褒《ほ》めはしないはずだ。ただ、生命は道のために捨てるとしても捨て時・捨て処《どころ》がある。それを察するに智《ち》をもってするのは、別に私の利のためではない。急いで死ぬるばかりが能ではないのだ。」

そう言われれば一応はそんな気がしてくるが、やはり釈然としないところがある。身を殺して仁を成すべきことを言いながら、その一方、どこかしら明哲保身《めいてつほしん》を最上智《さいじょうち》と考える傾向が、時々師の言説の中に感じられる。それがどうも気になるのだ。他の弟子たちがこれをいっこうに感じないのは、明哲保身主義が彼らに本能として、くっついているからだ。それをすべての根柢《こんてい》とした上での・仁であり義でなければ、彼らには危うくてしかたがないに違いない。

子路が納得《なっとく》しがたげな顔色で立ち去ったとき、その後ろ姿を見送りながら、孔子が愀然《しょうぜん》として言った。邦《くに》に道有る時も直《なお》きこと矢の如《ごと》し。道なき時もまた矢の如し。あの男も衛《えい》の史魚《しぎょ》の類だな。おそらく、尋常な死に方はしないであろうと。

楚《そ》が呉《ご》を伐《う》ったとき、工尹商陽《こういんしょうよう》という者が呉の師を追うたが、同乗の王子棄疾《きしつ》に「王事なり。子、弓を手にして可なり。」といわれて始めて弓を執り、「子、これを射よ。」*と勧められてようやく一人を射斃《いたお》した。しかしすぐにまた弓を韔《かわぶくろ》に収めてしまった、ふたたびうながされてまた弓を取出し、あと二人を斃《たお》したが、一人を射るごとに目を掩《おお》うた。さて三人を斃すと、「自分の今の身分ではこのくらいで充分反命するに足るだろう。」とて、車を返した。

この話を孔子が伝え聞き、「人を殺すの中《うち》、また礼あり。」と感心した。子路に言わせれば、しかし、こんなとんでもない話はない。ことに、「自分としては三人斃《たお》したくらいで充分だ。」などという言葉の中に、彼の大嫌《だいきら》いな・一身の行動を国家の休戚より上に置く考え方があまりにハッキリしているので、腹が立つのである。彼は怫然《ふつぜん》として孔子にくってかかる。「人臣の節、君の大事に当たりては、ただ力の及ぶところを尽くし、死して而《しか》して後に已《や》む。夫子《ふうし》なんぞ彼を善《よ》しとする？」孔子もさすがにこれには一言もない。笑いながら答える。「然《しか》り。汝《なんじ》の言のごとし。我ただその、人を殺すに忍びざるの心あるを取るのみ。」

三

衛《えい》に出入すること四度《よたび》、陳《ちん》に留まること三年、曹《そう》・宋《そう》・蔡《さい》・葉《しょう》・楚《そ》と、子路は孔子《こうし》に従って歩いた。

孔子の道を実行に移してくれる諸侯が出てこようとは、いまさら望めなかったが、しかし、もはや不思議に子路はいらだたない。世の溷濁《こんだく》と諸侯の無能と孔子の不遇とに対する憤懣焦躁《ふんまんしょうそう》を幾年かくり返したのち、ようやくこのごろになって、漠然《ばくぜん》とながら、孔子およびそれに従う自分らの運命の意味がわかりかけてきたようである。それは、消極的に命なりと諦《あきら》める気持とはだいぶ遠い。同じく命なりというにしても、「一小国に限定されない・一時代に限られない・

天下万代の木鐸《ぼくたく》」としての使命に目覚めかけてきた・かなり積極的な命なりである。匡《きょう》の地で暴民に囲まれたとき昂然《こうぜん》として孔子の言った「天のいまだ斯《こ》の文を喪《ほろぼ》さざるや匡人《きょうひと》それ予《われ》を如何《いかん》せんや」*が、今は子路にも実によくわかってきた。いかなる場合にも絶望せず、けっして現実を軽蔑《けいべつ》せず、与えられた範囲で常に最善を尽くすという師の智慧《ちえ》の大きさもわかるし、常に後世の人に見られていることを意識しているような孔子の挙措《きよそ》の意味も今にして初めて頷《うなず》けるのである。あり余る俗才に妨げられてか、明敏子貢《しこう》には、孔子のこの超時代的な使命についての自覚が少ない。朴直《ぼくちょく》子路のほうが、その単純きわまる師への愛情のゆえであろうか、かえって孔子というものの大きな意味をつかみえたようである。

放浪の年を重ねている中に、子路ももはや五十歳であった。圭角《けいかく》がとれたとは称しがたいながら、さすがに人間の重みも加わった。後世のいわゆる「万鍾《ばんしょう》我において何をか加えん」*の気骨も、烱々《けいけい》たるその眼光も、痩浪人《やせろうにん》のいたずらなる誇負《こふ》から離れて、すでに堂々たる一家の風格を備えてきた。

一四

孔子《こうし》が四度目に衛《えい》を訪れたとき、若い衛侯や正卿孔叔圉《せいけいこうしゅくぎょ》らから乞《こ》われるままに、子路《しろ》を推してこの国に仕えさせた。孔子が十余年ぶりで故国に聘《むか》えられた時も、子路は別れて衛に留《とど》まったのである。

十年来、衛は南子《なんし》夫人の乱行を中心に、絶えず紛争を重ねていた。まず公叔戍《こうしゅくじゅ》という者が南子排斥《はいせき》を企てかえってその讒《ざん》に遭《あ》って魯《ろ》に亡命する。続いて霊公《れいこう》の子・太子《たいし》蒯聵《かいがい》も義母南子を刺そうとして失敗し晋《しん》に奔《はし》る。太子欠位の中に霊公が卒《しゅっ》する。やむを得ず亡命太子の子の幼輒《ちょう》を立てて後を嗣《つ》がせる。出公《しゅっこう》がこれである。出奔《しゅっぽん》した前太子蒯聵《かいがい》は晋《しん》の力を借りて衛の西部に潜入し虎視《こし》眈々《たんたん》と衛侯の位を窺《うかが》う。これを拒《こば》もうとする現衛侯出公は子。位を奪おうと狙《ねら》う者は父。子路が仕えることになった衛の国はこのような状態であった。

子路の仕事は孔家《こうけ》のために宰《さい》として蒲《ほ》の地を治めることである。衛の孔家は、魯《ろ》ならば季孫《きそん》氏《し》に当たる名家で、当主孔叔圉《こうしゅくぎょ》はつとに名大夫《めいたいふ》の響が高い。蒲は、先ごろ南子《なんし》の讒《ざん》にあって亡命した公叔戍《こうしゅくじゅ》の旧領地で、したがって、主人を逐《お》うた現在の政府に対してことごとに反抗的な態度をとっている。もともと人気《じんき》の荒い土地で、かつて子路自身も孔子に従ってこの地で暴民に襲われたことがある。

任地に立つ前、子路は孔子のところに行き、「邑《むら》に壮士多くして治めがたし」といわれる蒲の事情を述べて教を乞《こ》うた。孔子が言う。「恭《きょう》にして敬あらば以て勇を懾《おそ》れしむべく、寛にして正しからば以《もっ》て強を懐《いだ》くべく、温にして断ならばもって姦《かん》を抑《おさ》うべし」と。子路再拝して謝し、欣然《きんぜん》として任に赴《おもむ》いた。

蒲《ほ》に着くと子路はまず土地の有力者、反抗分子らを呼び、これと腹蔵《ふくぞう》なく語り合った。手なずけようとの手段ではない。孔子の常に言う「教えずして刑することの不可」を知るがゆえに、まず彼らに己《おのれ》の意のあるところを明らかにしたのである。気取りのない率直さが荒っぽい土地の人気《じんき》に投じたらしい。壮士連はことごとく子路の明快闊達《かったつ》に推服した。それにこのころになると、すでに子路《しろ》の名は孔門随一の快男児として天下に響いていた。「片言以《へんげんもっ》て獄を折《さだ》むべきものは、それ由《ゆう》か*」などという孔子の推奨の辞までが、大袈裟《おおげさ》な尾鰭《おひれ》をつけてあまねく知れ渡っていたのである。蒲の壮士連を推服せしめたものは、一つには確かにこうした評判でもあった。

三年後、孔子がたまたま蒲を通った。まず領内にはいったとき、「善《よ》い哉《かな》、由《ゆう》や、恭敬《きょうけい》にして信なり」と言った。進んで邑《むら》にはいったとき、「善い哉、由や、忠信にして寛なり」と言った。いよいよ子路の邸にはいるに及んで、「善い哉、由や、明察にして断なり」と言った。轡《くつわ》を執《と》っていた子貢《しこう》が、まだ子路を見ずしてこれを褒《ほ》める理由を聞くと、孔子が答えた。すでにその領域にはいれば田疇《でんちゅう》ことごとく治まり草萊《そうらい》はなはだ辟《ひら》け溝洫《こうきょく》は深く整っている。治者恭敬にして信なるがゆえに、民その力を尽くしたからである。その邑にはいれば民家の牆屋《しょうおく》は完備し樹木は繁茂している。治者忠信にして寛なるがゆえに、民その営を忽《ゆるが》せにしないからである。さていよいよその庭に至ればはなはだ清閑で従者僮僕《ぼくどう》一人として命《めい》に違《たが》う者がない。治者の言、明察にして断なるがゆえに、その政が紊《みだ》れないからである。いまだ由《ゆう》を見ずしてことごとくその政を知ったわけではないかと。

一五

魯《ろ》の哀公《あいこう》が西の方大野《かたたいや》に狩して麒麟《きりん》を獲《え》たころ、子路は一時衛《えい》から魯に帰っていた。そのとき小邾《しょうちゅ》の大夫《たいふ》・射《えき》という者が国に叛《そむ》き魯に来奔《らいほん》した。子路と一面識のあったこの男は、「季路をして我に要せしめば、吾盟《われちか》うことなけん。」と言った。当時の慣《なら》いとして、他国に亡命した者は、その生命の保証をその国に盟ってもらってから始めて安んじて居《い》つくことができるのだが、この小邾の大夫は「子路さえその保証に立ってくれれば魯国の誓いなどいらぬ」というのである。諾《だく》を宿するなし、という子路の信と直とは、それほど世に知られていたのだ。ところが、子路はこの頼《たの》みをにべもなく断わった。ある人が言う。千乗《せんじょう》の国の盟をも信ぜずして、ただ子《し》一人の言を信じようという。男児の本懐これにすぎたるはあるまいに、何故《なにゆえ》これを恥とするのかと。子路が答えた。魯《ろ》国が小邾《しょうちゅ》と事ある場合、その城下に死ねとあらば、事の如何《いかん》を問わず欣《よろこ》んで応じよう。しかし射《えき》という男は国を売った不臣だ。もしその保証に立つとなれば、自ら売国奴《ばいこくど》を是認することになる。己《おれ》にできることか、できないことか、考えるまでもないではないか！

子路をよく知るほどの者は、この話を伝え聞いたとき、思わず微笑した。あまりにも彼のしそうなこと、言いそうなことだったからである。

同じ年、斉《せい》の陳恒《ちんこう》がその君を弑《しい》した。孔子は斎戒《さいかい》すること三日の後、哀公の前に出て、義のために斉を伐《う》たんことを請うた。請うこと三度《みたび》。斉の強さを恐れた哀公は聴《き》こうとしない。季《き》孫《そん》に告《つ》げて事を計れと言う。季康子《きこうし》がこれに賛成するわけがないのだ。孔子は君の前を退いて、さて人に告げて言った。「吾《われ》、大夫《たいふ》の後《しりえ》に従うを以《もっ》てなり。ゆえに敢《あえ》て言わずんばあらず。」

むだとは知りつつも一応は言わねばならぬ己《おのれ》の地位だというのである。（当時孔子は国老の待遇を受けていた。）

子路《しろ》はちょっと顔を曇らせた。夫子《ふうし》のしたことは、ただ形を完《まっと》うするためにすぎなかったのか。形さえ履《ふ》めば、それが実行に移されないでも平気ですませる程度の義憤なのか？

教えを受けること四十年に近くして、なお、この溝《みぞ》はどうしようもないのである。

一六

子路が魯《ろ》に来ている間に、衛《えい》では政界の大黒柱孔叔圉《だいこくばしらこうしゅくぎょ》が死んだ。その未亡人で、亡命太子《たいし》蒯《かい》聵《がい》の姉に当たる伯姫《はくき》という女策士が政治の表面に出てくる。一子悝《かい》が父圉《ぎょ》の後を嗣《つ》いだことにはなっているが、名目だけにすぎぬ。伯姫からいえば、現衛侯輒《ちょう》は甥《おい》、位を窺《うかが》う前太子は弟で、親しさに変わりはないはずだが、愛憎と利慾《りよく》との複雑な経緯《いきさつ》があって、妙に弟のためばかりを計ろうとする。夫の死後しきりに寵愛《ちょうあい》している小姓《こしょう》上がりの渾良夫《こんりょうふ》なる美青年を使いとして、弟蒯聵との間を往復させ、ひそかに現衛侯追い出しを企んでいる。

子路がふたたび衛に戻ってみると、衛侯父子の争いはさらに激化し、政変の機運の濃く漂っているのがどことなく感じられた。

周《しゅう》の昭王の四十年閏《うるう》十二月某日。夕方近くなって子路の家にあわただしく跳《と》び込んで来た使いがあった。孔家の老・欒寧《らんねい》のところからである。「本日、前太子蒯聵《かいがい》都に潜入。ただ今孔氏の宅に入り、伯姫《はくき》・渾良夫《こんりょうふ》とともに当主孔悝《こうかい》を脅《おど》して己《おのれ》を衛侯《えいこう》に戴《いただ》かしめた。大勢はすでに動かしがたい。自分（欒寧）は今から現衛侯を奉じて魯《ろ》に奔《はし》るところだ。後《あと》は宜《よろ》しく頼む。」という口上である。

いよいよ来たな、と子路は思った。とにかく、自分の直接の主人に当たる孔悝《こうかい》が捕えられ脅かされたと聞いては、黙っているわけにいかない。おっ取り刀で、彼は公宮《こうきゅう》へ駈《か》けつける。

外門を入ろうとすると、ちょうど中から出て来るちんちくりんな男にぶっつかった。子羔《しこう》だ。孔門の後輩で、子路の推薦によってこの国の大夫《たいふ》となった・正直な・気の小さい男である。子羔が言う。内門はもう閉《し》まってしまいましたよ。子路。いや、とにかく行くだけは行ってみよう。子羔。しかし、もうむだですよ。かえって難に遭《あ》うこともないとは限らぬし。子路が声を荒らげて言う。孔《こう》家の禄《ろく》を食《は》む身ではないか。なんのために難を避ける？

子羔を振りきって内門の所まで来ると、はたして中から閉《し》まっている。ドンドンと烈《はげ》しく叩《たた》く。はいってはいけない！　と、中から叫ぶ。その声を聞き咎《とが》めて子路が呶鳴《どな》った。公孫敢《こうそんかん》だな、その声は。難を逃れんがために節を変ずるような、俺《おれ》は、そんな人間じゃない。その禄を利した以上、その患を救わねばならぬのだ。開《あ》けろ！　開けろ！

ちょうど中から使いの者が出て来たので、それと入れ違いに子路は跳び込んだ。

見ると、広庭一面の群集だ。孔悝《こうかい》の名において新衛侯擁立《ようりつ》の宣言があるからとて急に呼び集められた群臣である。皆それぞれに驚愕《きょうがく》と困惑との表情を浮かべ、向背《こうはい》に迷うもののごとく見

える。庭に面した露台の上には、若い孔悝《こうかい》が母の伯姫《はくき》と叔父の蒯聵《かいがい》とに抑《おさ》えられ、一同に向かって政変の宣言とその説明とをするよう、強《し》いられている貌《かたち》だ。

子路は群集の背後《うしろ》から露台に向かって大声に叫んだ。孔悝《こうかい》を捕えて何になるか！　孔悝を離せ。孔悝一人を殺したとて正義派は亡びはせぬぞ！

子路としてはまず己《おのれ》の主人を救い出したかったのだ。さて、広庭のざわめきが一瞬静まって一同が己《おのれ》の方を振り向いたと知ると、今度は群集に向かって煽動《せんどう》を始めた。太子は音に聞こえた臆病者《おくびょうもの》だぞ。下から火を放って台を焼けば、恐れて孔叔《こうしゅく》（悝《かい》）を舎《ゆる》すに決まっている。火をつけようではないか。火を！

すでに薄暮《はくぼ》のこととて庭のすみずみに篝火《かがりび》が燃されている。それを指さしながら子路が、「火を！　火を！」と叫ぶ。「先代孔叔文子（圉《ぎょ》）の恩義に感ずる者どもは火を取って台を焼け。そうして孔叔を救え！」

台の上の簒奪者《さんだつしゃ》は大いに懼《おそ》れ、石乞《せききつ》・盂黶《うえん》の二剣士に命じて、子路を討《う》たしめた。

子路は二人を相手に激しく斬《き》り結ぶ。往年の勇者子路も、しかし、年には勝てぬ。しだいに疲労が加わり、呼吸が乱れる。子路の旗色の悪いのを見た群集は、この時ようやく旗幟《きし》を明らかにした。罵声《ばせい》が子路に向かって飛び、無数の石や棒が子路の身体に当たった。敵の戟《ほこ》の尖端《さき》が頬《ほお》をかすめた。纓《えい》（冠《かんむり》の紐《ひも》）が断《き》れて、冠が落ちかかる。左手でそれを支えようとしたとたんに、もう一人の敵の剣が肩先にくい込む。血が迸《ほとばし》り、子路は倒れ、冠が落ちる。倒れながら、子路は手を伸ばして冠を拾い、正しく頭に着けてすばやく纓を結んだ。敵の刃の下で、真赤《まっか》に血をあびた子路《しろ》が、最期《さいご》の力を絞って絶叫する。

「見よ！　君子《くんし》は、冠を、正しゅうして、死ぬものだぞ！」

全身膾《なます》のごとくに切り刻まれて、子路《しろ》は死んだ。

魯《ろ》にあってはるかに衛《えい》の政変を聞いた孔子《こうし》は即座に、「柴《さい》（子羔《しこう》）や、それ帰らん。由《ゆう》や死なん。」と言った。はたしてその言のごとくなったことを知ったとき、老聖人は佇立瞑目《ちょりつめいもく》すること暫《しば》し、やがて潸然《さんぜん》として涙下《くだ》った。子路の屍《しかばね》が醢《ししびしお》にされたと聞くや、家中の塩漬《しおづけ》類をことごとく捨てさせ、爾後《じご》、醢はいっさい食膳《しょくぜん》にのぼさなかったということである。

名人伝

趙《ちょう》の邯鄲《かんたん》の都に住む紀昌《きしょう》という男が、天下第一の弓の名人になろうと志を立てた。己《おのれ》の師と頼むべき人物を物色するに、当今弓矢をとっては、名手・飛衛《ひえい》に及ぶ者があろうとは思われぬ。百歩を隔てて柳葉を射るに百発百中するという達人だそうである。紀昌ははるばる飛衛をたずねてその門に入った。

飛衛は新入の門人に、まず瞬《まばた》きせざることを学べと命じた。紀昌は家に帰り、妻の機織台《はたおりだい》の下に潜《もぐ》り込んで、そこに仰向《あおむ》けにひっくり返った。眼とすれすれに機躡《まねき》が忙しく上下往来するのをじっと瞬かずに見つめていようという工夫である。理由を知らない妻は大いに驚いた。第一、妙な姿勢を妙な角度から良人《おっと》に覗《のぞ》かれては困るという。厭《いや》がる妻を紀昌は叱《しか》りつけて、無理に機《はた》を織り続けさせた。来る日も来る日も彼はこのおかしな恰好《かっこう》で、瞬きせざる修練を重ねる。二年ののちには、遽《あわた》だしく往返する牽挺《まねき》が睫毛《まつげ》を掠《かす》めても、絶えて瞬くことがなくなった。彼はようやく機の下から匍出《はいだ》す。もはや、鋭利な錐《きり》の先をもって瞼《まぶた》を突かれても、まばたきをせぬまでになっていた。ふいに火の粉が目に入ろうとも目の前に突然灰神楽《はいかぐら》が立とうとも、彼はけっして目をパチつかせない。彼の瞼はもはやそれを閉じるべき筋肉の使用法を忘れ果て、夜、熟睡しているときでも、紀昌の目はクワッと大きく見開かれたままである。ついに、彼の目の睫毛と睫毛との間に小さな一匹の蜘蛛《くも》が巣をかけるに及んで、彼はようやく自信を得て、師の飛衛にこれを告げた。

それを聞いて飛衛がいう。瞬かざるのみではまだ射《しゃ》を授けるに足りぬ。次には、視《み》ることを学べ。視《み》ることに熟して、さて、小を視ること大のごとく、微《び》を見ること著《ちょ》のごとくなったならば、来たって我に告げるがよいと。

紀昌はふたたび家に戻り、肌着《はだぎ》の縫目から虱《しらみ》を一匹探《さが》し出して、これを己《おの》が髪の毛をもって繋《つな》いだ。そうして、それを南向きの窓に懸《か》け、終日睨《にら》み暮らすことにした。毎日毎日彼は窓にぶら下がった虱を見つめる。初め、もちろんそれは一匹の虱にすぎない。二、三日たっても、依然として虱である。ところが、十日余り過ぎると、気のせいか、どうやらそれがほんの少しながら大きく見えてきたように思われる。三月めの終わりには、明らかに蚕《かいこ》ほどの大きさに見えてきた。虱を吊《つ》るした窓の外の風物は、しだいに移り変わる。熙々《きき》として照っていた春の陽《ひ》はいつか烈《はげ》しい夏の光に変わり、澄んだ秋空を高く雁《かり》が渡って行ったかと思うと、はや、寒々とした灰色の空から霙《みぞれ》が落ちかかる。紀昌は根気よく、毛髪の先にぶら下がった有吻《ゆうふん》類・催痒《さいよう》性の小節足《しょうせつそく》動物を見続けた。その虱も何十匹となく取換えられて行くうちに、早くも三年の月日が流れた。ある日ふと気がつくと、窓の虱が馬のような大きさに見えていた。しめたと、紀昌は膝《ひざ》を打ち、表へ出る。彼はわが目を疑った。人は高塔であった。馬は山であった。豚は丘のごとく、雞《とり》は城楼《じょうろう》と見える。雀躍《じゃくやく》して家にとって返した紀昌は、ふたたび窓ぎわの虱に立向い、燕角《えんかく》の弧《ゆみ》に朔蓬《さくほう》の簳《やがら》*をつがえてこれを射れば、矢は見事に虱の心《しん》の臓《ぞう》を貫いて、しかも虱を繋《つな》いだ毛さえ断《き》れぬ。

紀昌はさっそく師のもとに赴《おもむ》いてこれを報ずる。飛衛は高蹈《こうとう》して胸をうち、はじめて「出かしたぞ」と褒《ほ》めた。そうして、ただちに射術の奥儀秘伝《おうぎひでん》を剰《あま》すところなく紀昌に授けはじめた。目の基礎訓練に五年もかけた甲斐《かい》があって紀昌の腕前の上達は、驚くほど速い。

奥儀伝授《おうぎでんじゅ》が始まってから十日ののち、試みに紀昌が百歩を隔てて柳葉を射るに、すでに百発百中である。二十日ののち、いっぱいに水を湛《たた》えた盃《さかずき》を右肱《みぎひじ》の上に載せて剛弓《ごうきゅう》を引くに、狙《ねら》いに狂いのないのはもとより、杯中の水も微動だにしない。一月ののち、百本の矢をもって速射を試みたところ、第一矢が的に中《あた》れば、続いて飛来たった第二矢は誤《あやま》たず第一矢の括《やはず》に中《あた》って突き刺さり、さらに間髪《かんはつ》を入れず第三矢の鏃《やじり》が第二矢の括《やはず》にガッシと喰《く》い込む。矢矢相属《ししあいしょく》し、発発相及《はっはつあいおよ》んで、後矢の鏃は必ず前矢の括に喰入《くいい》るがゆえに、絶えて地に墜《お》ちることがない。瞬《またた》くうちに、百本の矢は一本のごとくに相連《あいつら》なり、的から一直線に続いたその最後の括《やはず》はなお弦を銜《ふく》むがごとくに見える。そばで見ていた師の飛衛も思わず「善《よ》し！」と言った。

二月ののち、たまたま家に帰って妻といさかいをした紀昌がこれを威《おど》そうとして烏号《うごう》の弓に綦衛《きえい》の矢*をつがえきりりと引絞って妻の目を射た。矢は妻の睫毛《まつげ》三本を射切ってかなたへ飛び去ったが、射られた本人はいっこうに気づかず、まばたきもしないで亭主《ていしゅ》を罵《ののし》り続けた。けだし、彼の至芸《しげい》による矢の速度と狙《ねら》いの精妙さとは、実にこの域にまで達していたのである。

もはや師から学び取るべき何ものもなくなった紀昌は、ある日、ふとよからぬ考えを起こした。

彼がそのとき独《ひと》りつくづくと考えるには、いまや弓をもって己《おのれ》に敵すべき者は、師の飛衛をおいてほかにない。天下第一の名人となるためには、どうあっても飛衛を除かねばならぬと。秘《ひそ》かにその機会を窺《うかが》っているうちに、一日たまたま郊野《こうや》において、向こうからただ一人歩み来る飛衛に出遇《であ》った。咄嗟《とっさ》に意を決した紀昌が矢を取って狙いをつければ、その気配《けはい》を察して飛衛もまた弓を執《と》って相応《あいおう》ずる。二人互いに射れば、矢はそのたびに中道にして相当《あいあ》たり、ともに地に墜《お》ちた。地に落ちた矢が軽塵《けいじん》をも揚げなかったのは、両人の技がいずれも神《しん》に入《い》っていたからであろう。さて、飛衛の矢が尽《つ》きたとき、紀昌のほうはなお一矢を余していた。得たりと勢込《いきおいこ》んで紀昌がその矢を放てば、飛衛は咄嗟《とっさ》に、かたわらなる野茨《のいばら》の枝を折り取り、その棘《とげ》の先端をもってハッシと鏃《やじり》を叩《たた》き落とした。ついに非望の遂《と》げられないことを悟った紀昌の心に、成功したならばけっして生じなかったに違いない道義的慚愧《ざんき》の念が、このとき忽焉《こつえん》として湧起《わきお》こった。飛衛のほうでは、また、危機を脱しえた安堵《あんど》と己《おの》が伎倆《ぎりょう》についての満足とが、敵に対する憎しみをすっかり忘れさせた。二人は互いに駈寄《かけよ》ると、野原の真中に相抱《あいいだ》いて、しばし美しい師弟愛の涙にかきくれた。（こうしたことを今日の道義観をもって見るのは当たらない。美食家の斉《せい》の桓公《かんこう》が己《おのれ》のいまだ味わったことのない珍味を求めたとき、厨宰《ちゅうさい》の易牙《えきが》は己《おの》が息子《むすこ》を蒸焼《むしや》きにしてこれをすすめた。十六歳の少年、秦《しん》の始皇帝《しこうてい》は父が死んだその晩に、父の愛妾《あいしょう》を三度《たび》襲うた。すべてそのような時代の話である。）

涙にくれて相擁《あいよう》しながらも、ふたたび弟子がかかる企《たくら》みを抱くようなことがあってははなはだ危ういと思った飛衛は、紀昌に新たな目標を与えてその気を転ずるにしくはないと考えた。彼はこの危険な弟子に向かって言った。もはや、伝うべきほどのことはことごとく伝えた。爾《なんじ》がもしこれ以上この道の蘊奥《うんおう》を極《きわ》めたいと望むならば、ゆいて西の方大行《かたたいこう》の嶮《けん》に攀《よ》じ、霍山《かくざん》の頂を極めよ。そこには甘蝿《かんよう》老師とて古今を曠《むな》しゅうする斯道《しどう》の大家《たいか》がおられるはず。老師の技に比べれば、我々の射のごときほとんど児戯《じぎ》に類する。儞《なんじ》の師と頼むべきは、今は甘蝿師のほかにあるまいと。

紀昌《きしょう》はすぐに西に向かって旅立つ。その人の前に出ては我々の技のごとき児戯《じぎ》にひとしいと言った師の言葉が、彼の自尊心にこたえた。もしそれがほんとうだとすれば、天下第一を目ざす彼の望みも、まだまだ前途程遠《ほどとお》いわけである。己《おの》が業《わざ》が児戯《じぎ》に類するかどうか、とにもかくにも早くその人に会って腕を比べたいとあせりつつ、彼はひたすらに道を急ぐ。足裏を破り脛《はぎ》を傷つけ、危巌《きがん》を攀《よ》じ桟道《さんどう》を渡って、一月《ひと》の後に彼はようやく目ざす山巓《さんてん》に辿《たど》りつく。

気負い立つ紀昌を迎えたのは、羊のような柔和な目をした、しかし酷《ひど》くよぼよぼの爺《じい》さんである。年齢は百歳をも超《こ》えていよう。腰の曲がっているせいもあって、白髯《はくぜん》は歩くときも地に曳《ひ》きずっている。

相手が聾《つんぼ》かもしれぬと、大声に遽《あわた》だしく紀昌は来意を告げる。己が技のほどを見てもらいたい旨を述べると、あせり立った彼は相手の返辞をも待たず、いきなり背に負うた楊幹麻筋《ようかんまきん》の弓を外《はず》して手に執《と》った。そうして、石碣《せきけつ》の矢をつがえると、おりから空の高くを飛び過ぎて行く渡り鳥の群れに向かって狙《ねら》いを定める。弦に応じて、一箭《いっせん》たちまち五羽の大鳥が鮮《あざ》やかに碧空《へきくう》を切って落ちて来た。

ひととおりできるようじゃな、と老人が穏やかな微笑を含んで言う。だが、それは所詮《しょせん》射之《しゃの》射《しゃ》というもの、好漢《こうかん》まだ不射之《ふしゃの》射《しゃ》を知らぬとみえる。

ムッとした紀昌を導いて、老隠者《いんじゃ》は、そこから二百歩ばかり離れた絶壁の上まで連れて来る。脚下は文字どおりの屏風《びょうぶ》のごとき壁立千仞《へきりつせんじん》、遥《はる》か真下《ました》に糸のような細さに見える渓流《けいりゅう》をちょっと覗《のぞ》いただけでたちまち眩暈《めまい》を感ずるほどの高さである。その断崖《だんがい》から半ば宙に乗出した危石の上につかつかと老人は駈上《かけのぼ》り、振返って紀昌に言う。どうじゃ。この石の上で先刻の業《わざ》を今一度見せてくれぬか。いまさら引込みもならぬ。老人と入れ代わりに紀昌がその石を履《ふ》んだとき、石は微《かす》かにグラリと揺らいだ。強《し》いて気を励まして矢をつがえようとすると、ちょうど崖《がけ》の端から小石が一つ転《ころ》がり落ちた。その行方《ゆくえ》を目で追うたとき、覚えず紀昌は石上に伏した。脚はワナワナと顫《ふる》え、汗は流れて踵《くびす》にまで至った。老人が笑いながら手を差しのべて彼を石から下《おろ》し、自ら代わってこれに乗ると、では射《しゃ》というものをお目にかけようかな、と言った。まだ動悸《どうき》がおさまらず蒼《あお》ざめた顔をしてはいたが、紀昌はすぐに気がついて言った。しかし、弓はどうなさる？　弓は？　老人は素手《すで》だったのである。弓？　と老人は笑う。弓矢の要《い》るうちはまだ射之《しゃの》射《しゃ》じゃ。不射之射には、烏漆《うしつ》の弓も粛慎《しゅくしん》の矢*もいらぬ。

ちょうど彼らの真上《まうえ》、空のきわめて高い所を一羽の鳶《とび》が悠々《ゆうゆう》と輪を画《えが》いていた。その胡麻粒《ごまつぶ》ほどに小さく見える姿をしばらく見上げていた甘蠅《かんよう》が、やがて、見えざる矢を無形の弓につがえ、満月のごとく引絞ってひょうと放てば、見よ、鳶は羽ばたきもせず中空から石のごとくに落ちて来るではないか。

紀昌《きしょう》は慄然《りつぜん》とした。今にしてはじめて芸道の深淵《しんえん》を覗《のぞ》きえた心地《ここち》であった。

九年の間、紀昌はこの老名人のもとに留《とど》まった。その間いかなる修業を積んだものやらそれは誰にも判《わか》らぬ。

九年たって山を降りて来たとき、人々は紀昌の顔つきの変わったのに驚いた。以前の負けず嫌《ぎら》いな精悍《せいかん》な面魂《つらだましい》はどこかに影をひそめ、なんの表情もない、木偶《でく》のごとく愚者《ぐしゃ》のごとき容貌《ようぼう》に変わっている。久しぶりに旧師の飛衛《ひえい》を訪《たず》ねたとき、しかし、飛衛はこの顔つきを一見すると感嘆して叫んだ。これでこそはじめて天下の名人だ。我儕《われら》のごとき、足下《あしもと》にも及ぶものでないと。

邯鄲《かんたん》の都は、天下一の名人となって戻って来た紀昌を迎えて、やがて眼前に示されるに違いないその妙技への期待に湧返《わきかえ》った。

ところが紀昌はいっこうにその要望に応《こた》えようとしない。いや、弓さえ絶えて手に取ろうとしない。山に入るときに携えていった楊幹麻筋《ようかんまきん》の弓もどこかへ棄《す》てて来た様子である。そのわけを訊《たず》ねた一人に答えて、紀昌は懶《ものう》げに言った。至為《しい》は為《な》すなく、至言《しげん》は言を去り、至射《ししゃ》は射ることなしと。なるほどと、しごく物分りのいい邯鄲の都人士《とじんし》はすぐに合点《がてん》した。弓を執《と》らざる弓の名人は彼らの誇りとなった。紀昌が弓に触れなければ触れないほど、彼の無敵の評判はいよいよ喧伝《けんでん》された。

さまざまな噂《うわさ》が人々の口から口へと伝わる。毎夜三更《こう》を過ぎるころ、紀昌の家の屋上で何者の立てるとも知れぬ弓弦《ゆづる》の音がする。名人の内に宿る射道の神が主人公の睡《ねむ》っている間に体内を脱《ぬ》け出し、妖魔《ようま》を払うべく徹宵《てっしょう》守護に当たっているのだという。彼の家の近くに住む一商人はある夜紀昌の家の上空で、雲に乗った紀昌が珍しくも弓を手にして、古《いにしえ》の名人・羿《げい》と養由基《ようゆうき》の二人を相手に腕比べをしているのを確かに見たと言い出した。そのとき三名人の放った矢はそれぞれ夜空に青白い光芒《こうぼう》を曳《ひ》きつつ参宿《しんしゅく》と天狼星《てんろうせい》との間に消去ったと。紀昌の家に忍び入ろうとしたところ、塀《へい》に足を掛けたとたんに一道の殺気が森閑《しんかん》とした家の中から奔《はし》り出てまともに額を打ったので、覚えず外に顛落《てんらく》したと白状した盗賊もある。爾来《じらい》、邪心を抱く者どもは彼の住居の十町四方は避けて廻《まわ》り道をし、賢い渡り鳥どもは彼の家の上空を通らなくなった。

　雲と立罩《たちこ》める名声のただ中に、名人紀昌はしだいに老いていく。すでに早く射《しゃ》を離れた彼の心は、ますます枯淡虚静《こたんきょせい》の域にはいって行ったようである。木偶《でく》のごとき顔はさらに表情を失い、語ることもまれとなり、ついには呼吸の有無さえ疑われるに至った。「すでに、我と彼との別、是と非との分を知らぬ。眼は耳のごとく、耳は鼻のごとく、鼻は口のごとく思われる。」というのが老名人晩年の述懐である。

甘蠅師《かんようし》のもとを辞してから四十年ののち、紀昌は静かに、誠《まこと》に煙のごとく静かに世を去った。その四十年の間、彼は絶えて射《しゃ》を口にすることがなかった。口にさえしなかったくらいだから、弓矢を執《と》っての活動などあろうはずがない。もちろん、寓話《ぐうわ》作者としてはここで老人に掉尾《とうび》の大活躍をさせて、名人の真に名人たる所以《ゆえん》を明らかにしたいのは山々ながら、一方、また、なんとしても古書に記された事実を曲げるわけにはいかぬ。実際、老後の彼についてはただ無為《むい》にして化したとばかりで、次のような妙な話のほかには何一つ伝わっていないのだから。

その話というのは、彼の死ぬ一、二年前のことらしい。ある日老いたる紀昌が知人のもとに招かれて行ったところ、その家で一つの器具を見た。確かに見憶《みおぼ》えのある道具だが、どうしてもその名前が思出せぬし、その用途も思い当たらない。老人はその家の主人に尋ねた。それはなんと呼ぶ品物で、また何に用いるのかと。主人は、客が冗談を言っているとのみ思って、ニヤリととぼけた笑い方をした。老紀昌は真剣になってふたたび尋ねる。それでも相手は曖昧《あいまい》な笑《え》みを浮かべて、客の心をはかりかねた様子である。三度紀昌が真面目《まじめ》な顔をして同じ問いを繰返したとき、初めて主人の顔に驚愕《きょうがく》の色が現われた。彼は客の眼をじっと見つめる。相手が冗談を言っているのでもなく、気が狂っているのでもなく、また自分が聞き違えをしているのでもないことを確かめると、彼はほとんど恐怖に近い狼狽《ろうばい》を示して、吃《ども》りながら叫んだ。

「ああ、夫子《ふうし》が、──古今《ここん》無双《むそう》の射《しゃ》の名人たる夫子が、弓を忘れ果てられたとや？　ああ、弓という名も、その使い途《みち》も！」

その後当分の間、邯鄲の都では、画家は絵筆を隠し、楽人《がくじん》は瑟《しつ》の弦《げん》を断ち、工匠《こうしょう》は規矩《きく》*を手にするのを恥じたということである。

山月記

隴西《ろうせい》*の李徴《りちょう》は博学才穎《さいえい》、天宝《てんぽう》*の末年、若くして名を虎榜《こぼう》*に連ね、ついで江南尉《こうなんい》に補せられたが、性、狷介《けんかい》、自ら恃《たの》むところすこぶる厚く、賤吏《せんり》に甘んずるを潔《いさぎよ》しとしなかった。いくばくもなく官を退いたのちは、故山《こざん》、虢略《かくりゃく》に帰臥《きが》し、人と交を絶って、ひたすら詩作に耽《ふけ》った。下吏《かり》となって長く膝《ひざ》を俗悪な大官《たいかん》の前に屈するよりは、詩家《しか》としての名を死後百年に遺《のこ》そうとしたのである。しかし、文名は容易に揚がらず、生活は日を逐《お》うて苦しくなる。李徴はようやく焦躁《しょうそう》に駆られてきた。このころからその容貌《ようぼう》も峭刻《しょうこく》*となり、肉落ち骨秀《ひい》で、眼光のみいたずらに炯々《けいけい》*として、かつて進士《しんし》に登第《とうだい》*したころの豊頬《ほうきょう》の美少年の俤《おもかげ》は、どこに求めようもない。数年ののち、貧窮《ひんきゅう》に堪《た》えず、妻子の衣食のためについに節《せつ》を屈して、ふたたび東へ赴《おもむ》き、一地方官吏の職を奉ずることになった。一方、これは、己《おのれ》の詩業に半ば絶望したためでもある。かつての同輩《どうはい》はすでに遥《はる》か高位に進み、彼が昔、鈍物として歯牙《しが》にもかけなかったその連中の下命《かめい》を拝さねばならぬことが、往年の儁才《しゅんさい》李徴の自尊心をいかに傷つけたかは、想像に難《かた》くない。彼は怏々《おうおう》として楽しまず、狂悖《きょうはい》の性はいよいよ抑《おさ》えがたくなった。一年ののち、公用で旅に出、汝水《じょすい》のほとりに宿ったとき、ついに発狂した。ある夜半、急に顔色を変えて寝床から起上がると、何か訳の分らぬことを叫びつつそのまま下にとび下りて、闇《やみ》の中へ駈出《かけだ》した。彼は二度と戻って来なかった。付近の山野を捜索しても、なんの手がかりもない。その後李徴がどうなったかを知る者は、誰もなかった。

翌年、監察御史《かんさつぎょし》、陳郡《ちんぐん》の袁傪《えんさん》という者、勅命を奉じて嶺南《れいなん》に使《つかい》し、途《みち》に商於《しょうお》の地に宿った。次の朝いまだ暗いうちに出発しようとしたところ、駅吏《えきり》が言うことに、これから先の道に人喰《ひとくい》虎《とら》が出るゆえ、旅人は白昼でなければ、通れない。今はまだ朝が早いから、今少し待たれたがよろしいでしょうと。袁傪《えんさん》は、しかし、供廻《ともまわ》りの多勢なのを恃《たの》み、駅吏の言葉を斥《しりぞ》けて、出発した。残月の光をたよりに林中の草地を通って行ったとき、はたして一匹の猛虎《もうこ》が叢《くさむら》の中から躍《おど》り出た。虎は、あわや袁傪に躍《おど》りかかると見えたが、たちまち身を翻《ひるがえ》して、元の叢に隠れた。叢の中から人間の声で「あぶないところだった」と繰返し呟《つぶや》くのが聞こえた。その声に袁傪は聞き憶《おぼ》えがあった。驚懼《きょうく》のうちにも、彼は咄嗟《とっさ》に思いあたって、叫んだ。「その声は、わが友、李徴子《りちょうし》ではないか？」袁傪は李徴と同年に進士《しんし》の第《だい》に登り、友人の少なかった李徴にとっては、最も親しい友であった。温和な袁傪の性格が、峻峭《しゅんしょう》な李徴の性情と衝突しなかったためであろう。

叢《くさむら》の中からは、しばらく返辞がなかった。しのび泣きかと思われる微《かす》かな声がときどき洩《も》れるばかりである。ややあって、低い声が答えた。「いかにも自分は隴西《ろうせい》の李徴《りちょう》である」と。

袁傪は恐怖を忘れ、馬から下《お》りて叢に近づき、懐《なつ》かしげに久闊《きゅうかつ》を叙《じょ》した。そして、なぜ叢《くさむら》から出て来ないのかと問うた。李徴の声が答えて言う。自分はいまや異類の身となっている。どうして、おめおめと故人《とも》の前にあさましい姿をさらせようか。かつまた、自分が姿を現わせば、必ず君に畏怖嫌厭《いふけんえん》の情《じょう》を起こさせるに決まっているからだ。しかし、今、はからずも故人《とも》に遇《あ》うことを得て、愧赧《きたん》の念をも忘れるほどに懐かしい。どうか、ほんのしばらくでいいから、わが醜悪な今の外形を厭《いと》わず、かつて君の友李徴であったこの自分と話を交《かわ》してくれないだろうか。

あとで考えれば不思議だったが、そのとき、袁傪《えんさん》は、この超自然の怪異を、実に素直《すなお》に受容《うけい》れて、少しも怪しもうとしなかった。彼は部下に命じて行列の進行を停《と》め、自分は叢《くさむら》のそばに立って、見えざる声と対談した。都の噂《うわさ》、旧友の消息、袁傪《えんさん》が現在の地位、それに対する李徴の祝辞。青年時代に親しかった者同士の、あの隔てのない語調で、それらが語られたのち、袁傪は、李徴がどうして今の身となるに至ったかを訊《たず》ねた。草中の声は次のように語った。

今から一年ほど前、自分が旅に出て汝水《じょすい》のほとりに泊まった夜のこと、一睡してから、ふと眼を覚《さ》ますと、戸外で誰かがわが名を呼んでいる。声に応じて外へ出て見ると、声は闇《やみ》の中からしきりに自分を招く。覚えず、自分は声を追うて走り出した。無我夢中で駈《か》けて行くうちに、いつしか途《みち》は山林に入り、しかも、知らぬまに自分は左右の手で地を攫《つか》んで走っていた。何か身体《からだ》中に力が充《み》ち満ちたような感じで、軽々と岩石を跳《と》び越えて行った。気がつくと、手先や肱《ひじ》のあたりに毛を生じているらしい。少し明るくなってから、谷川に臨んで姿を映して見ると、すでに虎《とら》となっていた。自分は初め眼を信じなかった。次に、これは夢に違いないと考えた。夢の中で、これは夢だぞと知っているような夢を、自分はそれまでに見たことがあったから。どうしても夢でないと悟らねばならなかったとき、自分は茫然《ぼうぜん》とした。そうして懼《おそ》れた。まったく、どんなことでも起こりうるのだと思うて、深く懼れた。しかし、なぜこんなことになったのだろう。分らぬ。まったく何事も我々には判《わか》らぬ。理由も分らずに押付けられたものを大人《おとな》しく受取って、理由も分らずに生きていくのが、我々生きもののさだめだ。自分はすぐに死を想《おも》うた。しかし、そのとき、眼の前を一匹の兎《うさぎ》が駈《か》け過ぎるのを見たとたんに、自分の中の人間はたちまち姿を消した。ふたたび自分の中の人間が目を覚ましたとき、自分の口は兎の血に塗《まみ》れ、あたりには兎の毛が散らばっていた。これが虎としての最初の経験であった。それ以来今までにどんな所行《しょぎょう》をし続けてきたか、それはとうてい語るに忍びない。ただ、一日のうちに必ず数時間は、人間の心が還《かえ》ってくる。そういうときには、かつての日と同じく、人語も操《あやつ》れれば、複雑な思考にも堪《た》えうるし、経書《けいしょ》の章句を誦《そら》んずることもできる。その人間の心で、虎《とら》としての己《おのれ》の残虐な行ないのあとを見、己の運命をふりかえるときが、最も情けなく、恐ろしく、憤《いきどお》ろしい。しかし、その、人間にかえる数時間も、日を経《へ》るに従ってしだいに短くなっていく。今までは、どうして虎などになったかと怪しんでいたのに、この間ひょいと気がついてみたら、己《おれ》はどうして以前、人間だったのかと考えていた。これは恐ろしいことだ。今少し経《た》てば、己の中の人間の心は、獣としての習慣の中にすっかり埋《うも》れて消えてしまうだろう。ちょうど、古い宮殿の礎《いしずえ》がしだいに土砂に埋没するように。そうすれば、しまいに己は自分の過去を忘れ果て、一匹の虎として狂い廻《まわ》り、今日のように途《みち》で君と出会っても故人《とも》と認めることなく、君を裂き喰《くろ》うてなんの悔いも感じないだろう。いったい、獣でも人間でも、もとは何か他のものだったんだろう。初めはそれを憶《おぼ》えているが、しだいに忘れてしまい、初めから今の形のものだったと思い込んでいるのではないか？　いや、そんなことはどうでもいい。己の中の人間の心がすっかり消えてしまえば、おそらく、そのほうが、己はしあわせになれるだろう。

だのに、己の中の人間は、そのことを、このうえなく恐ろしく感じているのだ。ああ、まったく、どんなに、恐ろしく、哀《かな》しく、切なく思っているだろう！　己が人間だった記憶のなくなることを。この気持は誰にも分らない。誰にも分らない。己と同じ身の上になった者でなければ。ところで、そうだ。己がすっかり人間でなくなってしまう前に、一つ頼んでおきたいことがある。

袁傪《えんさん》はじめ一行は、息をのんで、叢中《そうちゅう》の声の語る不思議に聞入っていた。声は続けて言う。

ほかでもない。自分は元来詩人として名をなすつもりでいた。しかも、業いまだ成らざるに、この運命に立至った。かつて作るところの詩数百篇、もとより、まだ世に行なわれておらぬ。遺稿の所在ももはや判《わか》らなくなっていよう。ところで、そのうち、今もなお記誦《きしょう》せるものが数十ある。これをわがために伝録していただきたいのだ。なにも、これによって一人前の詩人面《づら》をしたいのではない。作の巧拙《こうせつ》は知らず、とにかく、産を破り心を狂わせてまで自分が生涯《しょうがい》それに執着したところのものを、一部なりとも後代に伝えないでは、死んでも死に切れないのだ。

袁傪は部下に命じ、筆を執って叢中《そうちゅう》の声に随《したが》って書きとらせた。李徴《りちょう》の声は叢《くさむら》の中から朗々と響いた。長短およそ三十篇、格調高雅《こうが》、意趣卓逸《たくいつ》、一読して作者の才の非凡を思わせるものばかりである。しかし、袁傪は感嘆しながらも漠然《ばくぜん》と次のように感じていた。なるほど、作者の素質が第一流に属するものであることは疑いない。しかし、このままでは、第一流の作品となるのには、どこか（非常に微妙な点において）欠けるところがあるのではないか、と。

旧詩を吐き終わった李徴の声は、突然調子を変え、自らを嘲《あざけ》るがごとくに言った。

羞《はずか》しいことだが、今でも、こんなあさましい身と成り果てた今でも、己《おれ》は、己の詩集が長安《ちょうあん》風流人士の机の上に置かれている様《さま》を、夢に見ることがあるのだ。岩窟《がんくつ》の中に横たわって見る夢にだよ。嗤《わら》ってくれ。詩人になりそこなって虎《とら》になった哀れな男を。（袁傪は昔の青年李徴の自嘲癖《じちょうへき》を思出しながら、哀《かな》しく聞いていた。）そうだ。お笑いぐさついでに、今の懐《おもい》を即席の詩に述べてみようか。この虎の中に、まだ、かつての李徴が生きているしるしに。

袁傪《えんさん》はまた下吏《かり》に命じてこれを書きとらせた。その詩に言う。

偶因狂疾成殊類《たまたまきょうしつによってしゅるいとなる》　災患相仍不可逃《さいかんあいよってのがるべからず》
今日爪牙誰敢敵《こんにちのそうがだれかあえてきせん》　当時声跡共相高《そのかみのせいせきともにあいたかし》
我為異物蓬茅下《われいぶつとなるほうぼうのもと》　君已乗軺気勢豪《きみすでにちょうにのってきせいごうなり》
此夕渓山対明月《このゆうべけいざんめいげつにたいす》　不成長嘯但成嗥《ちょうしょうをなさずただこうをなす》＊

時に、残月、光冷《ひ》ややかに、白露《はくろ》は地に滋《しげ》く、樹間《じゅかん》を渡る冷風はすでに暁の近きを告げていた。人々はもはや、事の奇異を忘れ、粛然《しゅくぜん》として、この詩人の薄倖《はっこう》を嘆じた。李徴の声はふたたび続ける。

何故《なにゆえ》こんな運命になったか判《わか》らぬと、先刻は言ったが、しかし、考えようによれば、思い当たることが全然ないでもない。人間であったとき、己は努めて人との交わりを避けた。人々は己を倨傲《きょごう》だ、尊大だといった。実は、それがほとんど羞恥心《しゅうちしん》に近いものであることを、人々は知らなかった。もちろん、かつての郷党《きょうとう》の鬼才《きさい》といわれた自分に、自尊心がなかったとは言わない。しかし、それは臆病《おくびょう》な自尊心とでもいうべきものであった。己《おれ》は詩によって名を成そうと思いながら、進んで師についたり、求めて詩友と交わって切磋琢磨《せっさたくま》に努めたりすることをしなかった。かといって、また、己は俗物《ぞくぶつ》の間に伍《ご》することも潔《いさぎよ》しとしなかった。ともに、わが臆病な自尊心と、尊大な羞恥心《しゅうちしん》との所為《せい》である。己《おのれ》の珠《たま》に非《あら》ざることを惧《おそ》れるがゆえに、あえて刻苦して磨《みが》こうともせず、また、己《おのれ》の珠《たま》なるべきを半ば信ずるがゆえに、碌々《ろくろく》として瓦《かわら》に伍《ご》することもできなかった。己はしだいに世と離れ、人と遠ざかり、憤悶《ふんもん》と慙恚《ざんい》*とによってますます己《おのれ》の内なる臆病《おくびょう》な自尊心を飼いふとらせる結果になった。人間は誰でも猛獣使いであり、その猛獣に当たるのが、各人の性情だという。己《おれ》の場合、この尊大な羞恥心が猛獣だった。虎《とら》だったのだ。これが己を損《そこな》い、妻子を苦しめ、友人を傷つけ、果ては、己の外形をかくのごとく、内心にふさわしいものに変えてしまったのだ。今思えば、まったく、己は、己の有《も》っていた僅《わず》かばかりの才能を空費してしまったわけだ。人生は何事をも為《な》さぬにはあまりに長いが、何事かを為すにはあまりに短いなどと口先ばかりの警句を弄《ろう》しながら、事実は、才能の不足を暴露するかもしれないとの卑怯《ひきょう》な危惧《きぐ》と、刻苦を厭《いと》う怠惰《たいだ》とが己のすべてだったのだ。己よりも遥《はる》かに乏しい才能でありながら、それを専一に磨《みが》いたがために、堂々たる詩家となった者がいくらでもいるのだ。虎と成り果てた今、己はようやくそれに気がついた。それを思うと、己は今も胸を灼《や》かれるような悔いを感じる。己にはもはや人間としての生活はできない。たとえ、今、己が頭の中で、どんな優《すぐ》れた詩を作ったにしたところで、どういう手段で発表できよう。

まして、己《おれ》の頭は日ごとに虎に近づいていく。どうすればいいのだ。己の空費された過去は？己は堪《たま》らなくなる。そういうとき、己は、向こうの山の頂の巌《いわお》に上り、空谷《くうこく》に向かって吼《ほ》える。この胸を灼《や》く悲しみを誰かに訴えたいのだ。己は昨夕も、かしこで月に向かって咆《ほ》えた。誰かにこの苦しみが分ってもらえないかと。しかし、獣どもは己の声を聞いて、ただ、懼《おそ》れ、ひれ伏すばかり。山も樹も月も露も、一匹の虎が怒り狂って、哮《たけ》っているとしか考えない。天に躍《おど》り地に伏して嘆いても、誰一人己《おれ》の気持を分ってくれる者はない。ちょうど、人間だったころ、己の傷つきやすい内心を誰も理解してくれなかったように。己の毛皮の濡《ぬ》れたのは、夜露のためばかりではない。

　ようやく、四方《あたり》の暗《くら》さが薄らいできた。木の間を伝って、どこからか、暁角《ぎょうかく》*が哀《かな》しげに響きはじめた。

　もはや、別れを告げねばならぬ。酔わねばならぬ時が、(虎に還《かえ》らねばならぬ時が)近づいたから、と、李徴《りちょう》の声が言った。だが、お別れする前にもう一つ頼みがある。それはわが妻子のことだ。彼らはいまだ虢略《かくりゃく》にいる。もとより、己の運命については知るはずがない。君が南から帰ったら、己はすでに死んだと彼らに告げてもらえないだろうか。けっして今日のことだけは明かさないでほしい。厚かましいお願いだが、彼らの孤弱《こじゃく》を憐《あわ》れんで、今後とも道塗《どうと》に飢《き》凍《とう》することのないように計らっていただけるならば、自分にとって、恩倖《おんこう》、これにすぎたるはない。

　言終わって、叢中《そうちゅう》から慟哭《どうこく》の声が聞こえた。袁傪《えんさん》もまた涙を泛《うか》べ、欣《よろこ》んで李徴の意に副《そ》いたい旨を答えた。李徴の声はしかしたちまちまた先刻の自嘲《じちょう》的な調子に戻って、言った。

ほんとうは、まず、このことのほうを先にお願いすべきだったのだ、己《おれ》が人間だったなら。飢え凍《こご》えようとする妻子のことよりも、己《おのれ》の乏しい詩業のほうを気にかけているような男だから、こんな獣に身を堕《おと》すのだ。

そうして、附加えて言うことに、袁傪《えんさん》が嶺南《れいなん》からの帰途にはけっしてこの途《みち》を通らないでほしい、そのときには自分が酔っていて故人《とも》を認めずに襲いかかるかもしれないから。また、今別れてから、前方百歩の所にある、あの丘に上ったら、こちらを振りかえって見てもらいたい。自分は今の姿をもう一度お目にかけよう。勇に誇ろうとしてではない。わが醜悪な姿を示して、もって、ふたたびここを過ぎて自分に会おうとの気持を君に起こさせないためであると。

袁傪《えんさん》は叢《くさむら》に向かって、懇《ねんご》ろに別れの言葉を述べ、馬に上った。叢の中からは、また、堪えざるがごとき悲泣《ひきゅう》の声が洩《も》れた。袁傪も幾度か叢を振返りながら、涙の中に出発した。

一行が丘の上についたとき、彼らは、言われたとおりに振返って、先程の林間の草地を眺めた。たちまち、一匹の虎《とら》が草の茂みから道の上に躍り出たのを彼らは見た。虎は、すでに白く光を失った月を仰いで、二声三声咆哮《ほうこう》したかと思うと、また、元の叢《くさむら》に躍り入って、ふたたびその姿を見なかった。

悟浄出世

寒蟬敗柳《かんせんはいりゅう》に鳴き大火西に向かいて流るる秋のはじめになりければ心細くも三蔵《さんぞう》は二人の弟子にいざなわれ嶮難《けんなん》を凌《しの》ぎ道を急ぎたもうに、たちまち前面に一条の大河あり。大波湧返《わきかえ》りて河の広さそのいくばくという限りを知らず。岸に上りて望み見るときかたわらに一つの石碑あり。上に流沙河《りゅうさが》の三字を篆字《てんじ》にて彫付け、表に四行の小楷字《かいじ》あり。

八百流沙界《はちひゃくりゅうさのかい》
三千弱水深《さんぜんじゃくすいふかし》
鵞毛飄不起《がもうただよいうかばず》
蘆花定底沈《ろかそこによどみてしずむ》*

——西遊記——

一

そのころ流沙河《りゅうさが》の河底に栖《す》んでおった妖怪《ばけもの》の総数およそ一万三千、なかで、渠《かれ》ばかり心弱きはなかった。渠《かれ》に言わせると、自分は今までに九人の僧侶《そうりょ》を啖《く》った罰で、それら九人の髑髏《しゃれこうべ》が自分の頸《くび》の周囲《まわり》について離れないのだそうだが、他の妖怪《ばけもの》らには誰にもそんな髑髏《しゃれこうべ》は見えなかった。「見えない。それは儞《おまえ》の気の迷いだ」と言うと、渠《かれ》は信じがたげな眼で、一同を見返し、さて、それから、なぜ自分はこうみんなと違うんだろうといったふうな悲しげな表情に沈むのである。他の妖怪《ばけもの》らは互いに言合うた。「渠《あいつ》は、僧侶《そうりょ》どころか、ろくに人間さえ咋《く》ったことはないだろう。誰もそれを見た者がないのだから。鮒《ふな》やざこを取って喰っているのなら見たこともあるが」と。また彼らは渠《かれ》に綽名《あだな》して、独言悟浄《どくげんごじょう》と呼んだ。渠《かれ》が常に、自己に不安を感じ、身を切刻む後悔に苛《さいな》まれ、心の中で反芻《はんすう》されるその哀《かな》しい自己苛責《かしゃく》が、つい独《ひと》り言となって洩《も》れるがゆえである。遠方から見ると小さな泡《あわ》が渠《かれ》の口から出ているにすぎないようなときでも、実は彼が微《かす》かな声で呟《つぶや》いているのである。「俺《おれ》はばかだ」とか、「どうして俺はこうなんだろう」とか、「もうだめだ。俺は」とか、ときとして「俺は堕天使《だてんし》だ」とか。

　当時は、妖怪に限らず、あらゆる生きものはすべて何かの生まれかわりと信じられておった。悟浄がかつて天上界《てんじょうかい》で霊霄殿《りょうしょうでん》の捲簾《けんれん》大将*を勤めておったとは、この河底で誰言わぬ者もない。それゆえすこぶる懐疑的な悟浄自身も、ついにはそれを信じておるふりをせねばならなんだ。が、実をいえば、すべての妖怪《ばけもの》の中で渠《かれ》一人はひそかに、生まれかわりの説に疑いをもっておった。天上界で五百年前に捲簾大将をしておった者が今の俺になったのだとして、さて、その昔の捲簾大将と今のこの俺とが同じものだといっていいのだろうか？　第一、俺は昔の天上界のことを何一つ記憶してはおらぬ。その記憶以前の捲簾大将と俺と、どこが同じなのだ。身体《からだ》が同じなのだろうか？　それとも魂が、だろうか？　ところで、いったい、魂とはなんだ？　こうした疑問を渠《かれ》が洩《も》らすと、妖怪《ばけもの》どもは「また、始まった」といって嗤《わら》うのである。あるものは嘲弄《ちょうろう》するように、あるものは憐愍《れんびん》の面持ちをもって「病気なんだよ。悪い病気のせいなんだよ」と言うた。

事実、渠《かれ》は病気だった。

いつのころから、また、何が因《もと》でこんな病気になったか、悟浄《ごじょう》はそのどちらをも知らぬ。ただ、気がついたらそのときはもう、このような厭《いと》わしいものが、周囲に重々しく立罩《たちこ》めておった。渠は何をするのもいやになり、見るもの聞くものがすべて渠の気を沈ませ、何事につけても自分が厭《いと》わしく、自分に信用がおけぬようになってしもうた。何日も何日も洞穴《ほらあな》に籠《こも》って、食を摂《と》らず、ギョロリと眼ばかり光らせて、渠は物思いに沈んだ。不意に立上がってその辺を歩き廻《まわ》り、何かブツブツ独り言をいいまた突然すわる。その動作の一つ一つを自分では意識しておらぬのである。どんな点がはっきりすれば、自分の不安が去るのか。それさえ渠には解《わか》らなんだ。ただ、今まで当然として受取ってきたすべてが、不可解な疑わしいものに見えてきた。今まで纏《まと》まった一つのことと思われたものが、バラバラに分解された姿で受取られ、その一つの部分部分について考えているうちに、全体の意味が解らなくなってくるといったふうだった。

医者でもあり・占星師《せんせいし》でもあり・祈禱者《きとうしゃ》でもある・一人の老いたる魚怪が、あるとき悟浄を見てこう言うた。「やれ、いたわしや。因果《いんが》な病にかかったものじゃ。この病にかかったが最後、百人のうち九十九人までは惨《みじ》めな一生を送らねばなりませぬぞ。元来、我々の中にはなかった病気じゃが、我々が人間を咋《く》うようになってから、我々の間にもごくまれに、これに侵される者が出てきたのじゃ。この病に侵された者はな、すべての物事を素直に受取ることができぬ。何を見ても、何に出会うても『なぜ?』とすぐに考える。究極の・正真正銘《しょうしんしょうめい》の・神様だけ

がご存じの『なぜ?』を考えようとするのじゃ。そんなことを思うては生き物は生きていけぬものじゃ。そんなことは考えぬというのが、この世の生き物の間の約束ではないか。ことに始末に困るのは、この病人が『自分』というものに疑いをもつことじゃ。なぜ俺《おれ》は俺を俺と思うのか? 他《ほか》の者を俺と思うてもさしつかえなかろうに。俺とはいったいなんだ? こう考えはじめるのが、この病のいちばん悪い徴候《ちょうこう》じゃ。どうじゃ。当たりましたろうがの。お気の毒じゃが、この病には、薬もなければ、医者もない。自分で治《なお》すよりほかはないのじゃ。よほどの機縁に恵まれぬかぎり、まず、あんたの顔色のはれる時はありますまいて。」

二

文字の発明は疾《と》くに人間世界から伝わって、彼らの世界にも知られておったが、総じて彼らの間には文字を軽蔑《けいべつ》する習慣があった。生きておる智慧《ちえ》が、そんな文字などという死物で書留められるわけがない。(絵にならまだしも画《か》けようが。)それは、煙をその形のままに手で執《と》らえようとするにも似た愚かさであると、一般に信じられておった。したがって、文字を解することは、かえって生命力衰退の徴候《しるし》として斥《しりぞ》けられた。悟浄が日ごろ憂鬱《ゆううつ》なのも、畢竟《ひっきょう》、渠《かれ》が文字を解するために違いないと、妖怪《ばけもの》どもの間では思われておった。

文字は尚《とうと》ばれなかったが、しかし、思想が軽んじられておったわけではない。一万三千の怪物の中には哲学者も少なくはなかった。ただ、彼らの語彙《ごい》ははなはだ貧弱だったので、最もむずかしい大問題が、最も無邪気な言葉でもって考えられておった。彼らは流沙河《りゅうさが》の河底にそれぞれ考える店を張り、ために、この河底には一脈の哲学的憂鬱が漂うていたほどである。ある賢明な老魚は、美しい庭を買い、明るい窓の下で、永遠の悔いなき幸福について瞑想《めいそう》しておった。ある高貴な魚族は、美しい縞《しま》のある鮮緑の藻《も》の蔭《かげ》で、竪琴《たてごと》をかき鳴らしながら、宇宙の音楽的調和を讃《たた》えておった。醜く・鈍く・ばか正直な・それでいて、自分の愚かな苦悩を隠そうともしない悟浄《ごじよう》は、こうした知的な妖怪《ばけもの》どもの間で、いい嬲《なぶ》りものになった。一人の聡明《そうめい》そうな怪物が、悟浄に向かい、真面目《まじめ》くさって言うた。「真理とはなんぞや？」そして渠《かれ》の返辞をも待たず、嘲笑《ちようしよう》を口辺に浮かべて大胯《おおまた》に歩み去った。また、一人の妖怪――これは鮐《ふ》魚《ぐ》の精だったが――は、悟浄の病を聞いて、わざわざ訪《たず》ねて来た。悟浄の病因が「死への恐怖」にあると察して、これを哂《わら》おうがためにやって来たのである。「生ある間は死なし。死到《いた》れば、すでに我なし。また、何をか懼《おそ》れん。」というのがこの男の論法であった。悟浄はこの議論の正しさを素直に認めた。というのは、渠《かれ》自身けっして死を怖《おそ》れていたのではなかったし、渠の病因もそこにはなかったのだから。哂《わら》おうとしてやって来た鮐魚の精は失望して帰って行った。

妖怪《ばけもの》の世界にあっては、身体《からだ》と心とが、人間の世界におけるほどはっきりと分かれてはいなかったので、心の病はただちに烈《はげ》しい肉体の苦しみとなって悟浄を責めた。堪えがたくなった渠《かれ》は、ついに意を決した。「このうえは、いかに骨が折れようと、また、いかに行く先々で愚《ぐ》弄《ろう》され哂《わら》われようと、とにかく一応、この河の底に栖《す》むあらゆる賢人《けんじん》、あらゆる医者、あらゆる占星師《せんせいし》に親しく会って、自分に納得《なつとく》のいくまで、教えを乞《こ》おう」と。

渠《かれ》は粗末な直綴《じきとつ》*を纏《まと》うて、出発した。

なぜ、妖怪《ばけもの》は妖怪であって、人間でないか？　彼らは、自己の属性の一つだけを、極度に、他との均衡《つりあい》を絶して、醜いまでに、非人間的なまでに、発達させた不具者だからである。あるものは極度に貪食《どんしょく》で、したがって口と腹がむやみに大きく、あるものは極度に淫蕩《いんとう》で、したがってそれに使用される器官が著しく発達し、あるものは極度に純潔で、したがって頭部を除くすべての部分がすっかり退化しきっていた。彼らはいずれも自己の性向、世界観に絶対に固執《こしゅう》していて、他との討論の結果、より高い結論に達するなどということを知らなかった。他人の考えの筋道を辿《たど》るにはあまりに自己の特徴が著しく伸長しすぎていたからである。それゆえ、流沙河《りゅうさが》の水底では、何百かの世界観や形而上学《けいじじょうがく》が、けっして他と融和することなく、あるものは穏やかな絶望の歓喜をもって、あるものは底抜けの明るさをもって、あるものは願望《ねがい》はあれど希望《のぞみ》なき溜息《ためいき》をもって、揺動《ゆれうご》く無数の藻草《もぐさ》のようにゆらゆらとたゆとうておった。

三

最初に悟浄《ごじょう》が訪ねたのは、黒卵道人《こくらんどうじん》とて、そのころ最も高名な幻術《げんじゅつ》の大家《たいか》であった。あまり深くない水底に累々《るいるい》と岩石を積重ねて洞窟《どうくつ》を作り、入口には斜月三星洞《しゃげつさんせいどう》の額が掛かっておった。庵主《あんじゅ》は、魚面人身《ぎょめんじんしん》、よく幻術を行のうて、存亡自在、冬、雷を起こし、夏、氷を造り、飛者《とり》を走らしめ、走者《けもの》を飛ばしめるという噂《うわさ》である。悟浄はこの道人に三月《み》仕えた。幻術などどうでもいいのだが、幻術を能《よ》くするくらいなら真人《しんじん》＊であろうし、真人なら宇宙の大道を会得《えとく》してい て、渠《かれ》の病を癒《いや》すべき智慧《ちえ》をも知っていようと思われたからだ、しかし、悟浄は失望せぬわけにいかなかった。洞《ほら》の奥で巨鼇《きょごう》＊の背に座った黒卵道人《こくらんどうじん》も、それを取囲む数十の弟子たちも、口にすることといえば、すべて神変不可思議《しんぺんふかしぎ》の法術のことばかり。また、その術を用いて敵を欺《あざむ》こうの、どこそこの宝を手に入れようのという実用的な話ばかり。悟浄の求めるような無用の思索の相手をしてくれるものは誰一人としておらなんだ。結局、ばかにされ哂《わら》いものになった揚句《あげく》、悟浄は三星洞を追出された。

次に悟浄が行ったのは、沙虹隠士《しゃこういんし》のところだった。これは、年を経た蝦《えび》の精で、すでに腰が弓のように曲がり、半ば河底の砂に埋もれて生きておった。悟浄はまた、三月《み》の間、この老隠士に侍して、身の廻《まわ》りの世話を焼きながら、その深奥《しんおう》な哲学に触れることができた。老いたる蝦の精は曲がった腰を悟浄にさすらせ、深刻な顔つきで次のように言うた。

「世はなべて空《むな》しい。この世に何か一つでも善《よ》きことがあるか。もしありとせば、それは、この世の終わりがいずれは来るであろうことだけじゃ。別にむずかしい理窟《りくつ》を考えるまでもない。我々の身の廻りを見るがよい。絶えざる変転、不安、懊悩《おうのう》、恐怖、幻滅、闘争、倦怠《けんたい》。まさに昏々昧々紛々若々《こんこんまいまいふんぷんじゃくじゃく》として帰《き》するところを知らぬ。我々は現在という瞬間の上にだけ立って生きている。しかもその脚下の現在は、ただちに消えて過去となる。次の瞬間もまた次の瞬間もそのとおり。ちょうど崩れやすい砂の斜面に立つ旅人の足もとが一足ごとに崩れ去るようだ。我々はどこに安んじたらよいのだ。停《と》まろうとすれば倒れぬわけにいかぬゆえ、やむを得ず走り下り続けているのが我々の生じゃ。幸福だと？　そんなものは空想の概念だけで、けっして、ある現実的な状態をいうものではない。果敢《はか》ない希望が、名前を得ただけのものじゃ。」

悟浄の不安げな面持ちを見て、これを慰めるように隠士《いんし》は付加えた。

「だが、若い者よ。そう懼《おそ》れることはない。浪《なみ》にさらわれる者は溺《おぼ》れるが、浪に乗る者はこれを越えることができる。この有為転変《ういてんぺん》をのり超えて不壊不動《ふえふどう》の境地に到ることもできぬではない。古《いにしえ》の真人《しんじん》は、能《よ》く是非を超え善悪を超え、我を忘れ物を忘れ、不死不生《ふしふしょう》の域に達しておったのじゃ。が、昔から言われておるように、そういう境地が楽しいものだと思うたら、大間違い。苦しみもない代わりには、普通の生きものの有《も》つ楽しみもない。無味、無色。誠《まこと》に味気《あじけ》ないこと蠟《ろう》のごとく砂のごとしじゃ。」

悟浄は控えめに口を挟《はさ》んだ。自分の聞きたいと望むのは、個人の幸福とか、不動心《ふどうしん》の確立とかいうことではなくて、自己、および世界の究極の意味についてである、と。隠士は目脂《めやに》の溜《たま》った眼をしょぼつかせながら答えた。

「自己だと？　世界だと？　自己を外《ほか》にして客観世界など、在ると思うのか。世界とはな、自己が時間と空間との間に投射した幻《まぼろし》じゃ。自己が死ねば世界は消滅しますわい。自己が死んでも世界が残るなどとは、俗も俗、はなはだしい謬見《びゅうけん》じゃ。世界が消えても、正体の判《わか》らぬ・この不思議な自己というやつこそ、依然として続くじゃろうよ。」

悟浄が仕えてからちょうど九十日めの朝、数日間続いた猛烈な腹痛と下痢《げり》ののちに、この老隠者《いんじゃ》は、ついに斃《たお》れた。かかる醜い下痢と苦しい腹痛とを自分に与えるような客観世界を、自分の死によって抹殺《まっさつ》できることを喜びながら……。

悟浄は懇《ねんご》ろにあとをとぶらい、涙とともに、また、新しい旅に上った。

噂《うわさ》によれば、坐忘《ざぼう》先生は常に坐禅《ざぜん》を組んだまま眠り続け、五十日に一度目を覚《さ》まされるだけだという。そして、睡眠中の夢の世界を現実と信じ、たまに目覚めているときは、それを夢と思っておられるそうな。悟浄がこの先生をはるばる尋ね来たとき、やはり先生は睡《ねむ》っておられた。なにしろ流沙河《りゅうさが》で最も深い谷底で、上からの光もほとんど射《さ》して来ない有様ゆえ、悟浄も眼の慣れるまでは見定めにくかったが、やがて、薄暗い底の台の上に結跏趺坐《けっかふざ》したまま睡っている僧形《そうぎょう》がぼんやり目前に浮かび上がってきた。外からの音も聞こえず、魚類もまれにしか来ない所で、悟浄もしかたなしに、坐忘先生の前に坐《すわ》って眼を瞑《つぶ》ってみたら、何かジーンと耳が遠くなりそうな感じだった。

悟浄が来てから四日めに先生は眼を開いた。すぐ目の前で悟浄があわてて立上がり、礼拝《らいはい》をするのを、見るでもなく見ぬでもなく、ただ二、三度瞬《まばた》きをした。しばらく無言の対坐《たいざ》を続けたのち悟浄は恐る恐る口をきいた。「先生。さっそくでぶしつけでございますが、一つお伺いいたします。いったい『我』とはなんでございましょうか?」「咄《とつ》! 秦時《しんじ》の轆轢鑽《たくらくさん》*!」という烈しい声とともに、悟浄の頭はたちまち一棒を喰《くら》った。渠《かれ》はよろめいたが、また座に直り、しばらくして、今度は十分に警戒しながら、先刻の問いを繰返した。今度は棒が下《お》りて来なかった。厚い唇《くちびる》を開き、顔も身体もどこも絶対に動かさずに、坐忘先生が、夢の中でのような言葉で答えた。「長く食を得ぬときに空腹を覚えるものが儞《おまえ》じゃ。冬になって寒さを感ずるものが儞じゃ。」さて、それで厚い唇《くちびる》を閉じ、しばらく悟浄《ごじょう》のほうを見ていたが、やがて眼を閉じた。そうして、五十日間それを開かなかった。悟浄は辛抱強《しんぼうづよ》く待った。五十日めにふたたび眼を覚ました坐忘先生は前に坐《すわ》っている悟浄を見て言った。「まだいたのか?」悟浄は謹《つつ》しんで五十日待った旨を答えた。「五十日?」と先生は、例の夢を見るようなトロリとした眼を悟浄に注いだが、じっとそのままひと時ほど黙っていた。やがて重い唇が開かれた。

「時の長さを計る尺度が、それを感じる者の実際の感じ以外にないことを知らぬ者は愚かじゃ。人間の世界には、時の長さを計る器械ができたそうじゃが、のちのち大きな誤解の種を蒔《ま》くことじゃろう。大椿《たいちん》の寿《じゅ》も、朝菌《ちょうきん》の夭《よう》*も、長さに変わりはないのじゃ。時とはな、我々の頭の中の一つの装置《しかけ》じゃわい」

そう言終わると、先生はまた眼を閉じた。五十日後でなければ、それがふたたび開かれることがないであろうことを知っていた悟浄は、睡れる先生に向かって恭々《うやうや》しく頭を下げてから、立去った。

「恐れよ。おののけ。しかして、神を信ぜよ。」

と、流沙河《りゅうさが》の最も繁華な四つ辻《つじ》に立って、一人の若者が叫んでいた。

「我々の短い生涯《しょうがい》が、その前とあとに続く無限の大永劫《だいえいごう》の中に没入していることを思え。

我々の住む狭い空間が、我々の知らぬ・また我々を知らぬ・無限の大広袤《だいこうぼう》の中に投込まれていることを思え。誰か、みずからの姿の微小さに、おののかずにいられるか。我々はみんな鉄鎖に繫《つな》がれた死刑囚だ。毎瞬間ごとにその中の幾人かずつが我々の面前で殺されていく。我々はなんの希望もなく、順番を待っているだけだ。時は迫っているぞ。その短い間を、自己欺瞞《ぎまん》と酩酊《めいてい》とに過ごそうとするのか？　呪《のろ》われた卑怯者《ひきょうもの》め！　その間を汝《なんじ》の惨《みじ》めな理性を恃《たの》んで自惚《うぬぼ》れ返っているつもりか？　傲慢《ごうまん》な身の程《ほど》知らずめ！　嚔《くしゃみ》一つ、汝の貧しい理性と意志とをもってしては、左右できぬではないか。」

白皙《はくせき》の青年は頰《ほお》を紅潮させ、声を嗄《か》らして叱咤《しった》した。その女性的な高貴な風姿のどこに、あのような激しさが潜んでいるのか。悟浄は驚きながら、その燃えるような美しい瞳《ひとみ》に見入った。渠《かれ》は青年の言葉から火のような聖《きよ》い矢が自分の魂に向かって放たれるのを感じた。

「我々の為《な》しうるのは、ただ神を愛し己《おのれ》を憎むことだけだ。部分は、みずからを、独立した本体だと自惚《うぬぼ》れてはならぬ。あくまで、全体の意志をもって己の意志とし、全体のためにのみ、自己を生きよ。神に合するものは一つの霊となるのだ」

確かにこれは聖《きよ》く優《すぐ》れた魂の声だ、と悟浄は思い、しかし、それにもかかわらず、自分の今饑《う》えているものが、このような神の声でないことをも、また、感ぜずにはいられなかった。訓言《おしえ》は薬のようなもので、瘧《おこり》を病む者の前に瘇腫《はれもの》の薬をすすめられてもしかたがない、と、そのようなことも思うた。

その四つ辻《つじ》から程遠からぬ路傍《ろぼう》で、悟浄は醜い乞食《こじき》を見た。恐ろしい佝僂《せむし》で、高く盛上がった背骨に吊《つ》られて五臓《ごぞう》はすべて上に昇ってしまい、頭の頂は肩よりずっと低く落込んで、頤《おとがい》は臍《へそ》を隠すばかり。おまけに肩から背中にかけて一面に赤く爛《ただ》れた腫物《はれもの》が崩れている有様に、悟浄は思わず足を停《と》めて溜息《ためいき》を洩《も》らした。すると、蹲《うずくま》っているその乞食《こじき》は、頸《くび》が自由にならぬままに、赤く濁った眼玉《めだま》をじろりと上向け、一本しかない長い前歯を見せてニヤリとした。それから、上に吊上《つりあ》がった腕をブラブラさせ、悟浄の足もとまでよろめいて来ると、渠《かれ》を見上げて言った。

「僭越《せんえつ》じゃな、わしを憐《あわ》れみなさるとは。若いかたよ。わしを可哀想《かわいそう》なやつと思うのかな。どうやら、お前さんのほうがよほど可哀想に思えてならぬが。このような形にしたからとて、造物主をわしが怨んどるとでも思っていなさるのじゃろう。どうしてどうして。逆に造物主を讃《ほ》めとるくらいですわい、このような珍しい形にしてくれたと思うてな。これからも、どんなおもしろい恰好《かっこう》になるやら、思えば楽しみのようでもある。わしの左臂《ひじ》が鶏になったら、時を告げさせようし、右臂が弾《はじ》き弓になったら、それで鴞《ふくろう》でもとって炙《あぶ》り肉をこしらえようし、わしの尻《しり》が車輪になり、魂が馬にでもなれば、こりゃこのうえなしの乗物で、重宝《ちょうほう》じゃろう。どうじゃ。驚いたかな。わしの名はな、子輿《しよ》というてな、子祀《しし》、子犁《しれい》、子来《しらい》という三人の莫逆《ばくぎゃく》の友がありますじゃ。みんな女偊氏《じょうし》*の弟子での、ものの形を超えて不生不死《ふしょうふし》の境《きょう》に入ったれば、水にも濡《ぬ》れず火にも焼《や》けず、寝て夢見ず、覚めて憂《うれ》いなきものじゃ。この間も、四人で笑うて話したことがある。わしらは、無をもって首《かしら》とし、生をもって背とし、*死をもって尻《しり》としとる

わけじゃとな。アハハハ……。」

気味の悪い笑い声にギョッとしながらも、悟浄は、この乞食こそあるいは真人《しんじん》というものかもしれんと思うた。この言葉が本物《ほんもの》だとすればたいしたものだ。しかし、この男の言葉や態度の中にどこか誇示的なものが感じられ、それが苦痛を忍んでむりに壮語しているのではないかと疑わせたし、それに、この男の醜さと膿《うみ》の臭《くさ》さとが悟浄に生理的な反撥《はんばつ》を与えた。渠《かれ》はだいぶ心を惹《ひ》かれながらも、ここで乞食《こじき》に仕えることだけは思い止まった。ただ先刻の話の中にあった女偊《じょう》氏とやらについて教えを乞《こ》いたく思うたので、そのことを洩《も》らした。

「ああ、師《し》父《ふ》か。師父はな、これより北の方《かた》、二千八百里、この流沙河《りゅうさが》が赤水《せきすい》・墨水《ぼくすい》と落合うあたりに、庵《いおり》を結んでおられる。お前さんの道心《どうしん》さえ堅固なら、ずいぶんと、教訓《おしえ》も垂れてくだされよう。せっかく修業なさるがよい。わしからもよろしくと申上げてくだされい。」と、みじめな佝僂《せむし》は、尖《とが》った肩を精一杯いからせて横柄《おうへい》に言うた。

四

流沙河と墨水と赤水との落合う所を目指して、悟浄《ごじょう》は北へ旅をした。夜は葦《あし》間《ま》に仮寝《かりね》の夢を結び、朝になれば、また、果《はて》知らぬ水底の砂原を北へ向かって歩み続けた。楽しげに銀鱗《ぎんりん》を翻《ひるが》えす魚族《いろくず》どもを見ては、何故《なにゆえ》に我一人かくは心怡《たの》しまぬぞと思い侘《わ》びつつ、渠《かれ》は毎日歩いた。途中でも、目ぼしい道人修験者《どうじんしゅげんしゃ》の類は、剰《あま》さずその門を叩《たた》くことにしていた。

貪食《どんしょく》と強力とをもって聞こえる虬髯鮎子《きゅうぜんねんし》を訪ねたとき、色あくまで黒く、逞《たく》しげな、この鯰《なまず》の妖怪《ばけもの》は、長髯《ちょうぜん》をしごきながら「遠き慮《おもんばかり》のみすれば、必ず近き憂《うれ》いあり。達人《たつじん》は大観せぬものじゃ。」と教えた。「たとえばこの魚じゃ。」と、鮎子《ねんし》は眼前を泳ぎ過ぎる一尾の鯉《こい》を摑《つか》み取ったかと思うと、それをムシャムシャかじりながら、説くのである。「この魚だが、この魚が、なぜ、わしの眼の前を通り、しかして、わしの餌《え》とならねばならぬ因縁《いんねん》をもっているか、をつくづくと考えてみることは、いかにも仙哲《せんてつ》にふさわしき振舞いじゃが、鯉を捕える前に、そんなことをくどくどと考えておった日には、獲物は逃げて行くばっかりじゃ。まずすばやく鯉を捕え、これにむしゃぶりついてから、それを考えても遅うはない。鯉は何故《なにゆえ》に鯉なりや、鯉と鮒《ふな》との相異についての形而上《けいじじょう》学的考察、等々の、ばかばかしく高尚《こうしょう》な問題にひっかかって、いつも鯉を捕えそこなう男じゃろう、お前《まえ》は。おまえの物憂《ものう》げな眼《め》の光が、それをはっきり告げとるぞ。どうじゃ。」確かにそれに違いないと、悟浄は頭を垂れた。妖怪はそのときすでに鯉を平げてしまい、なお貪婪《どんらん》そうな眼つきを悟浄のうなだれた頸筋《くびすじ》に注《そそ》いでおったが、急に、その眼が光り、咽喉《のど》がゴクリと鳴った。ふと首を上げた悟浄は、咄嗟《とっさ》に、危険なものを感じて身を引いた。妖怪の刃のような鋭い爪《つめ》が、恐ろしい速さで悟浄の咽喉をかすめた。最初の一撃にしくじった妖怪の怒りに燃えた貪食《どんしょく》的な顔が大きく迫ってきた。悟浄は強く水を蹴《け》って、泥煙を立てるとともに、愴惶《そうこう》と洞穴を逃れ出た。苛刻《かこく》な現実精神をかの獰猛《どうもう》な妖怪から、身をもって学んだわけだ、と、悟浄は顫《ふる》えながら考えた。

隣人愛の教説者として有名な無腸公子《むちょうこうし》の講筵《こうえん》に列したときは、説教半ばにしてこの聖僧が突然饑《う》えに駆られて、自分の実の子（もっとも彼は蟹《かに》の妖精《ようせい》ゆえ、一度に無数の子供を卵からかえすのだが）を二、三人、むしゃむしゃ喰《た》べてしまったのを見て、仰天《ぎょうてん》した。慈悲忍辱《じひにんにく》を説く聖者が、今、衆人環視の中で自分の子を捕えて食った。そして、食い終わってから、その事実をも忘れたるがごとくに、ふたたび慈悲の説を述べはじめた。忘れたのではなくて、先刻の飢えを充《み》たすための行為は、てんで彼の意識に上っていなかったに相違ない。ここにこそ俺《おれ》の学ぶべきところがあるのかもしれないぞ、と、悟浄《ごじょう》はへんな理窟《りくつ》をつけて考えた。俺の生活のどこに、ああした本能的な没我的な瞬間があるか。渠《かれ》は、貴《とうと》き訓《おしえ》を得たと思い、跪《ひざまず》いて拝んだ。いや、こんなふうにして、いちいち概念的な解釈をつけてみなければ気の済まないところに、俺の弱点があるのだ、と、渠は、もう一度思い直した。教訓を、罐詰《かんづめ》にしないで生《なま》のままに身につけること、そうだ、そうだ、と悟浄は今一遍、拝《はい》をしてから、うやうやしく立去った。

蒲衣子《ほいし》*の庵室《あんしつ》は、変わった道場である。僅《わず》か四、五人しか弟子はいないが、彼らはいずれも師の歩みに倣《なろ》うて、自然の秘鑰《ひやく》*を探究する者どもであった。探求者というより、陶酔者と言ったほうがいいかもしれない。彼らの勤めるのは、ただ、自然を観《み》て、しみじみとその美しい調和の中に透過することである。

「まず感じることです。感覚を、最も美しく賢く洗煉《せんれん》することです。自然美の直接の感受から離れた思考などとは、灰色の夢ですよ。」と弟子の一人が言った。

「心を深く潜ませて自然をごらんなさい。雲、空、風、雪、うす碧《あお》い氷、紅藻《べにも》の揺れ、夜水中でこまかくきらめく珪藻《けいそう》類の光、鸚鵡《おうむ》貝《がい》の螺旋《らせん》、紫水晶《むらさきすいしょう》の結晶、柘榴石《ざくろいし》の紅、螢石《ほたるいし》の青。なんと美しくそれらが自然の秘密を語っているように見えることでしょう。」彼の言うことは、まるで詩人の言葉のようだった。

「それだのに、自然の暗号文字を解くのも今一歩というところで、突然、幸福な予感は消去り、私どもは、またしても、美しいけれども冷たい自然の横顔を見なければならないのです。」と、また、別の弟子が続けた。「これも、まだ私どもの感覚の鍛錬が足りないからであり、心が深く潜んでいないからなのです。私どもはまだまだ努めなければなりません。やがては、師のいわれるように『観ることが愛することであり、愛することが創造《つく》ることである』ような瞬間をもつことができるでしょうから。」

その間も、師の蒲衣子《ほいし》は一言も口をきかず、鮮緑の孔雀石《くじゃくいし》を一つ掌《てのひら》にのせて、深い歓《よろこ》びを湛《たた》えた穏やかな眼差《まなざし》で、じっとそれを見つめていた。

悟浄は、この庵室に一月《ひと》ばかり滞在した。その間、渠《かれ》も彼らとともに自然詩人となって宇宙の調和を讃《たた》え、その最奥《さいおう》の生命に同化することを願うた。自分にとって場違いであるとは感じながらも、彼らの静かな幸福に惹《ひ》かれたためである。

弟子の中に、一人、異常に美しい少年がいた。肌《はだ》は白魚のように透《す》きとおり、黒瞳《こくとう》は夢見るように大きく見開かれ、額にかかる捲毛《まきげ》は鳩《はと》の胸毛のように柔らかであった。心に少しの憂いがあるときは、月の前を横ぎる薄雲ほどの微《かす》かな陰翳《かげ》が美しい顔にかかり、歓《よろこ》びのあるときは静かに澄んだ瞳《ひとみ》の奥が夜の宝石のように輝いた。師も朋輩《ほうばい》もこの少年を愛した。素直で、純粋で、この少年の心は疑うことを知らないのである。ただあまりに美しく、あまりにかぼそく、まるで何か貴い気体ででもできているようで、それがみんなに不安なものを感じさせていた。少年は、ひまさえあれば、白い石の上に淡飴色《うすあめいろ》の蜂蜜《はちみつ》を垂らして、それでひるがおの花を画《か》いていた。

悟浄《ごじょう》がこの庵室《あんしつ》を去る四、五日前のこと、少年は朝、庵《いおり》を出たっきりでもどって来なかった。彼といっしょに出ていった一人の弟子は不思議な報告をした。自分が油断をしているひまに、少年はひょいと水に溶けてしまったのだ、自分は確かにそれを見た、と。他の弟子たちはそんなばかなことがと笑ったが、師の蒲衣子《ほいし》はまじめにそれをうべなった。そうかもしれぬ、あの児《こ》ならそんなことも起こるかもしれぬ、あまりに純粋だったから、と。

悟浄は、自分を取って喰《く》おうとした鯰《なまず》の妖怪《ばけもの》の逞《たくま》しさと、水に溶け去った少年の美しさとを、並べて考えながら、蒲衣子のもとを辞した。

蒲衣子の次に、渠《かれ》は斑衣鱖婆《はんいけつば》*の所へ行った。すでに五百余歳を経ている女怪《じょかい》だったが、肌《はだ》のしなやかさは少しも処女と異なるところがなく、婀娜《あだ》たるその姿態は能《よ》く鉄石《てっせき》の心をも蕩《とろ》かすといわれていた。肉の楽しみを極《きわ》めることをもって唯一の生活信条としていたこの老女怪は、後庭に房を連ねること数十、容姿端正《たんせい》な若者を集めて、この中に盈《み》たし、その楽しみに耽《ふ》けるにあたっては、親昵《しんじつ》をも屏《しりぞ》け、交遊をも絶ち、後庭に隠れて、昼をもって夜に継ぎ、三月《み》に一度しか外に顔を出さないのである。悟浄の訪ねたのはちょうどこの三月に一度のときに当たったので、幸いに老女怪を見ることができた。道を求める者と聞いて、鱖婆《けつば》は悟浄に説き聞かせた。ものうい憊《つか》れの翳《かげ》を、嬋娟《せんけん》たる容姿のどこかに見せながら。

「この道ですよ。この道ですよ。聖賢の教えも仙哲《せんてつ》の修業も、つまりはこうした無上法悦《むじょうほうえつ》の瞬間を持続させることにその目的があるのですよ。考えてもごらんなさい。この世に生を享《う》けるということは、実に、百千万億恒河沙劫無限《ごうがしゃこうむげん》の時間の中でも誠《まこと》に遇《あ》いがたく、ありがたきことです。しかも一方、死は呆《あき》れるほど速やかに私たちの上に襲いかかってくるものです。遇いがたきの生をもって、及びやすきの死を待っている私たちとして、いったい、この道のほかに何を考えることができるでしょう。ああ、あの痺《しび》れるような歓喜！　常に新しいあの陶酔！」と女怪は酔ったように艶妖淫靡《えんよういんび》な眼を細くして叫んだ。

「貴方《あなた》はお気の毒ながらたいへん醜いおかたゆえ、私のところに留《とど》まっていただこうとは思いませぬから、ほんとうのことを申しますが、実は、私の後房では毎年百人ずつの若い男が困憊《つかれ》のために死んでいきます。しかしね、断わっておきますが、その人たちはみんな喜んで、自分の一生に満足して死んでいくのですよ。誰一人、私のところへ留まったことを怨《うら》んで死んだ者はありませせなんだ。今死ぬために、この楽しみがこれ以上続けられないことを悔やんだ者はありましたが。」

悟浄の醜さを憐《あわ》れむような眼《め》つきをしながら、最後に鱖婆《けつば》はこうつけ加えた。

「徳とはね、楽しむことのできる能力のことですよ。」

醜いがゆえに、毎年死んでゆく百人の仲間に加わらないで済んだことを感謝しつつ、悟浄はなおも旅を続けた。

賢人《けんじん》たちの説くところはあまりにもまちまちで、渠《かれ》はまったく何を信じていいやら解らなかった。

「我とはなんですか?」という渠の問いに対して、一人の賢者はこういった。「まず吼《ほ》えてみろ。ブウと鳴くようならお前は豚じゃ。ギャアと鳴くようなら鵝鳥《がちょう》じゃ」と。他の賢者はこう教えた。「自己とはなんぞやとむりに言い表わそうとさえしなければ、自己を知るのは比較的困難ではない」と。また、曰《いわ》く「眼は一切を見るが、みずからを見ることができない。我とは所詮《しょせん》、我の知る能《あた》わざるものだ」と。

別の賢者は説いた、「我はいつも我だ。我の現在の意識の生ずる以前の・無限の時を通じて我といっていたものがあった。(それを誰も今は、記憶していないが)それがつまり今の我になったのだ。現在の我の意識が亡《ほろ》びたのちの無限の時を通じて、また、我というものがあるだろう。それを今、誰も予見することができず、またそのときになれば、現在の我の意識のことを全然忘れているに違いないが」と。

次のように言った男もあった。「一つの継続した我とはなんだ? それは記憶の影の堆積《たいせき》だよ」と。この男はまた悟浄にこう教えてくれた。「記憶の喪失ということが、俺《おれ》たちの毎日していることの全部だ。忘れてしまっていることを忘れてしまっているゆえ、いろんなことが新しく感じられるんだが、実は、あれは、俺たちが何もかも徹底的に忘れちまうからのことなんだ。昨日のことどころか、一瞬間前のことをも、つまりそのときの知覚、そのときの感情をも何もかも次の瞬間には忘れちまってるんだ。それらの、ほんの僅《わず》か一部の、朧《おぼろ》げな複製があとに残るにすぎないんだ。だから、悟浄よ、現在の瞬間てやつは、なんと、たいしたものじゃないか」と。

さて、五年に近い遍歴《へんれき》の間、同じ容態に違った処方をする多くの医者たちの間を往復するような愚かさを繰返したのち、悟浄《ごじょう》は結局自分が少しも賢くなっていないことを見いだした。賢くなるどころか、なにかしら自分がフワフワした（自分でないような）訳の分からないものに成り果てたような気がした。昔の自分は愚かではあっても、少なくとも今よりは、しっかりとした――それはほとんど肉体的な感じで、とにかく自分の重量を有《も》っていたように思う。それが今は、まるで重量のない・吹けば飛ぶようなものになってしまった。外《そと》からいろんな模様を塗り付けられはしたが、中味のまるでないものに。こいつは、いけないぞ、と悟浄は思った。思索による意味の探索以外に、もっと直接的な解答《こたえ》があるのではないか、という予感もした。こうした事柄に、計算の答えのような解答を求めようとした己《おのれ》の愚かさ。そういうことに気がつきだしたころ、行く手の水が赤黒く濁ってきて、渠《かれ》は目指す女偊《じょう》氏のもとに着いた。

女偊《じょう》氏は一見きわめて平凡な仙人《せんにん》で、むしろ迂愚《うぐ》とさえ見えた。悟浄が来ても別に渠《かれ》を使うでもなく、教えるでもなかった。堅彊《けんきょう》は死の徒《と》、柔弱《にゅうじゃく》は生の徒なれば*、「学ぼう。学ぼう」というコチコチの態度を忌まれたもののようである。ただ、ほんのときたま、別に誰に向かって言うのでもなく、何か呟《つぶや》いておられることがある。そういうとき、悟浄は急いで聞き耳を立てるのだが、声が低くてたいていは聞きとれない。三月《み》の間、渠はついになんの教えも聞くことができなかった。「賢者《けんじゃ》が他人について知るよりも、愚者《ぐしゃ》が己《おのれ》について知るほうが多いものゆえ、自分の病は自分で治さねばならぬ」というのが、女偊氏から聞きえた唯一の言葉だった。

三月《み》めの終わりに、悟浄はもはやあきらめて、暇乞《いとまご》いに師のもとへ行った。するとそのとき、珍しくも女偊氏は縷々《るる》として悟浄に教えを垂れた。「目が三つないからとて悲しむことの愚かさについて」「爪《つめ》や髪の伸長をも意志によって左右しようとしなければ気が済まない者の不幸について」「酔うている者は車から墜《お》ちても傷つかないことについて」「しかし、一概に考えることが悪いとは言えないのであって、考えない者の幸福は、船酔いを知らぬ豚のようなものだが、ただ考えることについて考えることだけは禁物であるということについて」

女偊氏は、自分のかつて識《し》っていた・ある神智を有する魔物のことを話した。その魔物は、上は星辰《せいしん》の運行から、下は微生物類の生死に至るまで、何一つ知らぬことなく、深甚微妙《しんじんみみょう》な計算によって、既往のあらゆる出来事を溯《さかのぼ》って知りうるとともに、将来起こるべきいかなる出来事をも推知しうるのであった。ところが、この魔物はたいへん不幸だった。というのは、この魔物があるときふと、「自分のすべて予見しうる全世界の出来事が、何故《なにゆえ》に（経過的ないかに、して、ではなく、根本的な何故に）そのごとく起こらねばならぬか」ということに想到し、その究極の理由が、彼の深甚微妙なる大計算をもってしてもついに探《さが》し出せないことを見いだしたからである。何故向日葵《ひまわり》は黄色いか。何故草は緑か。何故すべてがかく在《あ》るか。この疑問が、この神通力《じんずうりき》広大な魔物を苦しめ悩ませ、ついに惨《みじ》めな死にまで導いたのであった。

女偊《じょう》氏はまた、別の妖精《ようせい》のことを話した。これはたいへん小さなみすぼらしい魔物だったが、常に、自分はある小さな鋭く光ったものを探しに生まれてきたのだと言っていた。その光るものとはどんなものか、誰にも解らなかったが、とにかく、小妖精《しょうようせい》は熱心にそれを求め、そのために生き、そのために死んでいったのだった。そしてとうとう、その小さな鋭く光ったものは見つからなかったけれど、その小妖精の一生はきわめて幸福なものだったと思われると女偊氏は語った。かく語りながら、しかし、これらの話のもつ意味については、なんの説明もなかった。ただ、最後に、師は次のようなことを言った。

「聖なる狂気を知る者は幸いじゃ。彼はみずからを殺すことによって、みずからを救うからじゃ。聖なる狂気を知らぬ者は禍《わざわ》いじゃ。彼は、みずからを殺しも生かしもせぬことによって、徐々に亡びるからじゃ。愛するとは、より高貴な理解のしかた。行なうとは、より明確な思索のしかたであると知れ。何事も意識の毒汁《どくじゅう》の中に浸さずにはいられぬ憐《あわ》れな悟浄よ。我々の運命を決定する大きな変化は、みんな我々の意識を伴わずに行なわれるのだぞ。考えてもみよ。お前が生まれたとき、お前はそれを意識しておったか？」

悟浄《ごじょう》は謹しんで師に答えた。師の教えは、今ことに身にしみてよく理解される。実は、自分も永年の遍歴の間に、思索だけではますます泥沼《どろぬま》に陥るばかりであることを感じてきたのである が、今の自分を突破って生まれ変わることができずに苦しんでいるのである、と。それを聞いて女偊《じょう》氏は言った。

「渓流が流れて来て断崖《だんがい》の近くまで来ると、一度渦巻《うずまき》をまき、さて、それから瀑布《ばくふ》となって落下する。悟浄よ。お前は今その渦巻の一歩手前で、ためらっているのだな。一歩渦巻にまき込まれてしまえば、那落《ならく》までは一息。その途中に思索や反省や低徊《ていかい》のひまはない。臆病《おくびょう》な悟浄よ。お前は渦巻《うずま》きつつ落ちて行く者どもを恐れと憐《あわ》れみとをもって眺《なが》めながら、自分も思い切って飛込もうか、どうしようかと躊躇《ちゅうちょ》しているのだな。遅かれ早かれ自分は谷底に落ちねばならぬとは十分に承知しているくせに。渦巻《うずまき》にまき込まれないからとて、けっして幸福ではないことも承知しているくせに。それでもまだお前は、傍観者の地位に恋々《れんれん》として離れられないのか。物凄《ものすご》い生の渦巻の中で喘《あえ》いでいる連中が、案外、はたで見るほど不幸ではない(少なくとも懐疑的な傍観者より何倍もしあわせだ)ということを、愚かな悟浄よ、お前は知らないのか。」

師の教えのありがたさは骨髄《こつずい》に徹して感じられたが、それでもなおどこか釈然としないものを残したまま、悟浄は、師のもとを辞した。

もはや誰にも道を聞くまいぞと、渠《かれ》は思うた。「誰も彼も、えらそうに見えたって、実は何一つ解《わか》ってやしないんだな」と悟浄は独言《ひとりごと》を言いながら帰途についた。「『お互いに解ってるふりをしようぜ。解ってやしないんだってことは、お互いに解り切ってるんだから』という約束のもとにみんな生きているらしいぞ。こういう約束がすでに在るのだとすれば、それをいまさら、解らない解らないと言って騒ぎ立てる俺は、なんという気の利《き》かない困りものだろう。まったく。」

五

のろまで愚図《ぐず》の悟浄《ごじよう》のことゆえ、翻然大悟《ほんぜんたいご》とか、大活現前《だいかつげんぜん》とかいった鮮《あざ》やかな芸当を見せることはできなかったが、徐々に、目に見えぬ変化が渠《かれ》の上に働いてきたようである。

はじめ、それは賭《か》けをするような気持であった。一つの選択が許される場合、一つの途《みち》が永遠の泥濘《でいねい》であり、他の途が険《けわ》しくはあってもあるいは救われるかもしれぬのだとすれば、誰しもあとの途を選ぶにきまっている。それだのになぜ躊躇《ちゆうちよ》していたのか。そこで渠《かれ》ははじめて、自分の考え方の中にあった卑《いや》しい功利的なものに気づいた。嶮《けわ》しい途《みち》を選んで苦しみ抜いた揚《あげ》句《く》に、さて結局救われないとなったら取返しのつかない損だ、という気持が知らず知らずの間に、自分の不決断に作用していたのだ。骨折り損を避けるために、骨はさして折れない代わりに決定的な損亡へしか導かない途に留まろうというのが、不精《ぶしよう》で愚かで卑しい俺《おれ》の気持だったのだ。女偊《じよう》氏のもとに滞在している間に、しかし、渠の気持も、しだいに一つの方向へ追詰められてきた。初めは追つめられたものが、しまいにはみずから進んで動き出すものに変わろうとしてきた。自分は今まで自己の幸福を求めてきたのではなく、世界の意味を尋ねてきたと自分では思っていたが、それはとんでもない間違いで、実は、そういう変わった形式のもとに、最も執念深く自己の幸福を探していたのだということが、悟浄に解《わか》りかけてきた。自分は、そんな世界の意味を云々《うんぬん》するほどたいした生きものでないことを、渠《かれ》は、卑下《ひげ》感をもってでなく、安らかな満足感をもって感じるようになった。そして、そんな生意気をいう前に、とにかく、自分でもまだ知らないでいるに違いない自己を試み展開してみようという勇気が出てきた。躊躇《ちゅうちょ》する前に試みよう。結果の成否は考えずに、ただ、試みるために全力を挙げて試みよう。決定的な失敗に帰《き》したっていいのだ。今までいつも、失敗への危惧《きぐ》から努力を拋棄《ほうき》していた渠が、骨折り損を厭《いと》わないところにまで昇華《しょうか》されてきたのである。

六

悟浄《ごじょう》の肉体はもはや疲れ切っていた。

ある日、渠《かれ》は、とある道ばたにぶっ倒れ、そのまま深い睡《ねむ》りに落ちてしまった。まったく、何もかも忘れ果てた昏睡《こんすい》であった。渠は昏々《こんこん》として幾日か睡り続けた。空腹も忘れ、夢も見なかった。

ふと、眼《め》を覚ましたとき、何か四辺《あたり》が、青白く明るいことに気がついた。夜であった。明るい月夜であった。大きな円《まる》い春の満月が水の上から射し込んできて、浅い川底を穏やかな白い明るさで満たしているのである。悟浄は、熟睡のあとのさっぱりした気持で起上がった。とたんに空腹に気づいた。渠はそのへんを泳いでいた魚類を五、六尾手摑《てづか》みにしてむしゃむしゃ頰《ほお》張《ば》り、さて、腰に提《さ》げた瓢《ふくべ》の酒を喇叭《らっぱ》飲みにした。旨《うま》かった。ゴクリゴクリと渠は音を立てて

飲んだ。瓢《ふくべ》の底まで飲み干してしまうと、いい気持で歩き出した。

底の真砂《まさご》の一つ一つがはっきり見分けられるほど明るかった。水草に沿うて、絶えず小さな水泡《みなわ》の列が水銀球のように光り、揺れながら昇って行く。ときどき渠《かれ》の姿を見て逃出す小魚どもの腹が白く光っては青水藻《あおみどろ》の影に消える。悟浄はしだいに陶然としてきた。柄《がら》にもなく歌が唱《うた》いたくなり、すんでのことに、声を張上げるところだった。そのとき、ごく遠くの方で誰かの唱っているらしい声が耳にはいってきた。渠は立停《たちど》まって耳をすました。その声は水の外から来るようでもあり、水底のどこか遠くから来るようでもある。低いけれども澄透《すみとお》った声ではほそぼそと聞こえてくるその歌に耳を傾ければ、

江国春風吹不起《こうこくのしゅんぷうふきたたず》
鷓鴣啼在深花裏《しゃこないてしんかのうちにあり》
三級浪高魚化竜《さんきゅうなみたこうしてうおりゅうにかす》
痴人猶戽夜塘水《ちじんなおくむやとうのみず》＊

どうやら、そんな文句のようでもある。悟浄《ごじょう》はその場に腰を下ろして、なおもじっと聴入った。青白い月光に染まった透明な水の世界の中で、単調な歌声は、風に消えていく狩りの角笛の音《ね》のように、ほそぼそといつまでもひびいていた。

寐《ね》たのでもなく、さりとて覚めていたのでもない。悟浄は、魂が甘く疼《うず》くような気持で茫然《ぼうぜん》

と永い間そこに蹲《うずくま》っていた。そのうちに、渠《かれ》は奇妙な、夢とも幻ともつかない世界にはいって行った。水草も魚の影も卒然《そつぜん》と渠の視界から消え去り、急に、得《え》もいわれぬ蘭麝《らんじゃ》の匂《にお》いが漂うてきた。と思うと、見慣れぬ二人の人物がこちらへ進んで来るのを渠は見た。

前なるは手に錫杖《しゃくじょう》をついた一癖《ひとくせ》ありげな偉丈夫《いじょうふ》。後ろなるは、頭に宝珠瓔珞《ほうじゅようらく》を纏《まと》い、頂に肉《にく》髻《けい》あり、妙相端厳《みょうそうたんげん》、仄《ほの》かに円光《えんこう》を負うておられるは、何さま尋常人《ただびと》ならずと見えた。さて前なるが近づいて言った。

「我は托塔《たくとう》天王の二太子、木叉恵岸《もくしゃえがん》。これにいますはすなわち、わが師父《しふ》、南海の観世音菩《かんぜおんぼ》薩摩訶薩《さつまかさつ》じゃ。天竜《てんりゅう》・夜叉《やしゃ》・乾闥婆《けんだつば》より、阿脩羅《あしゅら》・迦楼羅《かるら》・緊那羅《きんなら》・摩睺羅伽《まごらか》*・人・非人*に至るまで等しく憫《あわ》れみを垂れさせたもうわが師父には、このたび、爾《なんじ》、悟浄が苦悩《くるしみ》をみそなわして、特にここに降《くだ》って得度《とくど》したもうのじゃ。ありがたく承るがよい。」

覚えず頭《こうべ》を垂れた悟浄の耳に、美しい女性的な声――妙音《みょうおん》というか、梵音《ぼんおん》*というか、海潮《かいちょう》音《おん》*というか――が響いてきた。

「悟浄《ごじょう》よ、諦《あきら》かに、わが言葉を聴いて、よくこれを思念せよ。身の程《ほど》知らずの悟浄よ。いまだ得ざるを得たりといい、いまだ証《あかし》せざるを証せりと言うのをさえ、世尊《せそん》*はこれを増上慢《ぞうじょうまん》*とて難ぜられた。さすれば、証すべからざることを証せんと求めた爾《なんじ》のごときは、これを至極《しごく》の増上慢といわずしてなんといおうぞ。爾の求むるところは、阿羅漢《あらかん》*も辟支仏《びゃくしぶつ》*もいまだ求むる能《あた》わず、また求めんともせざるところじゃ。哀れな悟浄よ。いかにして爾の魂はかくもあさましき迷路に入ったぞ。正観を得れば浄業《じょうごう》*たちどころに成るべきに、爾、心相羸劣《しんそうるいれつ》*にして邪観《じゃかん》に陥り、今この三途無量《さんずむりよう》の苦悩に遭《あ》う。惟《おも》うに、爾《なんじ》は観想《かんそう》＊によって救わるべくもないがゆえに、これよりのちは、一切の思念を棄《す》て、ただただ身を働かすことによってみずからを救おうと心がけるがよい。時とは人の作用《はたらき》の謂《いい》じゃ。世界は、概観によるときは無意味のごとくなれども、その細部に直接働きかけるときはじめて無限の意味を有《も》つのじゃ。悟浄よ。まずふさわしき場所に身を置き、ふさわしき働きに身を打込め。身の程知らぬ『何故』は、向後《こうご》一切打捨てることじゃ。これをよそにして、爾の救いはないぞ。さて、今年の秋、この流沙河《りゅうさが》を東から西へと横切る三人の僧があろう。西方金蟬《きんせん》長老の転生《うまれかわり》、玄奘法師《げんじょうほうし》と、その二人の弟子どもじゃ。唐の太宗皇帝《とうのたいそうこうてい》の綸命《りんめい》を受け、天竺国大雷音寺《てんじくこくだいらいおんじ》に大乗三蔵《だいじょうさんぞう》の真経《しんぎょう》をとらんとて赴《おもむ》くものじゃ。悟浄よ、爾《なんじ》も玄奘に従うて西方に赴《おもむ》け。これ爾にふさわしき位置《ところ》にして、また、爾にふさわしき勤めじゃ。途《みち》は苦しかろうが、よく、疑わずして、ただ努めよ。玄奘の弟子の一人に悟空《ごくう》なるものがある。無知無識にして、ただ、信じて疑わざるものじゃ。爾は特にこの者について学ぶところが多かろうぞ。」

悟浄がふたたび頭をあげたとき、そこには何も見えなかった。渠《かれ》は茫然《ぼうぜん》と水底の月明の中に立ちつくした。妙な気持である。ぼんやりした頭の隅で、渠は次のようなことをとりとめもなく考えていた。

「……そういうことが起こりそうな者に、そういうことが起こり、そういうことが起こりそうなときに、そういうことが起こるんだな。半年前の俺《おれ》だったら、今のようなおかしな夢なんか見るはずはなかったんだがな。……今の夢の中の菩薩《ぼさつ》の言葉だって、考えてみりゃ、女偊氏《じょう》や蚯髯鮎子《きゅうぜんねんし》の言葉と、ちっとも違ってやしないんだが、今夜はひどく身にこたえるのは、どうも変だぞ。そりゃ俺だって、夢なんかが救済《すくい》になるとは思いはしないさ。しかし、なぜか知らないが、もしかすると、今の夢のお告げの唐僧《とうそう》とやらが、ほんとうにここを通るかもしれないというような気がしてしかたがない。そういうことが起こりそうなときには、そういうことが起こるものだというやつでな。……」

渠はそう思って久しぶりに微笑した。

七

その年の秋、悟浄《ごじょう》は、はたして、大唐《だいとう》の玄奘法師《げんじょうほうし》に値遇《ちぐう》し奉り、その力で、水から出て人間となりかわることができた。そうして、勇敢にして天真爛漫《てんしんらんまん》な聖天大聖孫悟空《せいてんたいせいそんごくう》や、怠惰《たいだ》な楽天家、天蓬元帥猪悟能《てんぽうげんすいちょごのう》とともに、新しい遍歴《へんれき》の途に上ることとなった。しかし、その途上でも、まだすっかりは昔の病の脱《ぬ》け切っていない悟浄は、依然として独り言の癖を止《や》めなかった。渠《かれ》は呟《つぶや》いた。

「どうもへんだな。どうも腑《ふ》に落ちない。分からないことを強《し》いて尋ねようとしなくなることが、結局、分かったということなのか？　どうも曖昧《あいまい》だな！　あまりみごとな脱皮《だっぴ》ではないな！　フン、フン、どうも、うまく納得《なっとく》がいかぬ。とにかく、以前ほど、苦にならなくなったのだけは、ありがたいが……。」

――「わが西遊記」の中――

悟浄歎異

――沙門悟浄の手記――

昼餉《ひるげ》ののち、師父《しふ》が道ばたの松の樹の下でしばらく憩《いこ》うておられる間、悟空《ごくう》は八戒《はっかい》を近くの原っぱに連出して、変身の術の練習をさせていた。

「やってみろ！」と悟空が言う。「竜《りゅう》になりたいとほんとうに思うんだ。いいか。ほんとうにだぜ。この上なしの、突きつめた気持で、そう思うんだ。ほかの雑念はみんな棄《す》ててだよ。いいか。本気にだぜ。この上なしの・とことんの・本気にだぜ。」

「よし！」と八戒は眼を閉じ、印《いん》を結んだ。八戒の姿が消え、五尺ばかりの青大将《あおだいしょう》が現われた。そばで見ていた俺《おれ》は思わず吹出してしまった。

「ばか！　青大将にしかなれないのか！」と悟空が叱《しか》った。青大将が消えて八戒が現われた。

「だめだよ、俺《おれ》は。まったくどうしてかな？」と八戒は面目なげに鼻を鳴らした。

「だめだめ。てんで気持が凝《こ》らないんじゃないか、お前は。もう一度やってみろ。いいか。真剣に、かけ値なしの真剣になって、竜になりたい竜になりたいと思うんだ。竜になりたいという気持だけになって、お前というものが消えてしまえばいいんだ。」

よし、もう一度と八戒は印を結ぶ。今度は前と違って奇怪なものが現われた。錦蛇《にしきへび》には違いないが、小さな前肢《まえあし》が生えていて、大蜥蜴《おおとかげ》のようでもある。しかし、腹部は八戒自身に似てブヨブヨ膨《ふく》れており、短い前肢で二、三歩匍《は》うと、なんとも言えない無恰好《ぶかっこう》さであった。俺はまたゲラゲラ笑えてきた。

「もういい。もういい。止《や》めろ！」と悟空が怒鳴る。頭を掻《か》き掻き八戒が現われる。

悟空。お前の竜になりたいという気持が、まだまだ突きつめていないからだ。だからだめなんだ。

八戒。そんなことはない。これほど一生懸命に、竜になりたい竜になりたいと思いつめているんだぜ。こんなに強く、こんなにひたむきに。

悟空。お前にそれができないということが、つまり、お前の気持の統一がまだ成っていないということになるんだ。

八戒。そりゃひどいよ。それは結果論じゃないか。

悟空。なるほどね。結果からだけ見て原因を批判することは、けっして最上のやり方じゃないさ。しかし、この世では、どうやらそれがいちばん実際的に確かな方法のようだぜ。今のお前の場合なんか、明らかにそうだからな。

悟空によれば、変化《へんげ》の法とは次のごときものである。すなわち、あるものになりたいという気持が、この上なく純粋に、この上なく強烈であれば、ついにはそのものになれる。なれないのは、まだその気持がそこまで至っていないからだ。法術の修行とは、かくのごとく己《おのれ》の気持を純一無垢《むく》、かつ強烈なものに統一する法を学ぶに在《あ》る。この修行は、かなりむずかしいものには違いないが、いったんその境に達したのちは、もはや以前のような大努力を必要とせず、ただ心をその形に置くことによって容易に目的を達しうる。これは、他の諸芸におけると同様である。変化《へんげ》の術が人間にできずして狐狸《こり》にできるのは、つまり、人間には関心すべき種々の事柄があまりに多いがゆえに精神統一が至難であるに反し、野獣は心を労すべき多くの瑣事《さじ》を有《も》たず、したがってこの統一が容易だからである、云々《うんぬん》。

悟空《ごくう》は確かに天才だ。これは疑いない。それははじめてこの猿《さる》を見た瞬間にすぐ感じ取られたことである。初め、赭顔《あからがお》・鬚面《ひげづら》のその容貌《ようぼう》を醜いと感じた俺《おれ》も、次の瞬間には、彼の内から溢《あふ》れ出るものに圧倒されて、容貌のことなど、すっかり忘れてしまった。今では、ときにこの猿の容貌を美しい（とは言えぬまでも少なくともりっぱだ）とさえ感じるくらいだ。その面魂《つらだましい》にもその言葉つきにも、悟空が自己に対して抱いている信頼が、生き生きと溢《あふ》れている。この男は嘘《うそ》のつけない男だ。誰に対してよりも、まず自分に対して。この男の中には常に火が燃えている。豊かな、激しい火が。その火はすぐにかたわらにいる者に移る。彼の言葉を聞いているうちに、自然にこちらも彼の信ずるとおりに信じないではいられなくなってくる。彼のかたわらにいるだけで、こちらまでが何か豊かな自信に充《み》ちてくる。彼は火種《ひだね》。世界は彼のために用意された薪《たきぎ》。世界は彼によって燃されるために在る。

我々にはなんの奇異もなく見える事柄も、悟空の眼から見ると、ことごとくすばらしい冒険の端緒だったり、彼の壮烈な活動を促《うなが》す機縁だったりする。もともと意味を有《も》った外《そと》の世界が彼の注意を惹《ひ》くというよりは、むしろ、彼のほうで外の世界に一つ一つ意味を与えていくように思われる。彼の内なる火が、外の世界に空《むな》しく冷えたまま眠っている火薬に、いちいち点火していくのである。探偵の眼をもってそれらを探し出すのではなく、詩人の心をもって（恐ろしく荒っぽい詩人だが）彼に触れるすべてを温《あたた》め、（ときに焦《こ》がす惧《おそ》れもないではない。）そこから種々な思いがけない芽を出させ、実を結ばせるのだ。だから、渠《かれ》・悟空《ごくう》の眼にとって平凡陳腐《ちんぷ》なものは何一つない。毎日早朝に起きると決まって彼は日の出を拝み、そして、はじめてそれを見る者のような驚嘆をもってその美に感じ入っている。心の底から、溜息《ためいき》をついて、讃嘆《さんたん》するのである。これがほとんど毎朝のことだ。松の種子から松の芽の出かかっているのを見て、なんたる不思議さよと眼を瞠《みは》るのも、この男である。

この無邪気な悟空の姿と比べて、一方、強敵と闘っているときの彼を見よ！　なんと、みごとな、完全な姿であろう！　全身些《いささ》かの隙《すき》もない逞《たくま》しい緊張。律動的で、しかも一分《ぶ》のむだもない棒の使い方。疲れを知らぬ肉体が歓《よろこ》び・たけり・汗ばみ・跳《は》ねている・その圧倒的な力量感。いかなる困難をも欣《よろこ》んで迎える強靭《きょうじん》な精神力の横溢《おういつ》。それは、輝く太陽よりも、咲誇る向日葵《ひまわり》よりも、鳴盛《なきさか》る蟬《せみ》よりも、もっと打込んだ・裸身の・壮《さか》んな・没我的な・灼熱《しゃくねつ》した美しさだ。あのみっともない猿《さる》の闘っている姿は。

一月《ひと》ほど前、彼が翠雲《すいうん》山中で大いに牛魔《ぎゅうま》大王と戦ったときの姿は、いまだにはっきり眼底に残っている。感嘆のあまり、俺《おれ》はそのときの戦闘経過を詳しく記録に取っておいたくらいだ。

……牛魔王一匹の香獐《こうしょう》と変じ悠然《ゆうぜん》として草を喰《くら》いいたり。悟空《ごくう》これを悟り虎《とら》に変じ駈《か》け来たりて香獐を喰わんとす。牛魔王急に大豹《だいひょう》と化して虎を撃たんと飛びかかる。悟空これを見て狻猊《からしし》となり大豹目がけて襲いかかれば、牛魔王、さらばと黄獅《きじし》に変じ霹靂《へきれき》のごとくに哮《ほえたけ》って狻猊《からしし》を引裂かんとす。悟空このとき地上に転倒すと見えしが、ついに一匹の大象となる。鼻は長蛇《ちょうだ》のごとく牙《きば》は筍《たかんな》に似たり。牛魔王堪えかねて本相を顕《あら》わし、たちまち一匹の大白牛《はくぎゅう》たり。頭は高峯《こうほう》のごとく眼は電光のごとく双角は両座の鉄塔に似たり。頭より尾に至る長さ千余丈、蹄《ひづめ》より背上に至る高さ八百丈。大音に呼ばわって曰《いわ》く、儞悪猴《なんじわるざる》今我をいかんとするや。悟空また同じく本相を顕《あら》わし、大喝《だいかつ》一声するよと見るまに、身の高さ一万丈、頭《かしら》は泰山《たいざん》に似て眼は日月のごとく、口はあたかも血池にひとし。奮然鉄棒を揮《ふる》って牛魔王を打つ。牛魔王角《つの》をもってこれを受止め、両人半山の中にあってさんざんに戦いければ、まことに山も崩れ海も湧返《わきかえ》り、天地もこれがために反覆《はんぷく》するかと、すさまじかり。……

なんという壮観だったろう！　俺《おれ》はホッと溜息《ためいき》を吐いた。そばから助太刀《すけだち》に出ようという気も起こらない。孫行者《そんぎょうじゃ》の負ける心配がないからというのではなく、一幅《ぷく》の完全な名画の上にさらに拙《つたな》い筆を加えるのを愧《は》じる気持からである。

災厄《さいやく》は、悟空《ごくう》の火にとって、油である。困難に出会うとき、彼の全身は（精神も肉体も）焔々《えんえん》と燃上がる。逆に、平穏無事のとき、彼はおかしいほど、しょげている。独楽《こま》のように、彼は、いつも全速力で廻《まわ》っていなければ、倒れてしまうのだ。困難な現実も、悟空にとっては、一つの地図——目的地への最短の路がハッキリと太く線を引かれた一つの地図として映るらしい。現実の事態の認識と同時に、その中にあって自己の目的に到達すべき道が、実に明瞭《めいりょう》に、彼には見えるのだ。あるいは、その途《みち》以外の一切が見えない、といったほうがほんとうかもしれぬ。闇夜《やみよ》の発光文字のごとくに、必要な途《みち》だけがハッキリ浮かび上がり、他は一切見えないのだ。我々鈍根《どんこん》のものがいまだ茫然《ぼうぜん》として考えも纏《まと》まらないうちに、悟空はもう行動を始める。目的への最短の道に向かって歩き出しているのだ。人は、彼の武勇や腕力を云々《うんぬん》する。しかし、その驚くべき天才的な智慧《ちえ》については案外知らないようである。彼の場合には、その思慮や判断があまりにも渾然《こんぜん》と、腕力行為の中に溶け込んでいるのだ。

俺《おれ》は、悟空の文盲《もんもう》なことを知っている。かつて天上で弼馬温《ひつばおん》なる馬方《うまかた》の役に任ぜられながら、弼馬温の字も知らなければ、役目の内容も知らないでいたほど、無学なことをよく知っている。しかし、俺は、悟空の（力と調和された）智慧《ちえ》と判断の高さとを何ものにも優《ま》して高く買う。悟空は教養が高いとさえ思うこともある。少なくとも、動物・植物・天文に関するかぎり、彼の知識は相当なものだ。彼は、たいていの動物なら一見してその性質、強さの程度、その主要な武器の特徴などを見抜いてしまう。雑草についても、どれが薬草で、どれが毒草かを、実によく心得ている。そのくせ、その動物や植物の名称（世間一般に通用している名前）は、まるで知らないのだ。彼はまた、星によって方角や時刻や季節を知るのを得意としているが、角宿《かくしゅく》という名も心宿《しんしゅく》という名も知りはしない。二十八宿《しゅく》の名をことごとくそらんじていながら実物《ほんもの》を見分けることのできぬ俺と比べて、なんという相異だろう！　目に一丁字《いっていじ》のないこの猴《さる》の前にいるときほど、文字による教養の哀れさを感じさせられることはない。

悟空《ごくう》の身体の部分部分は——目も耳も口も脚も手も——みんないつも嬉《うれ》しくて堪《たま》らないらしい。生き生きとし、ピチピチしている。ことに戦う段になると、それらの各部分は歓喜のあまり、花にむらがる夏の蜂《はち》のようにいっせいにワァーッと歓声を挙げるのだ。悟空の戦いぶりが、人その真剣な気魄《きはく》にもかかわらず、どこか遊戯《ゆうげ》の趣を備えているのは、このためであろうか。人はよく「死ぬ覚悟で」などというが、悟空という男はけっして死ぬ覚悟なんかしない。どんな危険に陥った場合でも、彼はただ、今自分のしている仕事（妖怪《ようかい》を退治するなり、三蔵法師《さんぞうほうし》を救い出すなり）の成否を憂えるだけで、自分の生命のことなどは、てんで考えの中に浮かんでこないのである。太上老君《たいじょうろうくん》の八卦炉《はっけろ》＊中に焼殺されかかったときも、銀角大王の泰山《たいざん》圧頂の法に遭《お》うて、泰山・須弥山《しゅみせん》・峨眉山《がびさん》の三山の下に圧《お》し潰《つぶ》されそうになったときも、彼はけっして自己の生命のために悲鳴を上げはしなかった。最も苦しんだのは、小雷音寺《しょうらいおんじ》の黄眉《こうび》老仏のために不思議な金鐃《きんにょう》＊の下に閉じ込められたときである。推《お》せども突けども金鐃は破れず、身を大きく変化させて突破ろうとしても、悟空の身が大きくなれば金鐃も伸びて大きくなり、身を縮めれば金鐃もまた縮まる始末で、どうにもしようがない。身の毛を抜いて錐《きり》と変じ、これで穴を穿《うが》とうとしても、金鐃には傷一つつかない。そのうちに、ものを蕩《と》かして水と化するこの器の力で、悟空の臀部《でんぶ》のほうがそろそろ柔らかくなりはじめたが、それでも彼はただ妖怪に捕えられた師父《しふ》の身の上ばかりを気遣《きづか》っていたらしい。悟空には自分の運命に対する無限の自信があるのだ（自分ではその自信を意識していないらしいが。）やがて、天界から加勢に来た亢金竜《こうきんりょう》がその鉄のごとき角をもって満身の力をこめ、外から金鐃《きんにょう》を突通した。角はみごとに内まで突通ったが、この金鐃はあたかも人の肉のごとくに角に纏《まと》いついて、少しの隙《すき》もない。風の洩《も》るほどの隙間《すきま》でもあれば、悟空は身をけし粒と化して脱《のが》れ出るのだが、それもできない。半ば臀部は溶けかかりながら、苦心惨憺《さんたん》の末、ついに耳の中から金箍棒《きんそうぼう》を取出して鋼鑽《きり》に変え、金竜の角の上に孔《あな》を穿《うが》ち、身を芥子粒《けしつぶ》に変じてその孔《あな》に潜《ひそ》み、金竜に角を引抜かせたのである。ようやく助かったのちは、柔らかくなった己《おのれ》の尻《しり》のことを忘れ、すぐさま師父《しふ》の救い出しにかかるのだ。あとになっても、あのときは危なかったなどとけっして言ったことがない。「危ない」とか「もうだめだ」とか、感じたことがないのだろう。この男は、自分の寿命とか生命とかについて考えたこともないに違いない。彼の死ぬときは、ポクンと、自分でも知らずに死んでいるだろう。その一瞬前までは潑剌《はつらつ》と暴れ廻《まわ》っているに違いない。まったく、この男の事業は、壮大という感じはしても、けっして悲壮な感じはしないのである。

猿《さる》は人真似《ひとまね》をするというのに、これはまた、なんと人真似をしない猿《さる》だろう！　真似どころか、他人から押付けられた考えは、たといそれが何千年の昔から万人に認められている考え方であっても、絶対に受付けないのだ。自分で充分に納得《なっとく》できないかぎりは。因襲《いんしゅう》も世間的名声もこの男の前にはなんの権威もない。

悟空《ごくう》の今一つの特色は、けっして過去を語らぬことである。というより、彼は、過去《すぎさ》ったことは一切忘れてしまうらしい。少なくとも個々の出来事は忘れてしまうのだ。その代わり、一つ一つの経験の与えた教訓はその都度《つど》、彼の血液の中に吸収され、ただちに彼の精神および肉体の一部と化してしまう。いまさら、個々の出来事を一つ一つ記憶している必要はなくなるのである。彼が戦略上の同じ誤りをけっして二度と繰返さないのを見ても、これは判《わか》る。しかも彼はその教訓を、いつ、どんな苦い経験によって得たのかは、すっかり忘れ果てている。無意識のうちに体験を完全に吸収する不思議な力をこの猴《さる》は有《も》っているのだ。

ただし、彼にもけっして忘れることのできぬ怖《おそ》ろしい体験がたった一つあった。あるとき彼はそのときの恐ろしさを俺《おれ》に向かってしみじみと語ったことがある。それは、彼が始めて釈迦《しゃか》如来《にょらい》に知遇《ちぐう》し奉ったときのことだ。

そのころ、悟空は自分の力の限界を知らなかった。彼が藕糸《ぐうし》歩雲《ほうん》の履《くつ》*を穿《は》き鎖子《さし》黄金の甲《よろい》を着け、東海竜王《とうかいりゅうおう》から奪った一万三千五百斤《きん》の如意《にょい》金箍棒《きんそうぼう》を揮《ふる》って闘うところ、天上にも天下にもこれに敵する者がないのである。列仙《れっせん》の集まる蟠桃会《はんとうえ》*を擾《さわ》がし、その罰として閉じ込められた八卦炉《はっけろ》をも打破って飛出すや、天上界も狭しとばかり荒れ狂うた。群がる天兵を打倒し薙《な》ぎ倒し、三十六員の雷将を率《ひき》いた討手《うって》の大将祐聖真君《ゆうせいしんくん》を相手に、霊霄殿《りょうしょうでん》の前に戦うこと半日余り。そのときちょうど、迦葉《かしょう》・阿難《あなん》の二尊者《そんじゃ》を連れた釈迦牟尼如来《しゃかむにによらい》がそこを通りかかり、悟空の前に立ち塞《ふさ》がって闘いを停《と》めたもうた。悟空が怫然《ふつぜん》として喰《く》ってかかる。如来が笑いながら言う。「たいそう威張《いば》っているようだが、いったい、お前はいかなる道を修《ず》しえたというのか?」悟空曰《いわ》く「東勝神州傲来国《ごうらいこく》華果山《かかざん》に石卵より生まれたるこの俺《おれ》の力を知らぬとは、さてさて愚かなやつ。俺はすでに不老長生《ふろうちょうせい》の法を修《ず》し畢《おわ》り、雲に乗り風に御《ぎょ》し一瞬に十万八千里を行く者だ。」如来曰《いわ》く、「大きなことを言うものではない。十万八千里はおろかわが掌《てのひら》に上って、さて、その外へ飛出すことすらできまいに。」「何を！」と腹を立てた悟空《ごくう》は、いきなり如来《にょらい》の掌《てのひら》の上に跳《おど》り上がった。「俺《おれ》は通力《つうりき》によって八十万里を飛行《ひぎょう》するのに、爾《なんじ》の掌の外に飛出せまいとは何事だ！」言いも終わらず觔斗雲《きんとうん》に打乗ってたちまち二、三十万里も来たかと思われるころ、赤く大いなる五本の柱を見た。渠《かれ》はこの柱のもとに立寄り、真中の一本に、斉天大聖到《せいてんたいせいとう》此一遊《しいちゆう》と墨くろぐろと書きしるした。さてふたたび雲に乗って如来の掌に飛帰り、得々《とくとく》として言った。「掌どころか、すでに三十万里の遠くに飛行して、柱にしるしを留《とど》めてきたぞ！」汝
「愚かな山猿《やまざる》よ！」と如来は笑った。「汝《なんじ》の通力がそもそも何事を成しうるというのか？汝は先刻からわが掌の内を往返したにすぎぬではないか。嘘《うそ》と思わば、この指を見るがよい。」
悟空が異《あや》しんで、よくよく見れば、如来の右手の中指に、まだ墨痕《ぼっこん》も新しく、斉天大聖到此一遊と己《おのれ》の筆跡で書き付けてある。「これは？」と驚いて振仰《ふりあお》ぐ如来の顔から、今までの微笑が消えた。急に厳粛《げんしゅく》に変わった如来の目が悟空をキッと見据《みす》えたまま、たちまち天をも隠すかと思われるほどの大きさに拡《ひろ》がって、悟空の上にのしかかってきた。悟空は総身《そうみ》の血が凍るような怖ろしさを覚え、慌《あわ》てて掌の外へ跳《と》び出そうとしたとたんに、如来が手を翻《ひるがえ》して彼を取抑え、そのまま五指を化して五行山《ごぎょうざん》とし、悟空をその山の下に押込め、唵嘛呢叭咪吽《おんまにはつめいうん》*の六字を金書して山頂に貼《は》りたもうた。世界が根柢《こんてい》から覆《くつがえ》り、今までの自分が自分でなくなったような昏迷《こんめい》に、

悟空はなおしばらく顫《ふる》えていた。事実、世界は彼にとってそのとき以来一変したのである。爾《じ》後《ご》、餓《う》うるときは鉄丸を喰《くら》い、渇《かつ》するときは銅汁を飲んで、岩窟《がんくつ》の中に封じられたまま、贖罪《しょくざい》の期の充《み》ちるのを待たねばならなかった。悟空は、今までの極度の増上慢《ぞうじょうまん》から、一転して極度の自信のなさに堕《お》ちた。彼は気が弱くなり、ときには苦しさのあまり、恥も外聞も構わずワアワアと大声で哭《な》いた。五百年経《た》って、天竺《てんじく》への旅の途中にたまたま通りかかった三蔵法師《さんぞうほうし》が五行山頂の呪符《じゅふ》を剝《は》がして悟空を解き放ってくれたとき、彼はまたワアワアと哭いた。今度のは嬉《うれ》し涙であった。悟空が三蔵に随《したが》ってはるばる天竺までついて行こうというのも、ただこの嬉しさありがたさからである。実に純粋で、かつ、最も強烈な感謝であった。

さて、今にして思えば、釈迦牟尼《しゃかむに》によって取抑えられたときの恐怖が、それまでの悟空の・途方もなく大きな（善悪以前の）存在に、一つの地上的制限を与えたもののようである。しかもなお、この猿の形をした大きな存在が地上の生活に役立つものとなるためには、五行山の重みの下に五百年間押し付けられ、小さく凝集《ぎょうしゅう》する必要があったのである。だが、凝固《ぎょうこ》して小さくなった現在の悟空が、俺《おれ》たちから見ると、なんと、段違いにすばらしく大きくみごとであることか！

三蔵法師は不思議な方である。実に弱い。驚くほど弱い。変化《へんげ》の術ももとより知らぬ。途《みち》で妖怪《ようかい》に襲われれば、すぐに摑《つか》まってしまう。弱いというよりも、まるで自己防衛の本能がないのだ。この意気地のない三蔵法師に、我々三人が斉《ひと》しく惹《ひ》かれているというのは、いったいどういうわけだろう？　（こんなことを考えるのは俺だけだ。悟空《ごくう》も八戒《はっかい》もただなんとなく師父《しふ》を敬愛しているだけなのだから。）私は思うに、我々は師父のあの弱さの中に見られるある悲劇的なものに惹《ひ》かれるのではないか。これこそ、我々・妖怪からの成上がり者には絶対にないところのものなのだから。三蔵法師は、大きなものの中における自分の（あるいは人間の、あるいは生き物の）位置を――その哀れさと貴《とうと》さとをハッキリ悟っておられる。しかも、その悲劇性に堪えてなお、正しく美しいものを勇敢に求めていかれる。確かにこれだ、我々になくて師に在《あ》るものは。なるほど、我々は師よりも腕力がある。多少の変化の術も心得ている。しかし、いったん己《おのれ》の位置の悲劇性を悟ったが最後、金輪際《こんりんざい》、正しく美しい生活を真面目《まじめ》に続けていくことができないに違いない。あの弱い師父《しふ》の中にある・この貴い強さには、まったく驚嘆のほかはない。内なる貴さが外《そと》の弱さに包まれているところに、師父の魅力があるのだと、俺《おれ》は考える。もっとも、あの不埒《ふらち》な八戒《はっかい》の解釈によれば、俺たちの――少なくとも悟空《ごくう》の師父に対する敬愛の中には、多分に男色的要素が含まれているというのだが。

まったく、悟空《ごくう》のあの実行的な天才に比べて、三蔵法師は、なんと実務的には鈍物《どんぶつ》であることか！　だが、これは二人の生きることの目的が違うのだから問題にはならぬ。外面的な困難にぶつかったとき、師父は、それを切抜ける途《みち》を外に求めずして、内に求める。つまり自分の心をそれに耐えうるように構えるのである。いや、そのとき慌《あわ》てて構えずとも、外的な事故によって内なるものが動揺を受けないように、平生《へいぜい》から構えができてしまっている。いつどこで窮死《きゅうし》してもなお幸福でありうる心を、師はすでに作り上げておられる。だから、外に途を求める必要がないのだ。我々から見ると危《あぶ》なくてしかたのない肉体上の無防禦《むぼうぎょ》も、つまりは、師の精神にとって別にたいした影響はないのである。悟空のほうは、見た眼にはすこぶる鮮やかだが、しかし彼の天才をもってしてもなお打開できないような事態が世には存在するかもしれぬ。しかし、師の場合にはその心配はない。師にとっては、何も打開する必要がないのだから。

悟空には、嚇怒《かくど》はあっても苦悩はない。歓喜はあっても憂愁《ゆうしゅう》はない。彼が単純にこの生を肯《こう》定《てい》できるのになんの不思議もない。三蔵法師の場合はどうか？　あの病身と、禦《ふせ》ぐことを知らない弱さと、常に妖怪《ようかい》どもの迫害を受けている日々とをもってして、なお師父《しふ》は怡《たの》しげに生を肯《うべな》われる。これはたいしたことではないか！

おかしいことに、悟空は、師の自分より優《まさ》っているこの点を理解していない。ただなんとなく師父から離れられないのだと思っている。機嫌《きげん》の悪いときには、自分が三蔵法師に随《したが》っているのは、ただ緊箍咒《きんそうじゅ》（悟空の頭に箝《は》められている金の輪で、悟空が三蔵法師の命に従わぬときにはこの輪が肉に喰《く》い入って彼の頭を緊《し》め付け、堪えがたい痛みを起こすのだ。）のためだ、などと考えたりしている。そして「世話の焼ける先生だ。」などとブツブツ言いながら、妖怪に捕えられた師父を救い出しに行くのだ。「あぶなくて見ちゃいられない。どうして先生はああなんだろうなあ！」と言うとき、悟空はそれを弱きものへの憐愍《れんびん》だと自惚《うぬぼ》れているらしいが、実は、悟空の師に対する気持の中に、生き物のすべてがもつ・優者に対する本能的な畏敬《いけい》、美と貴さへの憧憬《どうけい》がたぶんに加わっていることを、彼はみずから知らぬのである。

もっとおかしいのは、師父自身が、自分の悟空に対する優越をご存じないことだ。妖怪の手から救い出されるたびごとに、師は涙を流して悟空に感謝される。「お前が助けてくれなかったら、わしの生命はなかったろうに！」と。だが、実際は、どんな妖怪に喰《く》われようと、師の生命は死にはせぬのだ。

二人とも自分たちの真の関係を知らずに、互いに敬愛し合って（もちろん、ときにはちょっとしたいさかいはあるにしても）いるのは、おもしろい眺めである。およそ対蹠《たいせき》的なこの二人の間に、しかし、たった一つ共通点があることに、俺《おれ》は気がついた。それは、二人がその生き方において、ともに、所与《しょよ》を必然と考え、必然を完全と感じていることだ。さらには、その必然を自由と看做《みな》していることだ。金剛石《こんごうせき》と炭とは同じ物質からでき上がっているのだそうだが、その金剛石と炭よりももっと違い方のはなはだしいこの二人の生き方が、ともにこうした現実の受取り方の上に立っているのはおもしろい。そして、この「必然と自由の等置《とうち》」こそ、彼らが天才であることの徴《しるし》でなくてなんであろうか？

悟空《ごくう》、八戒《はっかい》、俺《おれ》と我々三人は、まったくおかしいくらいそれぞれに違っている。日が暮れて宿がなく、路傍の廃寺に泊まることに相談が一決するときでも、三人はそれぞれ違った考えのもとに一致しているのである。悟空はかかる廃寺こそ究竟《くっきょう》の妖怪《ようかい》退治の場所だとして、進んで選ぶのだ。八戒は、いまさらよそを尋ねるのも億劫《おっくう》だし、早く家にはいって食事もしたいし、眠くもあるし、というのだし、俺の場合は、「どうせこのへんは邪悪な妖精《ようせい》に満ちているのだろう。どこへ行ったって災難に遭《あ》うのだとすれば、ここを災難の場所として選んでもいいではものではないか」と考えるのだ。生きものが三人寄れば、皆このように違うものであろうか？　生きものの生き方ほどおもしろいものはない。

孫行者《そんぎょうじゃ》の華《はな》やかさに圧倒されて、すっかり影の薄らいだ感じだが、猪悟能八戒《ちょごのうはっかい》もまた特色のある男には違いない。とにかく、この豚は恐ろしくこの生を、この世を愛しておる。嗅覚《きゅうかく》・味覚・触覚のすべてを挙げて、この世に執《しゅう》しておる。あるとき八戒《はっかい》が俺《おれ》に言ったことがある。「我々が天竺《てんじく》へ行くのはなんのためだ？　善業を修《ず》して来世に極楽に生まれんがためだろうか？　ところで、その極楽《ごくらく》とはどんなところだろう。蓮《はす》の葉の上に乗っかってただゆらゆら揺れているだけではしようがないじゃないか。極楽にも、あの湯気の立つ羹《あつもの》をフウフウ吹きながら吸う楽しみや、こりこり皮の焦《こ》げた香ばしい焼肉を頬張《ほおば》る楽しみがあるのだろうか？　そうでなくて、話に聞く仙人のようにただ霞《かすみ》を吸って生きていくだけだったら、ああ、厭《いや》だ、厭だ。そんな極楽なんか、まっぴらだ！　たとえ、辛《つら》いことがあっても、またそれを忘れさせてくれる・堪えられぬ怡《たの》しさのあるこの世がいちばんいいよ。少なくとも俺《おれ》にはね。」そう言ってから八戒は、自分がこの世で楽しいと思う事柄を一つ一つ数え立てた。夏の木蔭《こかげ》の午睡。渓流の水浴。月夜の吹笛《すいてき》。春暁の朝寐《あさね》。冬夜の炉辺歓談。……なんと愉《たの》しげに、また、なんと数多くの項目を彼は数え立てたことだろう！　ことに、若い女人の肉体の美しさと、四季それぞれの食物の味に言い及んだとき、彼の言葉はいつまで経《た》っても尽きぬもののように思われた。俺はたまげてしまった。この世にかくも多くの怡《たの》しきことがあり、それをまた、かくも余すところなく味わっているやつがいようなどとは、考えもしなかったからである。なるほど、楽しむにも才能の要《い》るものだなと俺《おれ》は気がつき、爾来《じらい》、この豚を軽蔑《けいべつ》することを止《や》めた。だが、八戒《はっかい》と語ることが繁《しげ》くなるにつれ、最近妙なことに気がついてきた。それは、八戒の享楽主義の底に、ときどき、妙に不気味なものの影がちらりと覗《のぞ》くことだ。「師父《しふ》に対する尊敬と、孫行者《そんぎょうじゃ》への畏怖《いふ》とがなかったら、俺はとっくにこんな辛《つら》い旅なんか止《や》めてしまっていたろう。」などと口では言っている癖に、実際はその享楽家的な外貌《がいぼう》の下に戦々兢々《せんせんきょうきょう》として薄氷《はくひょう》を履《ふ》むような思いの潜んでいることを、俺は確かに見抜いたのだ。いわば、天竺《てんじく》へのこの旅が、あの豚にとっても（俺にとってと同様）、幻滅と絶望との果てに、最後に縋《すが》り付いたただ一筋の糸に違いないと思われる節《ふし》が確かにあるのだ。だが、今は八戒の享楽主義の秘密への考察に耽《ふけ》っているわけにはいかぬ。とにかく、今のところ、俺は孫行者《そんぎょうじゃ》からあらゆるものを学び取らねばならぬのだ。他のことを顧みている暇はない。三蔵法師の智慧《ちえ》や八戒の生き方は、孫行者を卒業してからのことだ。まだまだ、俺は悟空《ごくう》からほとんど何ものをも学び取っておりはせぬ。流沙河《りゅうさが》の水を出てから、いったいどれほど進歩したか？ 依然たる呉下《ごか》の旧阿蒙《きゅうあもう》*ではないのか。この旅行における俺の役割にしたって、そうだ。平穏無事のときに悟空の行きすぎを引き留め、毎日の八戒の怠惰《たいだ》を戒《いまし》めること。それだけではないか。何も積極的な役割がないのだ。俺みたいな者は、いつどこの世に生まれても、結局は、調節者、忠告者、観測者にとどまるのだろうか。けっして行動者にはなれないのだろうか？

孫行者の行動を見るにつけ、俺は考えずにはいられない。「燃え盛る火は、みずからの燃えていることを知るまい。自分は燃えているな、などと考えているうちは、まだほんとうに燃えていないのだ。」と。悟空《ごくう》の闊達無碍《かったつむげ》の働きを見ながら俺《おれ》はいつも思う。「自由な行為とは、どうしてもそれをせずにはいられないものが内に熟してきて、おのずと外に現われる行為の謂《いい》だ。」と。ところで、俺はそれを思うだけなのだ。まだ一歩でも悟空についていけないのだ。学ぼう、学ぼうと思いながらも、悟空の雰囲気《ふんいき》の持つ桁違《けたちが》いの大きさに、また、悟空的なるものの肌合《はだあ》いの粗《あら》さに、恐れをなして近づけないのだ。実際、正直なところを言えば、悟空は、どう考えてもあまり有難《ありがた》い朋輩《ほうばい》とは言えない。人の気持に思い遣《や》りがなく、ただもう頭からガミガミ怒鳴り付ける。自己の能力を標準にして他人《ひと》にもそれを要求し、それができないからとて怒《おこ》りつけるのだから堪《たま》らない。彼は自分の才能の非凡さについての自覚がないのだとも言える。彼が意地悪でないことだけは、確かに俺たちにもよく解《わか》る。ただ彼には弱者の能力の程度がうまく呑《の》み込めず、したがって、弱者の狐疑《こぎ》・躊躇《ちゅうちょ》・不安などにいっこう同情がないので、つい、あまりのじれったさに癇癪《かんしゃく》を起こすのだ。俺たちの無能力が彼を怒らせさえしなければ、彼は実に人の善い無邪気な子供のような男だ。八戒はいつも寐《ね》すごしたり怠《なま》けたり化け損《そこな》ったりして、怒られどおしである。俺が比較的彼を怒らせないのは、今まで彼と一定の距離を保っていて彼の前にあまりボロを出さないようにしていたからだ。こんなことではいつまで経《た》っても学べるわけがない。もっと悟空に近づき、いかに彼の荒さが神経にこたえようとも、どんどん叱《しか》られ殴《なぐ》られ罵《ののし》られ、こちらからも罵り返して、身をもってあの猿《さる》からすべてを学び取らねばならぬ。遠方から眺めて感嘆しているだけではなんにもならない。

夜。俺《おれ》は独《ひと》り目覚めている。

今夜は宿が見つからず、山蔭《やまかげ》の渓谷の大樹の下に草を藉《し》いて、四人がごろ寝《ね》をしている。一人おいて向こうに寝ているはずの悟空《ごくう》の鼾《いびき》が山谷《さんこく》に谺《こだま》するばかりで、そのたびに頭上の木の葉の露がパラパラと落ちてくる。夏とはいえ山の夜気はさすがにうすら寒い。もう真夜中は過ぎたに違いない。俺は先刻から仰向《あおむ》けに寝ころんだまま、木の葉の隙《あいだ》から覗《のぞ》く星どもを見上げている。寂しい。何かひどく寂しい。自分があの淋《さび》しい星の上にたった独りで立って、まっ暗な・冷たい・なんにもない世界の夜を眺めているような気がする。星というやつは、以前から、永遠だの無限だのということを考えさせるので、どうも苦手《にがて》だ。それでも、仰向《あおむ》いているものだから、いやでも星を見ないわけにいかない。青白い大きな星のそばに、紅《あか》い小さな星がある。そのずっと下の方に、やや黄色味を帯びた暖かそうな星があるのだが、それは風が吹いて葉が揺れるたびに、見えたり隠れたりする。流れ星が尾を曳《ひ》いて、消える。なぜか知らないが、そのときふと俺は、三蔵法師《さんぞうほうし》の澄んだ寂しげな眼を思い出した。常に遠くを見つめているような・何物かに対する憫《あわ》れみをいつも湛《たた》えているような眼である。それが何に対する憫れみなのか、平生《へいぜい》はいっこう見当が付かないでいたが、今、ひょいと、判《わか》ったような気がした。師父《しふ》はいつも永遠を見ていられる。それから、その永遠と対比された地上のなべてのものの運命《さだめ》をもはっきりと見ておられる。いつかは来る滅亡《ほろび》の前に、それでも可憐《かれん》に花開こうとする叡智《ちえ》や愛情《なさけ》や、そうした数々の善《よ》きものの上に、師父は絶えず凝乎《じっ》と愍《あわ》れみの眼差《まなざし》を注《そそ》いでおられる

のではなかろうか。星を見ていると、なんだかそんな気がしてきた。俺は起上がって、隣に寐《ね》ておられる師父の顔を覗《のぞ》き込む。しばらくその安らかな寝顔を見、静かな寝息を聞いているうちに、俺は、心の奥に何かがポッと点火されたようなほのかな温かさを感じてきた。

――「わが西遊記」の中――

注釈

李陵

六＊漢の武帝　前一五九年―前八七年。前漢の第七代の皇帝。十六歳で即位。専制的な中央集権制を確立し、内外に積極的な政策を行なった。国内的には、儒教《じゅきょう》を公認の教学とし、水利事業を興して経済開発を推進、対外的には匈奴《きょうど》を討伐したのをはじめ四方を経略し版図を拡大した。西域《せいいき》への交通路も深く開かれた。しかし晩年には神仙道にふけり、政治・財政の破綻《はたん》が暴露され、反乱や盗賊が起こり、帝国衰微の傾向が現われた。みずから儒学を学び、文学を愛したのは中国の以後の歴史に大きく影響した。

＊朔風　北風のこと。朔《さく》は北方。

＊匈奴　紀元前四世紀末ころから蒙古《モンゴル》高原を本拠としていた遊牧騎馬民族。しばしば北方から漢民族をおびやかした。漢民族はそれを防ぐために、戦国時代から秦《しん》の始皇帝のころにかけて、万里の長城を築いた。冒頓単于《ぼくとつぜんう》（単于は匈奴語で君主の意味）のころ極盛となり、漢の高祖を白登山に攻囲し屈辱的な和議を結ばせたことがある。しかし武帝時代にはいると将軍衛青や霍去病《かくきょへい》にしばしば討伐されてやや衰えた。武帝の晩年には李広利が三回遠征している。第一回の遠征が天漢二年（前九九）である。のち匈奴は、後漢に至って南北に分裂、南匈奴はしだいに漢人に同化し、北匈奴は中国史上から姿を消したが、四世紀ヨーロッパに侵入したフン族は北匈奴だといわれる。人種的にはまだ定説がない。

七＊先年大宛を遠征して武名を挙げた弐師将軍李広利　太初《たいしょ》元年（前一〇四）に武帝は、当時中国人の足跡の及んだ最遠の地である大宛の国（今ソ連のフェルガーナ）にある弐師城に、李広利を弐師将軍に任命して六万の軍を与えて派遣、その国に産する名馬を求めさせた。四年めに三千余匹の馬をもたらした。その後、李広利は匈奴《きょうど》を討つこと三回、ついに降《くだ》り、匈奴の地にて殺された。

*輜重　軍隊の荷物で武器や糧食や道具類。

*未央宮　漢の高祖が蕭何《しょうか》に命じて造営した宮殿の名。長安（今の西安）にあった。

*荊楚　今の湖南・湖北省地方のこと。荊《けい》は古代中国の九州の一つで、この地方をいい、楚《そ》は春秋戦国時代にこの地方にあった国の名。

八*南越　今の広東《カントン》地方にあった国。

九*隋の煬帝　五六九年―六一八年。隋《ずい》の第二代の皇帝。父文帝のもとに中国統一の事業を達成、兄を失脚させ父を殺して即位した。奢侈《しゃし》を好み、豪壮な宮殿を築いたり、南北を通ずる大運河を開いたりした。このとき百万の男女を動員したという。またしきりに外征を行なったが、高句麗《こうくり》遠征に失敗して政治的権威を失墜した。のち反乱が起こり部下に殺された。秦《しん》の始皇帝とともに中国史上の暴君として知られる。

*始皇帝　前二五九年―前二一〇年。前二二一年、はじめて中国を統一し始皇帝と称した。郡県制を実施して独裁的な中央集権体制を整え、土木・外征に努めた。将軍蒙恬《もうてん》に匈奴を討伐させて万里の長城を築いたり、南方へも軍をすすめて南海・桂林《けいりん》を平定。大規模な宮殿や帝陵を造営し、天下を巡遊して強大を誇った。また言論弾圧として焚書《ふんしょ》を行ない、政治を批判した儒生《じゅせい》四百余人を坑埋《あなう》めにした。帝の死後ただちに反乱が起こって、三代十五年にして統一国家秦は滅んだ。

*一揖　一礼すること。揖《ゆう》の礼とは拱手《きょうしゅ》（腕を前で組む）して、上下または左右にふる礼である。

一七*胡笳　北方の異民族があしの葉を巻いて作ったふえ。悲痛な音色を出す。

二〇*方士巫覡　方士は神仙道の修験者で、神秘的な方術を行なう。戦国時代に燕《えん》・斉《せい》の沿海地方（山東半島から渤海《ぼっかい》周辺）に起こったという。かれらは神秘性のゆえに畏敬《いけい》されるが、また合理性を逸脱《いつだつ》している人間として軽蔑《けいべつ》もされた。始皇帝や武帝のような不老長寿を願う君主にとり入って高い地位を占める者もあった。だから武帝時代には、燕斉《えんせい》の地で、腕をしごき「秘密の方術をもち神仙の術を行なう」と自称せぬ方士はないありさまであった。巫覡《ふげき》はみこで、巫が女、覡が男のみこ。みこの歴史は古いが、武帝のころは、とくに、珍しい南方のみこが宮中に出入りするようになった。

二三＊司馬遷　前一四五年ごろ―前八六年ごろ。前漢の偉大な歴史家。司馬家は代々歴史家の家がらで、父談《たん》のあとをついで太史令《たいしれい》（天文・暦法をつかさどる官の長）となった。李陵事件で宮刑《きゅうけい》に処せられたが発奮して『史記《しき》』百三十巻を著述。これは上古の黄帝から時の皇帝武帝に至る紀伝体の通史で、以後の中国王朝の歴史の伝統的形式となった。簡潔で力強い描写は文学作品としても高く評価されている。

二四＊春秋　中国古代の歴史書で、五経《きょう》の一つ。魯《ろ》の史官の手になる魯国の年代記で、隠公元年（前七二二）から哀公十四年（前四八一）までの二百四十年間を編年体でしるしたもの。孔子《こうし》がこれに筆を加えて、わずかな筆づかいで正邪善悪を正し（これを春秋の筆法という）、道のあるところ（微言大義という）を示したといわれる。孔子が『春秋』に道を託したということは『孟子《もうし》』にもすでに見えている。なお『春秋』の意義を解くものに『左氏《さし》』『公羊《くよう》』『穀梁《こくりょう》』の三伝がある。

＊左伝　『春秋左氏伝《しゅんじゅうさしでん》』のこと。『春秋』の解説書。

＊国語　『左氏伝』にもれた春秋時代の歴史を詳述した史書。左丘明の編といわれる。

二五＊述而不作　論語《ろんご》の述而《じゅつじ》篇にある。古聖の道をうけ伝えるだけで、新説を立てないの意。

二六＊項羽本紀　項羽（前二三二年―前二〇二年）は楚の将軍項燕《こうえん》の子。秦《しん》末に陳渉・呉広が乱を起こすのを見るや、おじの項梁《こうりょう》とともに兵をあげ、秦軍を撃破、首都咸陽《かんよう》に攻め入り秦を滅ぼして関中を領有したが、まもなく故郷の楚に帰って「西楚の覇王」と称した。性格は単純・豪宕《ごうとう》・磊落《らいらく》で、時に感情にもろいところもあった半面に残忍・激烈な感情の持ち主でもあった。そのため多くの敵を作ったかれはついに連合軍に垓下《がいか》で囲まれ、三十一歳で劇的な最期を遂げた。本紀とは、紀伝体の歴史書で、帝王の事跡をしるした部分。

*「力山ヲ抜キ気世ヲ蓋フ……若ヲ奈何ニセン」　わが腕の力は山をも引き抜き、わが気力は天下をおおうて一飲みするに足る。だが時のめぐり合わせはわれに利あらずしてわれは敗《やぶ》れ、それを感じてか名馬の騅《すい》も前に進もうとしない。ああ騅が進んでくれないのはどうしようもない。いやそれにもましてわが愛する虞《ぐ》姫よ虞姫よ、ああそなたをどうしたらよいものであろう。

二六*楚の荘王　前六一四年―前五九一年在位。即位して三年間は鳴かず飛ばず、日夜、音楽を奏し女をはべらせ、宴飲したが、三年めに死を決していさめる者がありぷつりと淫楽《いんらく》をやめて政治を聞くようになった。その後善政をしいて、国力を養い、外に対しても大いに国威をあげた。

二七*樊噲　生年不詳―前一八九年。はじめ下層民であったが沛公《はいこう》（漢の高祖）に仕えて大功をたてた。剛勇の士であり、思慮も深い人であった。鴻門《こうもん》の会で項羽《こうう》と沛公が対決したとき、沛公の危機を救った。漢の世になって武陽侯に封ぜられた。

*范増　前二七五年―前二〇四年。はじめ項羽のおじ項梁に仕えたが、その死後、七十歳にして項羽に仕え参謀となる。秦を滅ぼすのに大功があった。鴻門の会で項羽に沛公を殺すことを勧めたが聞かれず、のちに沛公の謀臣陳平の離間策にあい、項羽からうとんぜられるに至り、おこって、項羽のもとを去り故郷に帰る途中病没した。

*比周　私心をはさみ悪事をするのに助け合うこと。

*擠陥讒誣　擠陥は悪意をもって人を罪におとしいれること。讒誣は事実をまげて人をそしること。

三四*中書令　殿中より発する文書をつかさどる。

*黜陟　功のないものを退けることと、功のあるものをあげ用いること。

三五*閹奴　去勢せられた宮人。閹人《えんじん》ともいう。

三六*穹廬　遊牧民の住居で、フェルトで作ったドーム型の天幕。今の蒙古包《モンゴルパオ》に似て丸天井の幕舎であったろう。

＊旃裘　毛織物製の衣服。西北の夷人《いじん》が着用する。ここの旃は氈《せん》と同じ。

＊寇掠　攻め入ってものをかすめ取ること。

四五＊諸夏　中国内のもろもろの国。四方の夷狄《いてき》に対して中国をいう。

四六＊旃毛　毛織物の毛。

＊侍中　天子の左右に侍し、殿中の奏事をつかさどる官。

五〇＊節旄　天子から出す使者に賜わるしるしの旗。旄は毛のかざりをつけた旗。

五四＊大司馬　前漢の軍事をつかさどった最高長官。

＊博戯　博は中国古代の遊戯の一種で、すごろくに似ている。漢代に大いに流行した。たとえば、六博というのは方形の棋盤《きばん》（局）に、白と黒の棊《き》（こま）を六個ずつ計十二個を用いる。六本の箸《ちょ》（竹でつくったもので、さいころの役目をする）を投げて互いに棊を進め、敵陣に先にはいったほうが勝つ遊戯で、すごろくと飛び将棋とを組み合わせたようなものである。

五五＊上林苑中で得た雁の足に蘇武の帛書がついていた　上林苑は、長安近郊にあった天子専用の大狩猟場であり、大植物園であり、大動物園。そこで、北から渡ってきた雁の足に蘇武の手紙が結びつけられていた。帛書は、帛《きぬ》に書いた文字、文書。蘇武のこの話から後世、手紙のことを雁帛《がんぱく》・雁書《がんしょ》などという。

五七＊魯仲連　戦国時代の斉《せい》の人。卓抜な画策を好み、仕官せず高節を持し、天下の士といわれた。趙《ちょう》が秦《しん》に包囲されたとき、「秦は礼儀を捨ててかえりみず、首を一つでも多くとることを功名として尊ぶ国である。その士をたぶらかしてこき使い、その民を奴隷《どれい》のごとくこき使う国である。ほしいままに帝となり、あやまって天下の政をとることになれば、この仲連は東海を踏んで死する（投身自殺する）ことあるのみ、わしはとても秦の民となるには忍びない」と決意を示して秦軍を後退させることができた。また斉が苦境にあるのを節義で救った。斉から爵位を与えられるのを避けて「わしは富貴《ふうき》となって人の下にちぢこまっているよりは、むしろ貧賤《ひんせん》となって世を軽んじ、志をほしいままにしよう」と言って沿海の地に隠れた。

＊伍子胥　春秋時代の楚《そ》の人。楚の内紛で、父と兄が平王に殺されたさい、父とともに死なず、楚を覆滅《ふくめつ》せんことを誓って亡命した。苦労のすえ、かたきを討つため呉《ご》に仕えて楚に攻め入り、平王の墓をあばいてしかばねにむち打った。のち呉王夫差に越《えつ》を討つよういさめたが用いられず、讒言《ざんげん》に会い自殺させられた。その時、伍子胥は家臣に命じて「私の目をえぐって、呉都の東門につるせ、越の軍が攻め入って、呉を滅ぼすのを見てやるのだ」と言った。司馬遷《しばせん》は『史記』に「小さな義をすてて、大きな恥をすすぎ、名を後世にたれている。悲壮ではないか！　こじきをしていたときにさえ、その志を忘れたことがあろうか。だからこそ隠忍して功名を遂げたのだ。壮烈な大丈夫《だいじょうふ》でなくて、だれにこれができえたろう」としるしている。

＊藺相如　戦国時代の趙《ちょう》の名臣。秦王が趙王を恐喝して趙王の「和氏《かし》の璧《へき》」を欺き取ろうとしたさい、藺相如は秦に使いし、知謀と剛勇とをもって、折衝して璧を無事に持ち帰った（完璧《かんぺき》の語の由来）。また、秦王と趙王が黽池《めんち》で会見したさい、お供をしていた相如が秦王をどなりつけたのでさすがの秦も趙に威圧を加えることができなかった。また廉頗《れんぱ》将軍との友情（刎頸《ふんけい》の交わり）も有名。

＊太子丹　戦国時代の燕王《えんおう》の太子。秦に人質とされていたがうらんで逃げ帰り、自分のために秦王に報復してくれる者を捜した。時ちょうど秦が六国《りっこく》を滅ぼそうとしていたころで、ついに刺客として荊軻《けいか》を得る。始皇帝暗殺に出発する荊軻を国境の易水《えきすい》のほとりに見送った太子丹らはみな泣いた。暗殺は失敗し、始皇帝の怒りを買って燕は攻められた。燕王は太子丹を切って秦に献じたが、そのかいもなく前二二二年滅ぼされた。

＊屈原　前三四三年ごろ－前二七七年ごろ。戦国時代の楚の忠臣で詩人として有名。楚の王族で、懐王に仕え信任を得たが、彼の才能をねたむ者に讒言《ざんげん》され、王にうとんぜられるようになった。さらに懐王の

子頃襄王《けいじょうおう》のときには追放のうきめをみ、洞庭湖《どうていこ》のほとりにさまよったがついに楚国の前途に光明を失い、「懐沙《かいさ》の賦《ふ》」をつくって、汨羅《べきら》に身を投げて死んだ。彼の作品には、「離騒《りそう》」「九章」など憂憤の情を吐露したものが多い。

＊巫蠱の獄　巫蠱とは、桐《きり》の木の人形を土中に埋めて祈願したり、人をのろい殺そうとする妖術《ようじゅつ》で、武帝の晩年に流行した。皇太子をなきものにしようとする検察官の江充というものが、帝の病気は巫蠱のためでありしかも皇太子の御殿の地下から人形を得たと言いふらしたので、太子は自衛のため江充を捕え斬《き》った。皇太子は反逆者とされ、帝の軍をさしむけられてついに自殺した。のち武帝は皇太子の無実を知って悲嘆し、江充一族を誅殺《ちゅうさつ》した。戻太子《れいたいし》とは、不幸な皇太子へのおくり名である。

五八＊憑依　のりうつる。

五九＊漢書　前漢の歴史をしるした史書。百二十巻。後漢の班固《はんこ》の著。中国正史の一つ。

弟子

六三＊玦　おび玉の一種。男子が腰におびるもの。環状で一部分欠けた形をしている。『論語』に「去バㇾ喪ヲ、無シㇾ所ㇾ不ルㇾ佩ビ」とあり、孔子は、喪中のほかは玉《ぎょく》などを平素身に着けていたようである。

六六＊礼といい礼という……鐘鼓をいわんや「礼だ礼だというが、礼とはいったい儀式用の玉や錦《にしき》のことだろうかね。音楽だ音楽だというが、鐘や太鼓のことだろうかね」。『論語』の陽貨《ようか》篇にあり、礼楽の精神を忘れて形式の末に走っているのをなげいたことばである。

七二＊古の道を釈てて由の意を行なわん。可ならんか　むかしの聖賢の教えからはなれて由《ゆう》自身の考えで行動したい。よろしいでしょうか。

七三＊巧言令色足恭……　『論語』の公冶長《こうやちょう》篇にある。

＊生ヲ求メテ……　『論語』の衛霊公《えいれいこう》篇にある。

＊狂者ハ進ンデ……　『論語』の子路《しろ》篇にある。

＊敬ニシテ礼ニ……　『礼記《らいき》』の仲尼燕居《ちゅうじえんきょ》にある。

＊信ヲ好ンデ……　『論語』の陽貨篇にある。

七四＊苛斂誅求　きびしく租税などを取りたてること。

七七＊彼の美婦の口には……　『史記』孔子世家の原文は「彼《ノ》婦之口《ニハ》、可ニ以《シテ》出走一《ス》、彼《ノ》婦之謁《ニハ》、可ニ以《シテ》死敗一《ス》、蓋《シ》優《ナルかな》哉、游《ゆうナル》哉維《レ》以《テ》卒《ヘン》レ歳《ヲ》」である。訳せば「婦の口は毒にみつ、いずべきぞ君子《おのこ》らは、婦のたのみ国やぶる、危うきぞ君子らは、さても心をのびやかに、たもちてぞ世を終えん」

七八＊鳳鳥至らず。河、図を出さず。已んぬるかな　『論語』の子罕《しかん》篇の原文は「鳳鳥不レ至《ラ》、河《か》不レ出《ダサ》図《とヲ》、吾已矣夫《ンヌルカナ》」である。鳳鳥（鳳凰《ほうおう》）もやって来ないし、黄河《こうが》からは図も出ない。これでは私も生きていく力がないの意。鳳凰は想像上の霊鳥。図は河図《かと》ともいい、太古伏羲《ふくぎ》の世に黄河から出た竜馬《りょうば》の背に現われた図で、易の卦《け》のもとになったものという。いずれも聖王出現の瑞祥《ずいしょう》と信ぜられていた。この章は、孔子がすぐれた君主の出ないのをなげいたことばで、それを直接いうのをはばかり、伝説の瑞祥をもってこれに代えたのである。

八三＊北面稽首　北面すなわち北向きは臣下の座位。これに対して君主は南面する。稽首は、すわって頭をしばらく地につけて敬礼することで、最高の礼。

八四＊我いまだ徳を好むこと……　『論語』の子罕篇にある。

＊頭は牖に窺い尾は堂に拖く　『荘子《そうし》』にある原文は「窺ニ頭於牖一、拖ニ尾於堂一」である。大きな竜の形容。「葉公好《ム》レ竜《ヲ》」という話として有名。

八九＊湛々タル露アリ……　『詩経《しきょう》』の小雅湛露《しょうがたんろ》の詩句で原文は「湛湛露斯、匪陽不晞、厭厭夜飲、不酔無帰……」である。晞《き》はかわくこと。

＊軒冕　官位爵禄《しゃくろく》のこと。また貴顕の身分であること。

＊接輿という佯狂　佯狂はにせ気違いの意。この話は『論語』の微子《びし》篇などにみえる。接輿は楚《そ》の隠者《いんじゃ》。

九一＊比干の諫死　比干は紂王《ちゅうおう》のおじ。紂王の暴虐をいさめた。紂王は「聖人の心臓には七つの穴があるそうだな」と、比干を解剖してその心臓を見た。箕子《きし》・微子と合わせて殷《いん》の三仁《さんじん》といわれる。

九二＊詩に曰《い》う。……『詩経』の大雅《たいが》の板《はん》篇に「民之多レ辟、無二自立一辟」とある。

九三＊子　おまえ。あなた。第二人称。

九五＊天のいまだ斯の文を喪さざるや……『論語』の子罕《しかん》篇の原文は「文王既没《ぼっシ》、文不レ在《あら》レ茲《ここニや》乎。天之将《まさニ》レ喪《ほろぼサントスルヤ》二斯文《ヲ》一也、後死者不レ得《ル》レ与《あずカルヲ》二於斯文《ニ》一也。天之未《ダ》レ喪《ほろボサざル》二斯文《ヲ》一也、匡人其如《いかん》レ予《われヲ》何《セント》」である。意味は「（昔の聖人たちの文化の伝統は、伝わって文王《ぶんおう》にあったが）今、周《しゅう》の文王はすでに死んでこの世にはおられない。文王がすでになくなられたのちは、文化の伝統は絶えることなく、この私の身にこそあるのではないか。天がもしこの伝統を滅亡させてしまうつもりであれば、文王よりのちの時代の人間であるこの私は、この文化の伝統に参与できぬはずである。（私が伝統を引き継いでいるのは、天がそれを滅亡させない意志を示しているのだ。）天がまだこの文化の伝統を滅ぼそうとしないかぎりは匡《きょう》の人々ごときものがこの（ただひとりの文化の継承者である）私をどうすることができようか。どうすることもできるものではないのだ」。

＊万鍾我において何をか加えん　『孟子』の告子《こくし》章句篇上の原文は「万鍾則《チ》不レ弁《ぜ》二礼義《ヲ》一而受《ク》レ之《ヲ》。万鍾於《テ》レ我《ニ》何《ヲカ》加《ヘン》焉」である。意味は「（たとい一杯の飯でも投げ与えるようにしたらこじきでもいさぎよしとせぬものだ。）ところが万鍾もの大禄になると、礼義にかなうかいなかを顧みずにとびつく。しかし万鍾もの大禄、まさかひとりで食べられもせず、自分にとってなんのたしになるのだ。（これこそ人の本来の良心を失ったものだ）」。鍾は量の単位で、約五リットル。

九七＊片言以て獄を折む……『論語』の顔淵《がんえん》篇にある。一言でぴたりと判決を下し、当事者双方を信服させる力のあるのは、由《ゆう》だろうなの意。

名人伝

一〇七＊燕角の弧に朔蓬の簳　燕《えん》国の獣角で作った弓と北方産の蓬（あざみ科の植物）で作った矢。ともに弓矢の良材。燕は今の河北省地方にあった国。

一〇八＊烏号の弓に綦衛の矢　太古の黄帝《こうてい》が竜に乗って昇天したとき、竜に乗れなかった小臣たちは、黄帝の落とした弓を抱いて号泣した。そのため後世この弓を烏号とよんだ。烏は、泣きさけぶ声の意。綦と衛はりっぱな矢竹の産地。

一一三＊烏漆の弓も粛慎の矢も　烏漆の弓は、黒い漆《うるし》で塗った弓。粛慎は今の吉林《きつりん》省地方にいた異民族で周の武王が殷《いん》を滅ぼし、道を九夷九蛮《きゅういきゅうばん》に通じて、それぞれにその地方の物産をもって来貢させたとき、粛慎は石の鏃《やじり》の楛矢《こし》を貢献した。

一一五＊規矩　コンパスと定規《じょうぎ》。

山月記

一一八＊隴西　中国の地名。今の甘粛《かんしゅく》省にある。

＊天宝　唐の玄宗《げんそう》皇帝のころの年号。七四二年―七五六年。

＊虎榜　進士《しんし》（官吏登用試験に合格した人）になった人の姓名を掲示する木札。虎《こ》は俊才をたとえる。

＊峭刻　けわしくきびしい。

＊進士に登第　進士の試験に及第すること。

一二三＊偶因狂疾成殊類……　大意―偶然にも狂気になって、身は人間以外のものとなった。災患が内からも外からも重なって、この不幸からのがれることができない。今日ではわが爪牙《そうが》にだれがあえて敵対することができよう。思えば、進士に及第したあのころは私も君も秀才としてほめそやされたものだった。とところが今や、私はけだものとなってくさむらにかくれ、君はりっぱな役人となって車に乗りすばらしい勢いである。この夕、私は山や谷を照らす明月に対して、長くうそぶくことをせず、ただ悲しみのあまり短くほえ叫ぶばかりだ。

一二四＊慙恚　恥じて無念に思うこと。

一二六＊暁角　夜明けを知らせる角笛。

悟浄出世

一三〇＊八百流沙界……　弱水は川の名。『書経《しょきょう》』など古書に多く見るが場所は一定しない。三千とは長さ三千里のこと。弱水とは、軽い水ということらしく、そのため羽毛も浮かばないという。

一三一＊霊霄殿の捲簾大将　天上界の玉帝の宮殿で簾《すだれ》をかかげる役人のかしら。

一三六＊直綴　僧衣。また、ふだん着にもいう。悟浄は『西遊記《さいゆうき》』の中では、黄錦の直綴を着ている。

一三七＊真人　道教《どうきょう》で、道の奥義《おうぎ》に達した人。

＊巨黿　巨大な亀《かめ》。

一三九＊咄！　秦時の轆轢鑽　轆轢鑽は、秦《しん》の始皇帝のとき、阿房宮《あぼうきゅう》を建築するのに用いた器械錐《きり》という。そのような陳腐《ちんぷ》なものは、いまどきなんの役にもたたぬの意。咄《とつ》はしかったり、舌打ちしたりする声。

一四〇＊大椿の寿も、朝菌の夭も　『荘子』の逍遥遊《しょうようゆう》篇に「朝菌ハ不㆑知ラ㆓晦朔《かいさく》ヲ㆒、蟪蛄《なつぜみ》ハ不㆑知ラ㆓春秋ヲ㆒。上古、有リ㆓大椿ナル者㆒。以ツテ㆓八千歳ヲ㆒為シ㆑春ト、八千歳ヲ為ス㆑秋ト」とある。朝菌は、朝はえて晩には枯れるきのこで、これは晦朔《かいさく》、つまり月の初めと終わりを知らず一日で寿命を終える。夭《よう》は寿命の短いこと。

一四二＊女偊氏　『荘子』の大宗師《だいそうし》篇に見える人で、自然の道に任せて生きたので、たいへんな老人であったが少年のような顔色をしていたという。

＊無をもって首とし、生をもって背とし　『荘子』の大宗師篇にある話で、「孰《たれ》カ能ク以ツテ㆑無ヲ為シ㆑首ト、以ツテ㆑生ヲ為シ㆑

脊《せきト》、以《ツテ》レ死《ヲ》為《サン》レ尻《こうト》。孰《カ》知《ラン》二死生存亡之一体者《ナルヲ》一」というのは、人間の一生というものは、初めは無であり、それから生まれ、それから死ぬのである。

一四六＊蒲衣子　『荘子』の応帝王篇に見える真人《しんじん》。

＊秘鑰　秘密・隠微の物事を明らかにするかぎ、手びき。

一四八＊斑衣鱖婆　まだらの着物を着た鱖婆。鱖は淡水魚の一種。

一五三＊堅彊は死の徒、柔弱は生の徒　『老子』の七十六章にある句。人が生まれ出るとき、そのからだは柔弱であるが、死ぬとからだはかたくこわばる。万物草木も同様で、生ずるときは柔らかくもろいが、死ぬと枯れてかたくなる。だから、堅く強いものは死の仲間、柔らかく弱いものは生の仲間である。

一五八＊江国春風吹不起……　『碧巌録《へきがんろく》』にある宗教詩。江国の春風吹き立つとも見えず、鷓鴣《うずら》が花の奥で鳴いているのどかな日、三段の波浪をしのいで竜門《りゅうもん》を通過して竜と化した魚を、それとも知らず俗物がつかまえようとして夜の塘《いけ》で水をくみ出しているの意で、いつまでも古きを守って悟りの開けない人間を諷《ふう》しているものと思われる。

一五九＊天竜・夜叉……　天竜は、諸天と竜神。夜叉は、空中を飛行する鬼神。乾闥婆《けんだつば》と緊那羅《きんなら》は、帝釈天《たいしゃくてん》（天上界の王）に仕える楽神《がくしん》。阿脩羅《あしゅら》は、常に帝釈天と戦う神。迦楼羅《かるら》は、金翅鳥《こんじちょう》と訳し、木におり、竜を取って食とする、経典に見える想像上の鳥。摩睺羅伽《まごらか》は、釈迦如来《しゃかにょらい》の眷族《けんぞく》、地竜である。

＊非人　人にあらざる悪鬼その他を総称していう。

＊梵音　仏の声。

＊海潮音　衆生《しゅじょう》が南無《なむ》観世音《かんぜおん》を唱える声とともに、観世音菩薩《ぼさつ》が時をたがえず利益《りやく》を衆生に与えることにたとえていう。

＊世尊　仏の尊称。

＊増上慢　まだ最上の法および悟りを得ないのに、得たような気になり高慢になること。

＊阿羅漢　小乗の悟りをきわめた位の名。
＊辟支仏　悟りの一つの位。
＊浄業　西方浄土《さいほうじょうど》に往生《おうじょう》する善業《ぜんごう》。
＊羸劣　疲れおとっている。
一六〇＊観想　修行の一つ。心を一点に集中し、想念をこらして、迷いを払い、知見を深める。

悟浄歎異

一七一＊太上老君の八卦炉　太上老君は道教で老子《ろうし》をいう。老君が仙丹《せんたん》・金丹《きんたん》をねりあげるための炉。悟空はこの中に四十九日間も閉じこめられ、文武の火をもって焼かれたことがある。
＊金鐃　金のにょうはち。にょうはちはシンバルのような楽器。
一七三＊藕糸歩雲の履　悟空が花果《かか》山水簾洞《ざんすいれんどう》の大王であったころはいていたくつ。もと東海竜王のところから如《にょ》意《い》金箍棒《きんそうぼう》などといっしょに奪ったもので、北海王がはく蓮《はす》の糸で編みあげた雲の上を歩く飛行ぐつ。
＊蟠桃会　西王母《せいおうぼ》が宝閣を開放して、釈迦《しゃか》・老子《ろうし》・菩薩《ぼさつ》・聖僧・仙翁《せんおう》などを招待して開く宴会のこと。蟠桃は三千年に一度熟するもの（食べると仙人《せんにん》となる）、六千年に一度熟するもの（食べると飛昇でき不老長生となる）、九千年に一度熟するもの（食べると天地日月と寿命が同じになる）とがある。崑崙《こんろん》山上に住む西王母伝説と結びついている。
一七四＊唵嘛呢叭咪吽　梵語《ぼんご》のオーン・マニ・パドメー・フーンの音写で「おお、蓮華《れんげ》上の摩尼珠《まにしゅ》よ」という意味。ラマ教徒が、蓮華手菩薩《れんげしゅぼさつ》に未来の極楽往生を祈るときにとなえる呪《じゅ》。ラマ教では、この呪は、すべて福徳智慧《ちえ》および諸行《しょぎょう》の根本であるとして、口にとなえて功徳《くどく》があるばかりでなく、これを書いて身につけ、手に持ち、家に蔵しても生死の世界から解脱《げだつ》する因となるとする。
一八〇＊呉下の旧阿蒙　いつまでたっても学問などの進歩しない人をいう。三国時代、呉《ご》の呂蒙《りょもう》が主君の孫権《そんけん》にすすめられて勉学に励み、大いに進んだので、「非《あらズ》二復《また》呉下ノ阿蒙ニ一」（もはや昔の呉地方の蒙君ではない）」といわれた話がある。

解説

中島敦——人と作品

氷上英広

みじかい生涯　中島敦《なかじまあつし》は、明治四十二年（一九〇九）、東京に生まれ、昭和十七年（一九四二）に、東京で、持病の喘息《ぜんそく》がひどくなり、心臓が衰弱して、みじかい生涯《しょうがい》を閉じた。命日は十二月四日である。すでに太平洋戦争がはじまって、もう数日で一年になろうとするころであった。宣戦布告のニュースを、彼は南洋庁の小吏として、サイパン島で聞いた。そして十七年の三月に東京に帰ってきた。もう南洋に帰る気はなく、これまでの職を辞し、作家としての生活にはいろうとしていた。その年の『文学界』二月号に、「古譚《こたん》」という題下に彼の二つの短編「山月記」と「文字禍」がのり、つづいて五月号に「光と風と夢」ものり、文壇の一部では注目すべき新人と見られていたのであった。この新人は、しかし、登場したかと思うと、舞台をよぎって、あわただしく姿を消してしまったのだ。彼の作家としての活動は、きわめて短期間でありその名を後世にとどめる名作「李陵《りりょう》」「弟子」「名人伝」などは、彼の死後ようやく活字になった。中島敦の名を冠した全集は、死後二回出版されているが、そのなかから未定稿

幼少のころ

や卒業論文や初期作品や書簡といったものをのぞけば、あとに残る純粋な、一本立ちできる作品はあまり多くない。

作品の魅力とスタイル　中島敦の作品は、字画の多い漢字がならんでいて、現代人にはとっつきにくいのではないかと思われるが、彼を愛読する若い人たちはいつまでもたえない。そうした人たちの感想をきくと、みな一度読みだせば論理がすっきり通っているから、ついてゆくのに骨が折れないという。事実、思いだしてみると中島敦という人物は、話をしてもくどくどしいところがなく、理屈っぽい議論がまるでなく、常に的確で簡潔であった。昭和のはじめごろ、多くの優秀な学生が陥っていたような観念的で迂遠《うえん》な思弁からは遠かった。文学を批評するのでも、「おもしろい」とか「つまらないなあ」というだけで、それをいかにもおもしろそうに、あるいはつまらなそうに、抑揚をこめて発言し、それだけでへんに人を納得《なっとく》させる力があった。

かれの作品の、最大の魅力はそのスタイルにあるといえるだろうが、これは雄勁《ゆうけい》とでもいいたいような、率直で健康なリズムをもった漢文調のもの、あるいはその簡明な論理を基礎にした信念的なスタイルであって、これは意識的に試みたもの、ないしは付け焼き刃といったものではなく、どこまでも彼の精神の生地《きじ》そのものである。こうしたものは、「狼疾記《ろうしっき》」の中にあるように、「祖父伝来の儒家《じゅか》に育った」彼にしてはじめて可能であったものであり、その体質にまで化していたといえる。

彼の祖父は、撫山《ぶざん》と号した漢学者であり、江戸末期の著名な儒者亀田鵬斎《かめだほうさい》の孫弟子《まごでし》にあたる人であった。撫山には多くの子どもがあったが、敦の父田人《たびと》をふくめて、四人が漢学と深い関係があった。幼いときから、敦の身辺には牛若丸のような髪をゆって長い髯《ひげ》を二尺もたらした、時代離れした家匠や、羅振玉《らしんぎょく》を驚かした「斗南《となん》先生」の主人公のような奇異な、しかしひたむきな純粋さと一徹さを失わない人物が存在していた。中国の古典類に対する身近ないぶきが、中島のまわりには幼いころからあったのである。

しかしこうしたいわば伝統的な、東洋的なスタイルがたんに復古的、回顧的な愛着をよみがえらせるというのではなく、中島敦の場合にはこうした旧来のリズムがすこしもためらわずに近代的な西欧の感覚や思考や懐疑に広げられて、表現を駆使しているというところに、独自の魅力がある。近代精神の屈折には、翻訳調の欧文脈のスタイルだけがついてゆけるものと信じられているときに、中島敦は毅然《きぜん》としてひとつの反証を提出したといっても誇張ではあるまい。

学生時代と文学修業　中島は中学時代を、朝鮮の京城《けいじょう》ですごした。彼の父は国漢の教師として、その地の中学に勤務していたのである。修学旅行で、敦は満州を見た。彼の作品にはエクゾティシズムの要素が濃いが、そうしたものはこの朝鮮や満州あたりの印象からまず養われて

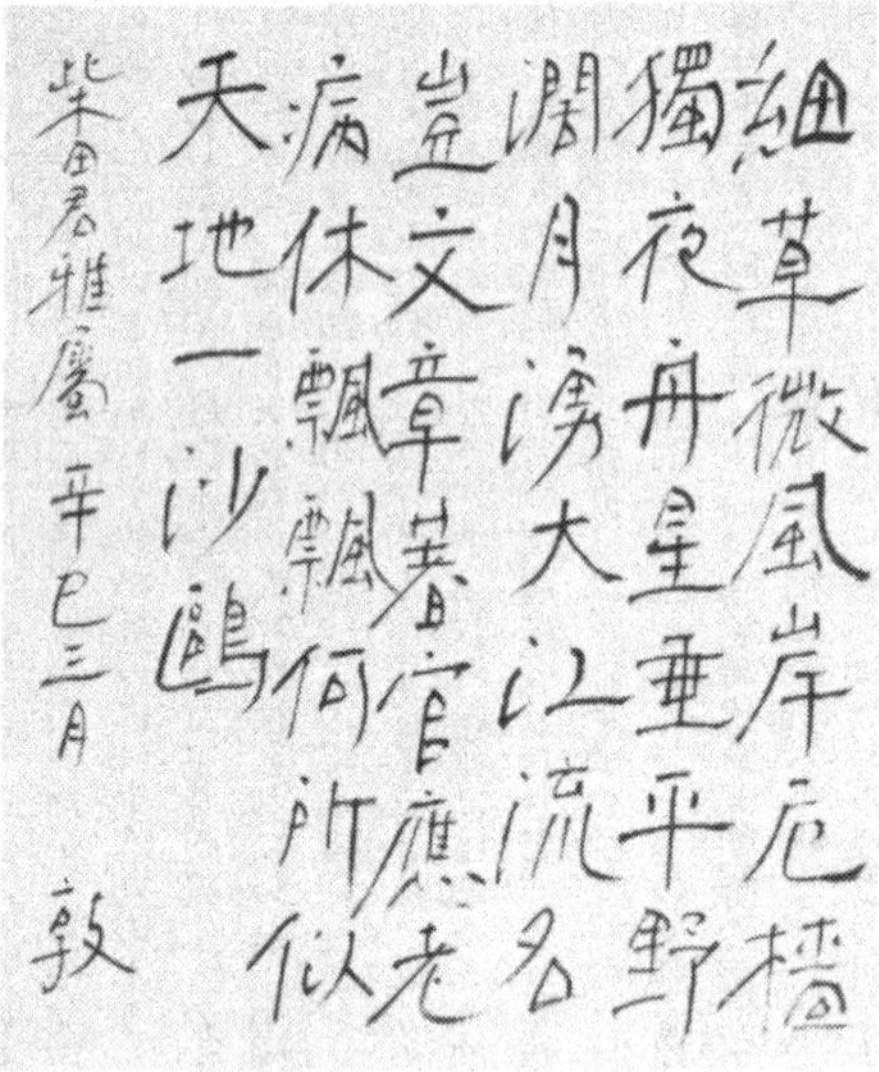
細草微風岸危檣
獨夜舟星垂平野
闊月湧大江流名
豈文章著官應老
病休飄飄何所似
天地一沙鷗
柴田君雅屬　辛巳三月
敦

敦の書

いったようである。京城中学の四年から旧制第一高等学校の文科甲類に入学したのは、大正十五年であった。東京へ出てきて、本郷向岡《ほんごうむこうがおか》の一高の寮にはいったが、二年生になると、肋膜炎《ろくまくえん》にかかって一年間休学するのやむなきに至った。療養に努めて肋膜炎は、なおったが、その後、喘息《ぜんそく》の発作《ほっさ》に見舞われることになった。彼に一生つきまとって、最期まで苦しめた喘息は、このころからはじまったのである。

一高で彼は文芸部委員になり、校友会雑誌にいくつかの小説を書いた。そのなかに「巡査の居る風景――一九二三年の一つのスケッチ」というのがある。私も委員をしていたので記憶しているのだが、彼はこれを、「蕨《わらび》・竹・老人」という伊豆《いず》の風物を背景にした牧歌的な短編とあわせて発表した。二つの原稿を私に見せたとき、中島は後者を説明して、「これは毒消しだ」といった。前のものは、当時日本の支配下にあった韓国人の意識を描いたもので、中島が中学時代をすごした京城が舞台になっている。そのころ（昭和四年）は、ようやく進歩的な学生に対する弾圧が強化されたときで、中島は自己の作品のふくむイデオロギーのためにそうした進歩的な連中と同一視されるのをいやがり、「蕨《わらび》・竹・老人」のような牧歌的なものと抱きあわせにしたのであった。中島は朝鮮や満州の実情を知っていた。しかしそうした体験は、政治批判的な材料よりもむしろエクゾティシズムとロマンティシズムとして文学的に発酵したのである。彼のような血筋の人間には、満州や中国に対して、観念的な把握《はあく》をこえた一種の親近感がつねにあったとしても、不思議ではない。しかし、少なくとも学生時代の彼についていうなら、彼はむしろそうした伝承的なものに意識的に反発し、もっと広い精神的地平を求め、しきりに欧米の文学や思想を耽読《たんどく》していたのであった。その痕跡《こんせき》は作品そのもののなかに、そしてまた特に彼の歌稿「遍歴」にあきらかである。

一高時代

彼はきわめて小がらで、強

度のめがねをかけていた。喘息《ぜんそく》の発作《ほっさ》のために、疲れきっている日々も少なくなかったが、性格的にはけっして憂鬱《ゆううつ》ではなかった。発作がおこると、まったくはた目にはどうなることかと思われるほどの苦悶《くもん》だが、そのひとときが過ぎると、たちまち日ごろの無垢《むく》な明朗さと哄笑《こうしょう》がもどってきた。その明哲な知性と飄逸《ひょういつ》なところと、人間的な善意には、独得な魅力があった。

東大では文学部の国文科を選んだ。その卒業論文は「耽美《たんび》派の研究」と題して、荷風《かふう》や潤一郎《じゅんいちろう》などを分析したもので、対象とした唯美《ゆいび》主義、ダンディズム、ディレッタンティズムといったものは、中島敦自身の一面であり、その所々にひらめいている批判的な一家言《いっかげん》は、彼のその後の作家的成長と思いあわせるとき、なかなかに興味がある。

教師生活と哲学的懐疑　卒業ということになったが当時は就職難の時代で、文科を出た者には容易に職がなかった。中島は横浜高等女学校の国語の教師となり、英語の時間も持つことになった。その校主が、中島の父にむかし教わったことがあって、父に来てもらいたいと頼んだのを、父は、大学を出てさしずめ職のない息子を推薦したのであった。この教師生活は結局八年つづいた。はじめはアパート暮らしをしていたが、やがて妻子とともに中区本郷町の丘の上に住んだ。

「かめれおん日記」や「狼疾記」には、この教師生活と、その心境が出ている。こうした作品の一特色は、そこに一種の哲学的懐疑、いわば存在論的な不安が書きこまれていることである。中島敦は、彼が子どものときからいだきつづけてきた「存在の不確かさ」といったものへの不安や疑惑を、いろいろなかたちで、その作品のなかに取りいれようとした作家である。この存在論的な懐疑が、女学生を相手にする授業、教員室的な狭い世界、単調な日常生活、持病の喘息といったものを背景にして、モノローグをつぶやきはじめる。この存在論的思索の線はたえず彼の作品の底にあるが、その最もみごとに結晶したものは傑作「悟浄出世《ごじょうしゅっせ》」である。

外国文学の影響　ところで、この「悟浄出世」の中に、悟浄が蒲衣子《ほいし》をたずねるくだりがある。蒲衣子というのは、流沙河《りゅうさが》の河底《かわぞこ》にすむ奇妙な賢者《けんじゃ》のひとりだが、かれとその弟子《でし》たちは「自然の秘鑰《ひやく》を探究する」連中である。探究者というより、むしろ陶酔者だ。かれらの努力は、自然を見て、しみじみと、その美しい調和の中に透過することである。弟子の一人はいう、「まず感じることです。感覚を、最も美しく賢く洗煉《せんれん》することです。自然美の直接の感受から離れた思考などとは、灰色の夢ですよ」。またいう。「心を深く潜ませて自然をごらんなさい。雲、空、風、雪、うす碧《あお》い氷、紅藻《べにも》の揺れ、夜、水中でこまかくきらめく珪藻《けいそう》類の光、鸚鵡《おうむ》貝《がい》の螺旋《らせん》、紫水晶《むらさきすいしょう》の結晶、柘榴石《ざくろいし》の紅、螢石《ほたるいし》の青。なんと美しくそれらが自然の秘密を語っているように見えることでしょう。」

しばらく前にこの個所を読みなおしたときに、これが何かに似ていることに、私は気がついた。そうだ、これはノヴァーリスなのだ。まさしくノヴァーリスの「ザイースの弟子《でし》」の冒頭である。その先に使われている「自然の暗号文字」ということばも、ノヴァーリスの使っているものである。ゆくりなくも私は、自分がかつてノヴァーリスの訳書を中島に送ったことがあるのを思いだした。

当時私は関西に住んでいたが、中島がドイツ語を勉強しだし、ノヴァーリスを読んでいると

横浜高女国語教師のころ
（前列中央が敦）

いうことで、小さな山本文庫の翻訳を一冊送ったことがある。そう思うと、中島の歌稿「遍歴」の中の「ある時はノヴァーリスのごと石に花に奇《く》しき秘文を読まんとはせし」という一首もこれに関連がある。

あの蒲衣子のくだりがノヴァーリスの思想をたくみに編みこんだものであることは、そうしたわけで、疑う余地がないと思うが、それにしても、なんとうまくこなしていることだろう。西遊記《さいゆうき》の悟浄《ごじょう》を懐疑派に仕立てて、流沙河《りゅうさが》の河底《かわぞこ》を思想遍歴させるという着想がすばらしいが、そこにノヴァーリスのロマン主義がもののみごとに織りこまれているのは、心にくいばかりである。中国の古典に取材した多くの作品から中島敦を想像する読者は、この作者を、漢籍に埋没している学究のように想像するかもしれないが、それは誤りである。彼は東西のあ彼は教師をやめ、南洋庁国語教科書編集書記というものになり、妻子を残して、ひとりパラオ諸島にむかった。中島がどうして南洋に行く気になったかというと、それはなによりもその気候が、持病の喘息《ぜんそく》にいいだろうと考えたからだが、もちろんエクゾティシズムもそれに加わっていたと思われる。実際に行ってみると、発作《ほっさ》がおさまるということはなく、ただ船に乗って島から島へ巡察をつづけている間だけが、からだのぐあいがよかったということである。

中島は同人雑誌にも関係せず、ひとりでポッポッものを書いていたのだが、南洋出発まえに、以前からときどき訪問していた深田《ふかだ》久弥《きゅうや》のもとにいくつかの原稿を残して行った。深田の推薦で、「古譚」や「光と風と夢」が、中島のいないうちに『文学界』に掲載されたのであった。「光と風と夢」は芥川《あくたがわ》賞候補にもなったが、以上のような関連で、中島の南洋行き以前に書きあげられたことは確かである。その題材が、イギリスの文人スティヴンスンのサモア島における生活というわけで、中島の南洋における実地の体験が盛りこまれているように思われるが、そうではない。

中島は三月に東京に帰ってきた。彼はようやく宿願ともいえる創作活動にうちこむことができるかと思った。事実彼は数か月間、世田谷《せたがや》の父の家にあって専心、仕事に没頭したのであった。「名人伝」「弟子」「李陵《りりょう》」といった名作が、たてつづけに書きあげられた。しかし、彼の肉体はこのはげしい燃焼にたえられなかったのだ。

らゆる文学や哲学から、その栄養を摂取していた。アナトール・フランスを読み、アミエルを読み、ハックスレーを読み、オー・ヘンリーを読み、ゲーテを読み、スティヴンスンを読み、そしてノヴァーリスを読んでいたのである。そのかたわら、高青邱《こうせいきゅう》も王維《おうい》も、杜甫《とほ》も李白《りはく》も、『史記』も『左伝《さでん》』も読んでいたのである。草花つくりに夢中になったり、将棋の古い棋譜《きふ》を研究したり、スポーツの記録をむやみにおぼえたりしていた。元来記憶力が非常によく、一高生のときはドイツ語の試験などは、訳文を、まるおぼえにすることもあった。

南洋行と名作の実り　中島のエクゾティシズムは、昭和十一年中国や小笠原《おがさわら》への旅行となってあらわれ、その印象は「遍歴」の中の歌稿となって残っているが、昭和十六年になると、いよいよ南洋行きというかたちを取ることになった。この年六月、

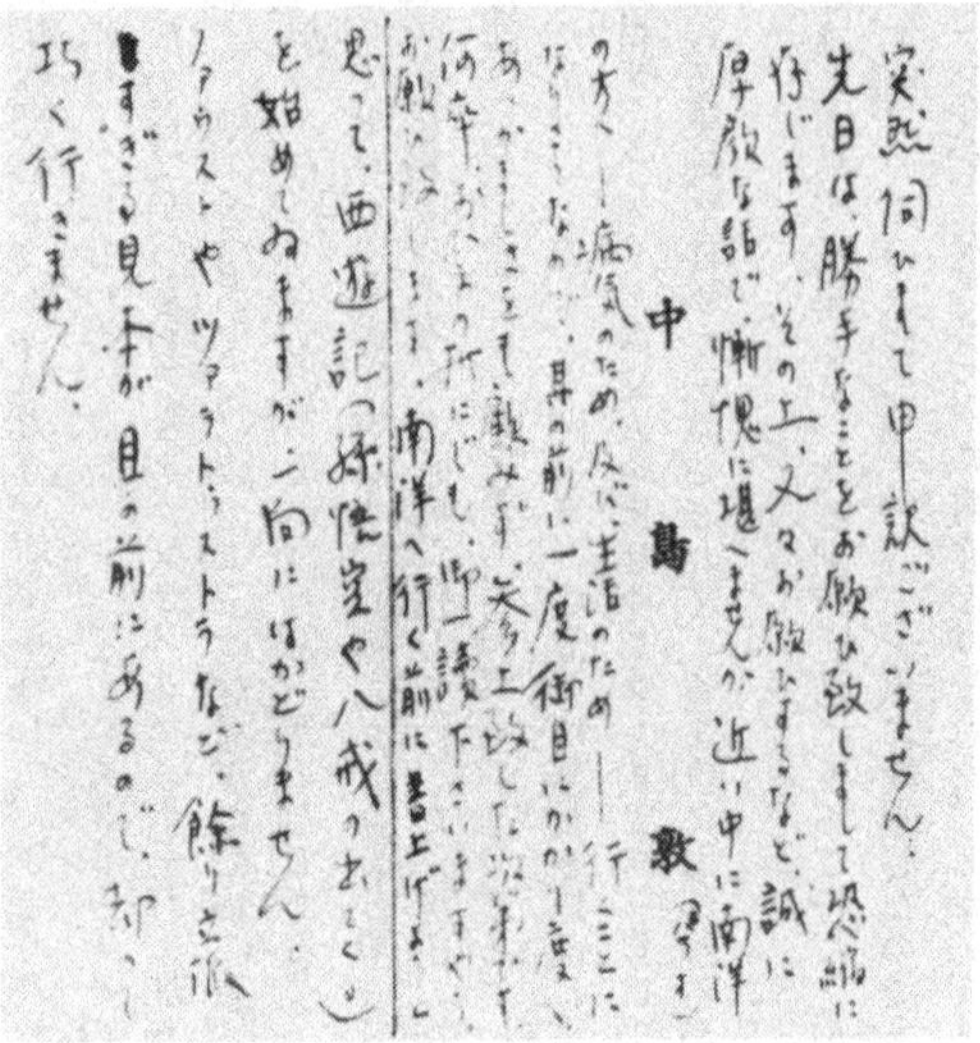
突然伺ひまして申訳ございません。
先日は、勝手なことをお願ひ致しまして恐縮に
存じます。その上、又々お願ひするなど、誠に
厚顔な話で慚愧に堪へませんが近い中に南洋
中島　敦
の方へ（病気のため、及び、生活のため――）行くことに
なりさうなので、其の前に一度御目にかかり度く、
あつかましいことも顧みず参上致した次第です。
何卒、およろしい折にでも、御一読下さいますやう
お願ひ致します。南洋へ行く前に書上げようと
思って、西遊記（孫悟空や八戒の出てくる）
を始めてゐますが、一向にはかどりません。
ファウストやツァラトゥストラなど、余りに立派
すぎる見本が目の前にあるので、却って
巧く行きません。

昭和16年 南洋出発前に深田久弥を尋ねたおりの書き置き

中島敦の狼疾《ろうしつ》について

武田泰淳

中島敦《なかじまあつし》を魅惑したものは何物であったろうか。

たとえばそれは、子が父を憎むこと、父が子を恐れること、はては子がその父を殺すことなどであった。これは暗い、ありうべからざるほど暗い事実だ。人間があれほどたいせつに守っているもの、その中に身を置いて安心し、そこにとじこもって世間をながめられる堡塁《ほうるい》のような倫理道徳を、その石垣《いしがき》の一つ一つ、その煉瓦《れんが》の一片ずつを蝕《むしば》み、ゆるませ、ホロホロと剝落《はくらく》せしむる事実である。

中島敦の「古俗」二編は、わが子に対する父のこの種の恐怖をとりあつかっている。「盈虚《えいきょ》」は衛《えい》の荘公《そうこう》、「牛人」は魯《ろ》の叔孫豹《しゅくそんひょう》、ともに政治家の陰惨な最期《さいご》をテーマにしている。中島は中国古典に記録されたこれらの事件を、きわめてわずかな修飾を加えただけで発表している。しかし古代文献のあの明確痛烈な文体を、よく日本語、ことに中島自身のことばに改めている。「古俗」二編にかぎらず、「山月記」も唐《とう》の李景亮《りけいりょう》の伝奇をほとんど全文を完全に摂取して、一点の濁り、乱れのない短編となしている。彼には、戯作者《げさくしゃ》的な付加物で、水を割り、角をとり、近代ふうな弱さの色づけをすることができないのだ。歴史的事実の外側に甘い空想の幕をはりめぐらす心のゆとりはない。中国古代の事実は、事実だけで純粋に彼の心を打つ。ことに、子に殺される政治家の運命の事実が、彼を瞬時にしてとらえてしまうのだ。

「わが西遊記」の跋文《ばつぶん》で、平田次三郎《ひらたじさぶろう》氏は、中島の作品のほとんどすべてが、フィクションである点を強調している。しかしこれは誤解をまねきやすい批評である。

「山月記」も「古俗」も、それぞれりっぱな短編的構成を持っている。いわゆる創作、虚構にたくみな芥川《あくたがわ》的短編の外貌《がいぼう》を持ってはいる。しかしこれらはけっしてフィクションではない。とりわけ作者中島にとっては、フィクションではない。中国の古典を忠実に、かつ謙虚《けんきょ》に、自分の心を打つ記録として受け取っている以上、そこには彼の虚構をたくましくする創造的工作は、きわめてわずかしか働いてはいないのだ。しかもこの点にこそ、中島の全作品をつらぬく一つの態度、彼自身が「病気」と呼んだ、あの傾向が示されている。

彼が中国古代の政治家たちの死を、自己の物語中の事件としてとらえるより、むしろその古い死が現在の彼をつかまえてしまう。そういう言い方が許されるほど、彼とこれらの古典記録とは、運命的な接触、気味のわるい親しさを持ち合っている。

叔孫豹《しゅくそんひょう》はわが子の豎牛《じゅぎゅう》に看病され、ついには餓死せしめられる。死にかかった彼は、枕《まくら》もとに立つ、このえたいの知れぬ笑いをうかべた牛男を見上げている。すると「その貌《かお》はもはや人間ではなく、まっ黒な原始の混沌《こんとん》に根をはやした一個の物のように思われる。叔孫豹は骨の髄《ずい》まで凍る思いがした。己《おのれ》を殺そうとする一人の男に対する恐怖ではない。むしろ、世界のきびしい悪意といったようなものへの、へりくだった懼《おそ》れに近い」

「牛人」ではこの懼れは陰険そのもののごとき一牛男に象徴されている。しかして、この懼れは彼の全作品の底を流れる暗い色調をなすものである。世界のきびしい悪意に対するへりくだった懼れ、それが彼を、これらの古代史実に吸いよせたのであり、「過去帳」二編におけるみごとな自己告白をさせたのであり、やがて「光と風と夢」や「弟子」「李陵《りりょう》」のごとき長編へとひきずっていくのである。

中村光夫氏は中島の最もよき理解者である。彼が『批評』に発表した中島論は三回読んで三回ともおもしろかった。しかも二、三の見落としはあるようである。たとえば「山月記」が中国で歓迎されたかのごとく考えているが、それはまちがいであろう。中島の作品集を上海《シャンハイ》で翻訳出版した太平書局の性格からしても、また私が以上のべた長所が中国の読者には逆効果をもたらすことからも、これはあやまりである。もう一つは中村は中島の作品中、「過去帳」の二編、すなわち「かめれおん日記」と「狼疾記《ろうしっき》」を低く評価しているが、この点に私は反対である。

これら中島の私小説的作品を軽視する傾向は平田にもあるようだし、また彼を『文学界』に推薦した河上徹太郎《かわかみてつたろう》氏の「この作者は、日本的アナトール・フランスといった新人作家だと、私は思っている」ということばにもあらわれている。これらの評価は、それぞれ同情ある理解の美しさの下にかくれてはいるが、私はやはり中島論、ひいては作家の狼疾とその作品の関係をのべるために、これをほじくりだしたい欲求をおぼえる。

「わが西遊記」におさめられた「過去帳」二編は、技術的にも思想的にも、完成した作品である。ことに「世界のきびしい悪意に対する、へりくだった懼《おそ》れ」を現代的感覚で表現した点で、新しさ、ことに戦後の文学の新しさを予言し、啓示している作品である。現今もてはやされている椎名《しいな》麟三《りんぞう》的暗さはここですでに梶井《かじい》基次郎《もとじろう》的繊細さで、豊富に、しかも美しくたくわえられている。

中島の暗さは、詠嘆《えいたん》的、抒情《じょじょう》的なものではない。むしろ極端に理知的で、正確なものである。彼は小学校四年のころ、受け持ちの教師から地球の運命についての話をきいた。地球が冷却し人類が滅びる、こわい話である。太陽までが消えてしまうのだ。太陽が冷え、消えて、まっ暗な空間をただぐるぐるとだれにも見られずに黒い冷たい星どもが廻っているだけになってしまう。それを考えると彼はたまらなかった。彼には、それからいつも、この種のたまらなさがついてまわるのである。

彼は何事をも永遠と対比して考えるために、まずその無意味さを感じてしまうのである。理屈で考えるのではなくアアツマラナイナアと腹の底から感じいっさいの努力を抛棄《ほうき》してしまうのだ。自我の不可解さ、人間的存在の不安さが重なり重なって、万事を無意味、愚劣な、一種の灰色の腹だたしい気分に追いやってしまう（なんと椎名的人物のせりふに似ていることだろう）。

彼はある時、料理屋で食事をしている一人の男の頸《くび》のつけねに瘤《こぶ》を発見する。すると、それがたまらなく彼を吸いよせ、彼にはたらきかける。その瘤は「この男の横顔や首のあたりの、赤黒くよごれて毛穴の見える皮膚とは、まるで違って、洗いたての熟したトマトの皮のように張り切った赤銅《しゃくどう》色の光である。この男の意志を蹂躙《じゅうりん》し、彼からは全然独立した、意地の悪い存在のように、その濃紺《のうこん》の背広のカラーと短く刈り込んだ粗《あら》い頭髪との間に蟠踞《ばんきょ》した肉塊——宿主《しゅくしゅ》の眠っている時でもそれだけは秘《ひそ》かに目ざめて嗤《わら》っているような醜い執拗《しつよう》な寄生者の姿が、なにかしら三造にギリシア悲劇に出てくる意地の悪い神々のことを考えさせた。こういう時彼はいつも、えたいの知れない不快と不安とをもって、人間の自由意志の働きうる範囲の狭さ（あるいはなさ）を思わないわけにいかない」

このようにして、彼の一生活人としての、この不快と不安は、作家としての彼の不快と不安の上に重なり合ってますます色濃いどす黒さを加える。なぜならば、中島は、自分がこの種の不快と不安を追求していくことによって自己の文学を完成しているのだとは、けっして信じてはいないからだ。自我にばかりかかずらっている自分自身を、非文学的だとさえ考えた季節があったからだ。それは西遊記《さいゆうき》の妖怪悟浄《ようかいごじょう》が、けっして悟浄たることに満足せず、兄弟子《あにでし》悟空《ごくう》の実行力に畏敬《いけい》の念をいだきつつも、しかも悟浄たることをやめえないのと同一である。

彼は考える。というより、彼はなんとかこの特殊な作家的存在を自己弁護しようとする。女や酒に身を持ちくずす男があるように、形而上的《けいじじょう》貪欲《どんよく》のために身を亡ぼす自分のような男があってもいいはずではないか。酒と女に身を持ち崩す男が、欣《よろこ》んで文学の素材とされるのになぜ自分のような存在が文学に取り上げられないのか。彼は自分のこの奇妙な自我、今まで文学の素材とされなかった自我を文学の素材としてかまわないのだと、何回となく自分に言いきかせる。しかしダメなのだ。そうして苦しんだあげくには、自分の文学的行為までが無意味に、愚劣にさえ想《おも》われてくるのだから。

彼の場合には、自分が文学とはなりえそうもないと感じている素材について、それをこねまわすよりほか方法を持たぬ、その自分の状態以外に、たよるものがないのである。だから悟浄はそのような自分がイヤなのだ。悟空のように闊達無碍《かったつむげ》の働き、どうしてもそれをせずにいられないものが内に熟してきて、おのずと外に現われる行為、その自由な行為ができない自分がイヤなのだ。かくして彼は、自分の文学的行為のうちに、その自由な、またそのゆえに必然的な行為を発見することができないでいる。(「悟浄出世」「悟浄歎異」)

彼は世界の悪意に対して、謙虚《けんきょ》なる懼《おそ》れをいだく、と言った。この謙虚なるという点が重大なのである。彼は自分の周囲に、まるで造物主の悪意の表現のような人物たちを見いだす。国語の教師の吉田、事務員のM氏、それら椎名《しいな》的人物を、彼はきわめて椎名的率直さで、椎名より緻密《ちみつ》に観察する。吉田は疲れることを知らぬ有能な事務家であり、てれることを知らず関西弁でしゃべりまくり、他人の給料の表をつくる男である。M氏は自分の女房が「日本名婦伝」に記載されていると言って、紫式部《むらさきしきぶ》などの名とならべて印刷された出版物のそこの個所を示す男である。

中島はこれらの人々をけっして、自分より愚劣だとは、あるいはただそれだけだとは考えていない。それらの人物を人間喜劇として書き上げる行為を、ただそれだけでは文学とは思っていない。むしろ彼らによってひきおこされた、一種うす気味わるい恐ろしさと、へんな腹だたしさとの交じった妙な気持ちに襲われる、その自分が切りはなせないのだ。その意味では彼は、アナトール・フランスよりむしろドフトエフスキー的出発点に立っている。

その中島がではなぜ、一見、アナトール・フランス的、メリメ的と考えられそうな短編を残したか。そして他のスタイル、他の方向をえらぶことができなかったのか。

「狼疾《ろうしつ》」という文字を中島が使用していること、他のだれでもなくて中島が使用していることの意味は深いのである。狼疾とは「指一本惜しいばっかりに、肩や背まで失うのに気がつかぬ、それを狼疾の人という」と孟子《もうし》にあることばである。指一本とは中島の自我であり、その自我にこだわる文学的状態である。肩や背とは生活体としての中島の全存在であり、また彼がまさにそこに自分の外にあると目する文学、悟空《ごくう》的自由と三蔵《さんぞう》的広大さを持つ文学である。

中島ははげしい狼疾をわずらっている。彼は指のために肩を失わんとしている。

中島は「過去帳」を書くことによりフィクションやロマンを棄《す》てなければならぬかもしれない。いわゆる「文学」をはなれねばならぬかもしれぬ。事実彼は離れ、棄てたのだ。「弟子」や「李陵」にしても、フィクション、ロマンというにはあまりに史実の比重がつよい。中国の歴史の暗さ、古代の歴史の重さが、彼の現在の重苦しさにふさわしい、ただそれだけの理由で、それらは彼を、日常的な「文学」の対象からグイと自分の方へ、招きよせる。中国古典に近くない者の眼から見てはこれが作家の冒険、虚構と見えるかもしれぬが、彼自身にとっては日常の重い足どりのちょっとした痕跡《こんせき》、行きずりに踏んだ古い碑《いしぶみ》の破片の音なのである。

悟浄は水底深く悩みに悩んだのち、法師の力で、水を脱して人間となり、聖天大聖孫悟空《せいてんたいせいそんごくう》に勇気づけられながら新しい遍歴の途に上る。それと同様に彼は史実や古記録にまねきよせられ、それをたよりに、きわめてへりくだった態度で、少しずつ世界の悪意に対する自己の懼《おそ》れを明らかにしていく。だがそれで問題は解決されてはいない。不満はその方法では消えないのだ。だから「悟浄出世《ごじょうしゅっせ》」において悟浄は次のごとく独語するのだ。

「どうもへんだな。どうも腑《ふ》に落ちない。分からないことを強《し》いて尋ねようとしなくなることが、結局、分かったということなのか？　どうも曖昧《あいまい》だな！　あまりみごとな脱皮《だっぴ》ではないな！　フン、フン、どうも、うまく納得《なっとく》がいかぬ。とにかく、以前ほど、苦にならなくなったのだけは、ありがたいが……。」（一六一ページ）

　彼はもとより相変わらず、不快不安である。そしていつも、「このままでは、第一流の作品となるのには、どこか（非常に微妙な点において）欠けるところがあるのではないか」と思いなやみ、思いつめている。それは「山月記」の李徴《りちょう》が、おのれの詩業に絶望し狂悖《きょうはい》の性はいよいよ発し、執念はいつか彼を猛虎《もうこ》と変じ、残虐なその日その日を送りつつも、産を破り心を狂わせてまで生涯《しょうがい》執着《しゅうちゃく》したその詩をせめて人の世に残したしの一念を断ちえない、あの人虎《じんこ》と化した詩人の詩が、格調高雅《こうが》、意趣卓逸《たくいつ》であり、作者の才の非凡を思わせながら、ついに第一流の作品となりえなかった不思議さに通ずるのである。

　かくして、何か欠けている、何か非常に微妙な点が、と彼は思いに沈むのである。だが彼はほんとうにそれが欠けていたのだろうか。彼の作品は人虎の詩のごとく、ついに「人間」の詩に及ばぬのだろうか。

　私は、彼にそれが欠けていた、とは考えない。彼があるいは頭脳にえがいた、いわゆる「文学」の意味では欠けていた。彼がただ単に悟空《ごくう》の自由さや、三蔵《さんぞう》の弱さの強さなどに心惹《ひ》かれ、世のいわゆる文学の内容形式にとらわれていたのなら、その旅につきしたがっていたのなら、それは欠けていたのである。しかし彼はすでに、世の文壇の悟空と三蔵、彼自身の自我以外の場所で栄えた文学からは、脱走していたのだ。彼の「過去帳」は彼の無意識の脱走の、忠実無比な記録であり、それゆえに戦後において新しさを保ちえているのだ。彼にこの無意識の脱走がなかったのなら、彼の古俗古譚《こたん》は、単なるエキゾティズム、アナトール・フランスの日本版としてとどまるにすぎぬ。だが中島が求めていた非常に微妙なものは、彼の懼《おそ》れの中へ沈潜、彼の無意識の脱走のうちにじつに自然に、彼自身が気づかぬほどひそやかに、あたかも石の花がひらき、嬰児《えいじ》が声なき声を発しはじめるように、準備されていたのである。

作家の狼疾《ろうしつ》は作家を苦しめる。それは作家自身、理解できぬほど、あまりにも彼独自の疾病であるために、彼はそれによってみずからを高めつつも、それを意識せずして苦しまねばならぬ。そして、そのことによってのみ、彼は脱走に成功するのである。狼疾は作家をおびやかし、かつ、きたえる。それと反対に、狼疾なき作家は、おびやかされず、きたえられず、ついに脱走しえない。したがって新しきものを創造できないのである。

中島はついに自己の狼疾をいやす方法を発見しなかった。ましてそれを利用して作品を読者に近づけようなどとは考えもしなかった。しかしその彼を苦しめつづけた狼疾、彼が厭悪《えんお》し、みずから非文学的とさえ思い到ったその彼の自我は、いつの間にか、彼以外の何者も書けなかった新しき文学へと、彼をみちびきつつあったのである。

参考文

李陵伝《りりょうでん》

班《はん》　固《こ》

陵《りょう》、字《あざな》は少卿《しょうけい》。少《わか》くして侍中《じちゅう》・建章《けんしょう》の監《かん》と為《な》る。騎《き》射《しゃ》を善《よ》くし、人を愛《あい》し、謙譲《けんじょう》にして士《し》に下《くだ》り、甚《はなは》だ名誉《めいよ》を得《え》たり。武帝《ぶてい》以《もっ》て広《こう》（祖父李広）の風《ふう》有《あ》りと為《な》し、八百騎《き》に将《しょう》たら使《し》む。深《ふか》く匈奴《きょうど》に入《い》ること二千余里、居延《きょえん》を過《よぎ》り、地形《ちけい》を視《み》、虜《ろ》を見《み》ずして還《かえ》る。拝《はい》して騎都尉《きとい》と為《な》り、勇敢《ゆうかん》なるもの五千人を将《ひき》いて、射《しゃ》を酒泉《しゅせん》・張掖《ちょうえき》に教《おし》え、以《もっ》て胡《こ》に備《その》う。数年、漢《かん》、弐師《じし》将軍を遣《つかわ》して大宛《だいえん》を伐《う》たしむ。陵《りょう》をして五校《ごこう》の兵《へい》に将《しょう》として後《あと》に随《した》がわ使《し》む。行《ゆ》きて塞《とりで》に至る。弐師《じし》の還《かえ》るに会《かい》せんとす、上《しょう》、陵《りょう》に書《しょ》を賜《たま》い陵《りょう》をして吏士《りし》を留《とど》め、軽騎《けいき》五百と敦煌《とんこう》を出《い》でて塩水《えんすい》に至り、弐師《じし》を迎《むか》えて還《かえ》り、復《ま》た留《とどま》りて張掖《ちょうえき》に屯《とん》せしむ。天漢《てんかん》二年、弐師《じし》、三万騎に将《しょう》として酒《しゅ》泉《せん》を出《い》で、右賢王《ゆうけんおう》を天山《てんざん》に撃《う》たんとし、陵《りょう》を召《め》し、弐師《じし》の為《た》めに輜重《しちょう》を将《ひき》い使《し》めんと欲《ほっ》す。陵《りょう》、武台《よだい》に召見《しょうけん》せられ、叩頭《こうとう》して自《み》ずから請《こ》うて曰《い》わく、「臣《しん》が将《ひき》いる所《ところ》の辺《へん》に屯《とん》する者《もの》は、皆《み》な荊楚《けいそ》の勇士、奇材剣客《きざいけんかく》なり。力《ちから》は虎《とら》を扼《やく》し射《しゃ》は命《めい》ずるところに中《あ》つ。願《ねが》わくは自《み》ずから一隊《いったい》に当《あた》るを得《え》、蘭干山《らんかんざん》の南《みなみ》に到《いた》って単于《ぜんう》の兵を分《わか》ち、専《もっぱ》ら弐師《じし》の軍《ぐん》に郷《むか》わ令《し》むること毋《な》からしめん」と。上曰《しょうい》わく、「将悪《はたいず》くに相《あ》い属《しょく》せんとする邪《か》。吾《わ》れ軍を発すること多く、騎《き》の女《なんじ》に予《あと》うるもの毋《な》し」と。陵対《りょうこた》う、「騎《き》を事《こと》とする所無《ところな》し。臣願《しんねが》わくは少《しょう》を以て衆《しゅう》を撃《う》たん。歩兵五千人もて単于《ぜんう》の庭《てい》に渉《わた》らん」と。上《しょう》、壮《そう》として之《こ》れを許す。因《よ》りて彊弩都尉《きょうどとい》路博徳《ろはくとく》に詔《みことのり》して兵《へい》を将《ひき》い半道《はんどう》に陵の軍を迎えしむ。博徳《はくとく》は故《もと》の伏波《ふくは》将軍なり。亦《ま》た陵の後距《うしろのまもり》と為《な》るを羞《は》ず。奏《そう》して言《い》えらく、秋に方《あた》り匈奴《きょうど》の馬肥《うまこ》え、未《い》まだ与《とも》に戦う可《べ》からず。臣願わくは陵を留《とど》めて春に至り、倶《とも》に酒泉《しゅせん》・張掖《ちょうえき》の騎《き》各〻《おのおの》五千人を将《ひき》い、並びに東西の浚稽《しゅんけい》を撃《う》たん。禽《とりこ》にすることを必らずとす可しと。書奏《そう》せらる。上怒《しょういか》る。疑《うたご》うらくは、陵、悔《く》いて出《い》ずることを欲せず、博徳《はくとく》に教えて上書《じょうしょ》せしむと。迺《すな》わち博徳《はくとく》に詔《みことのり》す、吾《わ》れ李陵に騎を予《あた》えんと欲《ほっ》せしに、少を以《もっ》て衆を撃たんと欲すと云《い》う。今虜《いまりょ》、西河に入る。其《そ》れ兵を引きて西河に走《おもむ》き、鉤営《こうえい》の道を遮《さえぎ》れと。陵に詔《みことのり》す、九月を以て発し、遮虜《しゃりょ》の鄣《とりで》を出《い》で、東浚稽山《ひがししゅんけいざん》の南、竜勒水《りょうろくすい》の上《ほと》りに至り、徘徊《はいかい》して虜《ろ》を観《み》、即《も》し見《み》る所亡《ところな》くんば、浞野侯趙破奴《さくやこうちょうはど》の故道《こどう》に従《した》がって、受降城《じゅこうじょう》に抵《かえ》り士《し》を休《やす》めよ。騎《うま》置《つぎ》に因《よ》りて以聞《いぶん》（奏上）せよ。博徳と言《い》う所の者《こと》云《い》何《か》ん。具《つぶさ》に書《しょ》を以て対《こた》えよと。陵、是《ここ》に於《お》いて其の歩卒《ほそつ》五千人を将《ひき》い居延《きょえん》を出《い》でて北《きた》し、行くこと三十日。浚稽山《しゅんけいざん》に至って止《とど》まり営《えい》す。過《す》ぐる所の山川地形を図《えが》きしを挙《あ》げて、麾下《きか》の騎《き》の陳歩楽《ちんほらく》をして還《かえ》りて以聞《いぶん》せ使《し》む。歩楽召見《ほらくしょうけん》せられ、陵、将率《しょうすい》として士の死力を得たることを道《い》う。上甚《しょうはなは》だ説《よろこ》ぶ。歩楽を拝《はい》して郎《ろう》と為《な》す。

陵、浚稽山《しゅんけいざん》に至って、単于《ぜんう》と相《あ》い直《あ》う。騎、三万可《ばか》りなり。陵の軍を囲む。軍、両山（東西両浚稽山）の間に居る。大車《だいしゃ》を以て営《えい》と為《な》す。陵、士《し》を引《ひ》きて営《えい》の外《そと》に出《い》で陣《じん》を為《つく》る。前行《ぜんこう》には戟盾《げきじゅん》を持たしめ、後行《こうこう》には弓弩《きゅうど》を持たしむ。令《れい》して曰《い》わく、「鼓声《こせい》を聞かば縦《はな》て。金声《きんせい》を聞かば止《とど》まれ」と。虜《ろ》、漢軍の少《すく》なきを見、直《ただち》に前《すす》んで営に就《おもむ》く。陵、搏《くみうち》して戦《たたか》い之《こ》れを攻《せ》め、千弩《ど》倶《とも》に発し弦《げん》に応《おう》じて倒《たお》る。虜《ろ》、還走《かんそう》して山に上《のぼ》る。漢軍追撃《ついげき》し、数千人を殺す。単于《ぜんう》大いに驚き、左右地《さゆうち》の兵八万余騎を召《め》して陵を攻む。陵、且《か》つ戦い且《か》つ引き、南行すること数日、山《さん》谷中《こくちゅう》に抵《いた》る。連《しき》りに戦い、士卒《しそつ》、矢《や》に中《あた》って傷つく。三創《そう》の者《もの》は輦《くるま》に載《の》せ、両創《りょうそう》の者は車を将《ひ》かせ、一創の者は兵（武器）を持《じ》して戦《たたか》わしむ。陵曰《い》わく、「吾《わ》が志気《しき》少《すこ》しく衰《おとろ》う。鼓《つづみう》って起《た》たざる者《は》何《な》んぞ也《や》。軍中豈《あ》に女子有る乎《か》」と。始め軍の出《い》でし時、関東《かんとう》の群盗《ぐんとう》の妻子《さいし》にして辺《へん》に従《うつ》さるる者《もの》、軍に随《した》がって卒《そつ》の妻婦《さいふ》と為《な》り、大いに車中に匿《かく》る。陵、捜《さが》して得《え》、皆な剣《つるぎ》もて之《こ》れを斬《き》る。明日復《ま》た戦い、斬首《ざんしゅ》三千余級。兵を引きて東南《ひがしみなみ》し、故《もと》の竜城《りゅうじょう》の道に循《した》ごう。行くこと四五日、大沢《だいたく》の葭《か》葦《い》の中《うち》に抵《いた》る。虜《ろ》、上風従《じょうふうよ》り火を縦《はな》つ。陵《りょう》も亦た軍中に令《れい》して火を縦《はな》ち以て自《み》ずから救う。南行《なんこう》して山下に至る。単于《ぜんう》、南山《なんざん》の上《うえ》に在り。其《そ》の子《こ》をして騎を将《ひき》いて陵を撃た使《し》む。陵の軍、歩《かち》にて樹木《じゅもく》の間《かん》に闘《たたか》い、復《ま》た数千人を殺す。因《よ》りて連弩《れんど》を発して単于《ぜんう》を射《い》る。単于《ぜんう》下《くだ》って走る。是《こ》の日捕《とら》え得《え》たる虜《ろ》言《い》う、「単于《ぜんう》曰《い》わく、『此《こ》れ漢の精兵《せいへい》なり。之《こ》れを撃《う》ちて下《くだ》すこと能《あた》わず、日夜《にちや》吾れを引きて南《みなみ》のかた塞《とりで》に近づかば、伏兵《ふくへい》有ること毋《な》きを得《え》ん乎《や》』と。諸当戸《しょとうこ》（匈奴《きょうど》の官名）の君長《くんちょう》皆《み》な言う、単于《ぜんう》自《み》ずから数万騎を将《ひき》いて漢の数千人を撃ち、滅《ほろぼ》すこと能《あた》わざれば、後《のち》以て復《ま》た辺臣《へんしん》を使《つこ》うこと無けん。漢をして益々《ますます》匈奴《きょうど》を軽《かろ》んぜ令《し》めん。復《ま》た山谷の間に力戦し、尚《な》お四五十里して平地《へいち》を得《う》るも、破ること能《あた》わざれば迺《すなわ》ち還《かえ》らん」と。是の時《とき》、陵の軍益々《ますます》急《きゅう》なり。匈奴の騎多く、戦《たたこ》うこと一日に数十合《ごう》。復《ま》た虜《ろ》二千余人を殺傷《さっしょう》せり。虜《ろ》、利《り》あらず、去《さ》らんと欲《ほっ》す。会々《たまたま》陵の軍候《ぐんこう》管敢《かんかん》、校尉《こうい》の辱《はずか》しむる所と為《な》り、亡《に》げて匈奴《きょうど》に降《くだ》る。具《つぶさ》に言う、陵の軍、後救《こうきゅう》無く、射矢《しゃし》且《まさ》に尽《つ》きんとす。独《ひと》り将軍の麾下《きか》及び成《せい》安侯校《あんこうこう》、各《おのおの》〻八百人前行《ぜんこう》と為《な》り、黄《こう》と白《はく》とを以《もっ》て幟《のぼり》と為《な》す。当《まさ》に精騎《せいき》をして之《こ》れを射使《いし》めば、即《すな》わち破れんと。成安侯者《せいあんこうは》潁川《えいせん》の人なり。父《ちち》は韓千秋《かんせんしゅう》。故《もと》の済南《さいなん》の相《しょう》にして、奮《ふる》って南越《なんえつ》を撃ち、戦死せり。武帝、子《こ》延年《えんねん》を封《ほう》じて侯《こう》と為《な》し、校尉《こうい》を以て陵に随《したが》う。単于《ぜんう》、敢《かん》を得て大いに喜び、騎をして並《なら》んで漢軍を攻め使《し》め、疾《はげ》しく呼《よ》ばわって曰《い》わく、「李陵《りりょう》・韓延年《かんえんねん》、趣《すみや》かに降《くだ》れ」と。遂《か》くして道を遮《さえぎ》り急に陵を攻む。陵は谷中《こくちゅう》に居《お》り、虜《りょ》は山上に在り。四面より射《い》、矢《や》は雨の下《ふ》るが如し。漢軍南行《なんこう》し、未《い》まだ鞮汗山《ていかんざん》に至らずして、一日五十万矢《し》皆な尽《つ》く。即《すな》わち車を棄《す》てて去《さ》る。士尚《な》お三千余人あり。徒《た》だ車輻《しゃふく》を斬《き》りて之《こ》れを持ち、軍吏《ぐんり》は尺刀《せきとう》（短刀）を持ちて、山に抵《いた》って陿《きょう》（狭）谷《こく》に入《い》る。単于《ぜんう》、其の後《あと》を遮《さえぎ》り、（やまの）隅《くま》に乗《よ》って壘石《るいせき》を下《くだ》す。士卒多く死し、行くを得《え》ず。昏《く》れて後《のち》、陵、便衣《べんい》（軽装）して独《ひと》り歩《ほ》して営を出《い》で、左右を止《とど》め、我れに随《した》ごうこと毋《な》かれ、丈夫一《ひとり》単于《ぜんう》を取らん耳《のみ》と。良久《ややひさ》しゅうして陵還《かえ》り、大息《たいそく》して曰《い》わく、「兵、敗《やぶ》る、死《し》せん」と。軍吏《ぐんり》或るいは曰《い》わく、「将軍の威《い》、匈奴《きょうど》に震《ふる》うも、天命遂《と》げず。後《のち》道を求めて径《ただち》に還帰《かんき》せよ。浞野《さくや》侯《こう》の如《ごと》きも虜《ろ》の得《とらう》る所と為《な》るも、後亡《のちに》げて還《かえ》り、天子、之《こ》れを客遇《かくぐう》せり。況《いわ》んや将軍に於《お》いてを乎《や》」と。陵曰《い》わく「公止《こうや》めよ。吾《わ》れ死せずんば、壮士《そうし》に非《あら》ざるなり」と。是《ここ》に於いて尽《ことごと》く旌旗《せいき》及び珍宝《ちんぽう》を斬《き》って地中に埋《うず》む。陵、歎《たん》じて曰わく、「復《ま》た数十矢《し》を得《え》ば、以て脱《のが》るるに足れり。今兵（武器）の復《ま》た戦《たたこ》うもの無く、天明《てんあ》くれば坐《い》ながらにして縛《ばく》を受けん。各《おのおの》〻鳥獣のごとく散らば、猶《な》お脱《のが》れて帰り天子に報ずるを得《う》る者有らん」と。軍士に令《れい》し人《ひと》ごとに二升の糒《ほしいい》、一半《いっぱん》の冰《こおり》を持たしめ、遮虜《しゃりょ》の鄣《とりで》に至《いた》る者は相い待つことを期す。夜半時、鼓《こ》を撃ちて士を起こす。鼓鳴らず（大敗の徴）。陵、韓延年と倶《とも》に馬に上《のぼ》る。壮士従《した》ごう者十余人。虜騎《りょき》数千、之《こ》れを追う。韓延年《かんえんねん》戦死せり、陵曰《い》わく、「面目の陛《へい》下《か》に報ずるもの無し」と。遂《か》くて降《くだ》る。軍人分散し、脱《のが》れて塞《とりで》に至る者四百余人。陵の敗れし処は塞《とりで》を去ること百余里なり。辺塞以聞《へんさいいぶん》す。上《しょう》、陵の死戦《しせん》せんことを欲し、陵の母及び婦を召し、相者《そうしゃ》をして之《こ》れを視使《みし》むるに、死喪《しそう》の色無し。後《のち》陵降《くだ》ると聞き、上怒《しょういか》ること甚だし。陳歩《ちんほ》楽《らく》に責め問う。歩楽自殺す。群臣皆な陵を罪《つみ》す。上以《しょうもっ》て太史令司馬遷《たいしれいしばせん》に問う。遷盛《せんさか》んに言《い》えらく、陵は親に事《つか》えて孝、士に与《まじわ》りて信、常に奮《ふる》って身を顧《かえりみ》ず、以《もっ》て国家の急に殉《じゅん》ぜんとすること、其《そ》の素《もと》より、蓄積《ちくせき》する所《ところ》なり。国士の風有《ふうあ》り。今事《いまこと》を挙《あ》げて一《いっ》も幸《さいわ》いならず。軀《み》を全《まっと》うし妻子を保《たも》つの臣、随《したが》って其《そ》の短を媒孼《かもしつく》る。誠《まこと》に痛む可《べ》きなり。且《か》つ陵、歩卒を提《ひっさ》ぐること五千に満たず、深く戎馬《じゅうば》の地を蹂《ふ》み、数万の師を抑《おさ》う。虜《ろ》、死を救い傷つくを扶《たす》くるに暇《いとま》あらず。悉《ことごと》く弓を引くの民を挙《あ》げて、共に攻めて之《こ》れを囲むに、転闘千里《てんとうせんり》。矢尽《やつ》き道窮《きわ》まるも、士は空拳《からゆみ》を張り白刃《はくじん》を冒《おか》し、北《きた》に首《むか》って争って敵に死す。人の死力を得たり。古《いにしえ》の名将と雖《いえど》も過ぎざるなり。身は陥《おちい》り敗《やぶ》ると雖も、然《しか》れども其の摧《くじ》き敗《やぶ》る所も亦《ま》た天下に暴《さら》すに足る。彼《かれ》の死せざるは、宜《よろ》しく当《とう》（ちょうどよい機会）を得て以て漢に報ぜんとするなりと。初め上《しょう》、弐師《じし》を遣《つかわ》すに大軍もて出《い》ださしめ、財《わずか》に陵をして助《てだすけ》の兵為《た》ら令《し》む。陵、単于《ぜんう》と相い値《あ》うに及んで、弐《じ》師《し》功少《すくな》し、上以《しょうおも》えらく、遷《せん》、誣《し》い罔《あざむ》き、弐師《じし》を沮《はば》んで陵の為《た》めに游説《ゆうぜい》せんと欲すと。遷《せん》を腐刑《ふけい》に下《くだ》す。之れを久《ひさ》しゅうして、上《しょう》、陵の救《すく》い無《な》かりしを悔《く》いて曰《い》わく、「陵、発して塞《とりで》を出《い》ずるに当《あた》り、酒《すな》わち彊弩都尉《きょうどとい》に詔《みことのり》して軍を迎え令《し》むべきに、預《あらかじ》め之《こ》れに詔《みことのり》し、老将をして姦《かん》詐《さ》を生《しょう》ぜ令《し》むるを得るに坐《ざ》せしむ」と。迺《すな》わち使いを遣《つかわ》し陵の余軍《よぐん》の脱《のが》るるを得たる者に労《ねぎら》い賜《たまわ》る。陵、匈奴《きょうど》に在ること歳余。上《しょう》、因杅将軍公孫敖《いんうしょうぐんこうそんごう》を遣《つかわ》し、兵を将《ひき》いて深く匈奴《きょうど》に入《い》りて陵を迎えしむ。敖《ごう》の軍、功無くして還《かえ》る。曰《い》わく、「生口《せいこう》（捕虜）を捕得《ほとく》するに、李陵、単于《ぜんう》に兵《いくさ》を為《おこ》のうことを教え、以て漢軍に備《その》うと言えり。故に臣、得《う》る所無し」と。上聞《しょうき》き、是《ここ》に於《お》いて陵家《りょうか》を族《ぞく》す。母・弟・妻・子皆な誅《ちゅう》に伏《ふく》す。隴西《ろうせい》の士大夫、李氏を以《もっ》て愧《はじ》と為《な》す。其《そ》の後、漢、使いを遣《つかわ》し匈奴《きょうど》に使《つか》いせしむ。陵、使者に謂《い》って曰《い》わく、「吾《わ》れ漢の為《た》めに歩卒五千人を将《ひき》い、匈奴《きょうど》に横行《おうこう》せるも、救亡《すくいな》きを以て敗《やぶ》る。何《な》んぞ漢に負《そむ》くとして吾が家《いえ》を誅《ちゅう》するや」と。使者《ししゃ》曰《い》わく、「漢聞く、李少卿《りしょうけい》、匈奴《きょうど》に兵《いくさ》を為《おこ》のうを教《おし》う」と。陵曰わく、「迺《すな》わち李緒《りしょ》なり。我れに非《あら》ざるなり」と。李緒《りしょ》は本《もと》漢の塞外都尉《さいがいとい》なり。奚侯城《けいこうじょう》に居る。匈奴之《きょうどこ》れを攻む。緒降《しょくだ》り、単于《ぜんう》、緒《しょ》を客遇《かくぐう》し、常《つね》に陵の上に坐せしむ。陵、其の家の李緒《りしょ》を以て誅《ちゅう》せらるるを痛み、人をして緒《しょ》を刺殺《しさつ》せ使《し》む。大閼氏《たいえんし》（匈奴の皇太后）、陵を殺さんと欲す。単于之《ぜんうこ》れを北方に匿《かく》まう。大閼氏《たいえんし》死す。迺《すな》わち還る。単于《ぜんう》、陵を壮とし女《むすめ》を以て之《こ》れに妻《めあわ》す。立《た》てて右校王《うこうおう》と為《な》し、衛律《えいりつ》を丁霊王《ていれいおう》と為《な》す。皆な貴《とうと》ばれて事《こと》を用《もち》う。衛律者《えいりつは》、父は本長水《もとちょうすい》の胡人《こじん》なり。律《りっ》、漢に生長し、協律都尉《きょうりつとい》李《り》延年《えんねん》に善し。延年《えんねん》、薦《すす》めて律《りつ》を言《い》い、匈奴《きょうど》に使《つか》いす。使《つか》いして還《かえ》る。延年《えんねん》の家収《おさ》めらるるに会《あ》う。律《りっ》、并《あわ》せ誅《ちゅう》せられんかと懼《おそ》れ、亡《に》げ還って匈奴《きょうど》に降《くだ》る。匈奴之《きょうどこ》れを愛し、常に単于《ぜんう》の左右に在り。陵、外《そと》に居り、大事《だいじ》有らば迺《すな》わち入りて議す。昭帝立つ。大将軍霍光《かくこう》、左将軍上官桀《じょうかんけつ》、政を輔《たす》く。素《もと》より陵と善《よ》し。陵の故人隴西《ろうせい》の任立政等《じんりつせいら》三人を遣《つかわ》し、倶《とも》に匈奴《きょうど》に至って陵を招《まね》かしむ。立政等《りっせいら》至る。単于《ぜんう》置酒《ちしゅ》して漢の使者に賜《たま》う。李陵、衛律《えいりつ》皆な侍坐《じざ》す。立政《りっせい》等、陵を見るも未《い》まだ私語《しご》するを得《え》ず。即《すな》わち目くばせして陵を視《み》る。而して数〻《しばしば》自ずから其《そ》の刀環《とうかん》を循《なでまわ》し、其の足《あし》を握《にぎ》って陰《ひそ》かに之《こ》れに諭《さと》らせ、漢に還帰《かんき》す可《べ》きを言う。後《のち》陵、律、牛酒を持って漢使を労《ねぎら》い、博《てすきび》して飲む。両人皆な胡服椎結《こふくついけい》なり。立政大言《りっせいたいげん》して曰《い》わく、「漢已《かんすで》に大《たい》赦《しゃ》して中国安楽せり。主上《しゅじょう》、春秋に富み、霍子孟《かくしもう》、上官少叔《じょうかんしょうしゅく》、事を用う」と。此《こ》の言を以《もっ》て微《すこ》しく之《こ》れを動かさんとす。陵、墨《もく》（黙）して応《こた》えず。熟視《じゅくし》して自《み》ずから其《そ》の髪《かみ》を循《なでまわ》し、答えて曰《い》わく「吾《わ》れ已《す》でに胡服《こふく》せり」と。頃《しばら》く有りて、律、更衣《こうい》に起《た》つ。立政《りっせい》曰わく、「咄《やよ》。少卿《しょうけい》良《まこと》に苦《くる》しめるよ。霍子孟《かくしもう》、上官少叔《じょうかんしょうしゅく》、女《なんじ》に謝《ことと》えり」と、陵曰《い》わく、「霍と上官《かくじょうかん》とは恙無《つつがな》き乎《か》」と。立政《りっせい》曰わく、「請《ねが》わくは少卿《しょうけい》故郷に来帰《らいき》せよ。富貴《ふうき》を憂《うれ》うる毋《な》かれ」と。陵、立政《りっせい》を字《あざな》びて曰わく、「少公《しょうこう》、帰るは易《やす》き耳《のみ》。恐らくは再び辱《はずか》しめらるること奈何《いか》んぞや」と。語未《い》まだ卒《おわ》らざるに衛律還《えいりつかえ》る。頗《いささ》か余語《よご》を聞《き》いて曰わく、「李少卿《りしょうけい》、賢者は独《ひと》り一国のみに居らず。范《はん》蠡《れい》は偏《あまね》く天下《てんか》に遊び、由余《ゆうよ》は戎《えびす》を去って秦《しん》に入れり。今何《いまな》んぞ語《かた》ろうことの親《した》しき也《や》」と。因《よ》りて罷《しりぞ》き去《さ》る。立政随《りっせいした》がって、陵に謂《い》いて曰わく、「亦《ま》た意有る乎《か》」と。陵曰わく、「丈夫《じょうふ》再び辱《はずか》しむること能《あた》わず」と。陵、匈奴《きょうど》に在ること二十余年。元平《げんぺい》元年病死せり。

——「漢書」巻五十四

任少卿《じんしょうけい》に報ずる書

司《し》馬《ば》遷《せん》

太史公《たいしこう》の牛馬の走りつかい司馬遷《しばせん》、再拝して言《もう》す。少卿《しょうけい》足下。曩者《さき》に書を賜わることを辱《かたじ》けのうし、教うるに物《ひと》に接《まじ》わるに順《じゅん》に賢《けん》を推《お》し士を進むるを務《つとめ》と為《な》すを以《もっ》てせり。意気は懃懃懇《きんきんこん》懇《こん》として僕の相《あ》い師とせずして用《も》って流俗《りゅうぞく》の人の言の而《ごと》くせしを望《うら》むが若《ごと》し。僕敢《あ》えて此《か》くの如《ごと》きに非《あら》ざるなり。僕、罷《つか》れ駑《のろま》なりと雖《いえど》も、亦《ま》た嘗《か》つて側《ほの》かに長《すぐ》れし者《ひと》の遺風を聞けり。顧《かえり》みて自《み》ずから以為《おも》うに、身、残《そこな》われて穢《けが》らわしきに処《お》り、動《ふる》もうて尤《とが》め見《ら》れ、益せんと欲して反《かえ》って損《そこな》わる。是《ここ》を以て独り鬱悒《ふさぎむす》ぼれて誰《たれ》と与《とも》に語らん。諺《ことわざ》に曰《い》わく、「誰の為《た》めにか之《こ》れを為《な》し、孰《たれ》にか之れを聴か令《し》めん」と。蓋《けだ》し鍾子期《しょうしき》死《し》して、伯牙《はくが》、終身復《ふた》たび琴《こと》を鼓《ひ》かず。何《なん》となれば則《すな》わち士は己《おの》れを知る者の為めに用《はたら》き、女は己れを説《よろこ》ぶ者の為めに容《かたち》づくればなり。僕の若《ごと》きは、大いなる質《もちまえ》の已《すで》に虧《か》け欠けたり。才は随《ずい》のたま和《か》のたまのごときを懐《いだ》き、行ないは（許《きょ》）由《ゆう》・（伯《はく》）夷《い》の若しと雖《いえど》も、終《つい》に以て栄と為《な》す可《べ》からず。適《た》だ以て笑わ見《れ》て自《み》ずから点《けが》るるに足る耳《のみ》。書辞に宜《よろ》しく荅《こ》とうべきも、会〻《たまたま》東《ひがし》より上《しょう》に従がって（かえり）来《きた》り、又《ま》た賤《とるにた》らぬ事に迫《せま》られて、相《あ》い見ること、日浅《ときすく》なく、卒卒として須臾《しゅゆ》の間《いとま》の至意を竭《つ》くすことを得る無し。今少卿《しょうけい》、不測の罪を抱いて、旬月《じゅんげつ》を渉《わた》り季冬《きとう》に迫る。僕も又《ま》た上《しょう》に雍《よう》に従ごうに薄《せま》られ、卒然《にわか》にして譴《さ》くるを為《な》す可《べ》からざること（死ぬというのをはばかった表現）を恐る。是《こ》れ僕、己《おの》れを終るまで憤懣《ふんまん》を舒《の》べて以《もっ》て左右《きみ》に暁《さと》らしむることを得ざれば、則《すなわ》ち長《とこしえ》に逝《ゆ》く者の魂魄《こんぱく》、私《ひそ》かに恨んで窮《きわ》まること無《な》けん。請《こ》う略《ほぼ》〻固陋《ころう》のこころを陳《の》べん。闕然《けつぜん》として久しく報ぜざることを、幸いに過《とが》むることを為《な》す勿《な》かれ。僕、之《こ》れを聞けり。身を修むる者《は》、智《ち》の符《あかし》なり、施《ほどこ》しを愛する者《は》、仁《じん》の端《はじめ》なり、取りて与《あ》とうる者《は》、義の表《しるし》なり、恥辱者《ちじょくは》、勇の決《さだめ》なり、名を立つる者《は》、行ないの極《きわ》みなりと。士に此《こ》の五者《ごしゃ》有りて、然《しか》る後《のち》以て世に託して君子の林に列す可《べ》し。故に禍《わざわ》いは欲利より憯《いた》ましきは莫《な》く、悲しみは心を傷《やぶ》るより痛ましきは莫し。行ないは先《とおつおや》を辱《はずか》しむるより醜《けが》らわしきは莫く、詬《はじ》は宮刑《きゅうけい》より大なるは莫し。刑余の人《ひと》の比《ひとな》みとして数うる所無きは、一世に非《あら》ざるなり。従《よ》って来《きた》る所は遠し。昔、衛《えい》の霊公《れいこう》、雍渠《ようきょ》と同《とも》に載《の》りしかば、孔子、陳《ちん》に適《ゆ》き、商鞅《しょうおう》、景監《けいかん》に因《よ》って見《まみ》えしかば、趙良《ちょうりょう》寒心《かんしん》し、（わが父と）同《おな》じ（名の）子《ひと》参《そ》え乗りして、袁糸《えんし》、色を変ぜり。古《いにしえよ》自りして之れを恥ず。夫《そ》れ中《つね》の才の人を以てして、事、宦豎《かんじゅ》に関《かか》わること有らば、気を傷《やぶ》らざるもの莫《な》し。而《しか》るを況《いわ》んや慷慨《こうがい》の士に於《お》いてを乎《や》。如今《じょこん》朝廷、人に乏《とぼ》しと雖《いえど》も、奈何《いか》んぞ刀鋸《とうきょ》の余《のこ》りものをして、天下の豪俊を薦《すす》め令《し》めん哉《や》。僕、先人の緒《のこ》せし業《しごと》に頼《よ》って、罪を輦轂《れんこく》の下《もと》に待つを得ること二十余年なりき。所以《ゆえ》に自ずから惟《おも》んみるに、上《か》之《み》には忠を納め信を効《いた》し、奇策、才力の誉《ほまれ》有りて、自ずから明主に結びつく能《あた》わず、次《つ》之いでは又た遺《お》つるを拾《ひろ》い闕《か》くるを補ない、賢を招き能を進め、巌穴《がんけつ》（にかくれたる）の士を顕《あらわ》すこと能《あた》わず、外《そ》之《と》には又た行伍《れつくみ》に備《くわ》わって攻城野戦し、将《しょう》を斬《き》り旗を搴《ぬきと》るの功有る能わず、下《し》之《た》には日を積み労を累《かさ》ね、尊官、厚禄《こうろく》を取り、以て宗族《そうぞく》・交遊の光寵《ほまれ》と為《な》ること能わず。

四者《ししゃ》、一《いっ》も遂《と》ぐる無ければ、苟《かりそ》めに合《あ》い容《きにい》ることを取るも、短長《いかほど》の効《しるし》とする所無し。見る可《べ》きもの此《か》くの如《ごと》し。嚮者《さき》に、僕、常《か》つて下大夫《かたいふ》の列に廁《まじ》わり、外廷の末議に陪《はべ》る。此《こ》の時を以《もっ》て維綱《いこう》を引いて思慮を尽くさず、今は虧《か》けたる形《からだ》を以て掃除《そうじ》の隷《しもべ》と為《な》り、闒茸《けが》らわしきものの中《うち》に在り。乃《すな》わち首を仰《あ》げ眉を伸《の》べ、是非《ぜひ》を論じ列《つら》ねんと欲すとも、亦《ま》た朝廷を軽んじ当世の士を羞《は》ずかしむることにあらず邪《や》。嗟乎《ああ》、嗟乎《ああ》、僕の如《ごと》きもの尚《な》お何《なに》をか言わん哉《や》、尚お何をか言わん哉。且《か》つ事の本末《ほんまつ》は未《い》まだ明《あきら》め易《やす》からざるなり。僕、少《わか》くして不羈《ふき》の行ないを負い、長じて郷曲《むらざと》の誉無《ほまれな》し。主上《しゅじょう》、幸いに先人《ちち》の故を以て、薄《いささ》かの伎《わざ》を奏《すす》めて、周衛《みや》の中《うち》に出入するを得使《えし》む。僕、以為《おも》えらく、盆《はち》を戴《いただ》いて何を以て天を望まんやと。故に賓客《ひんかく》の知《まじわ》りを絶ち、室家《しっか》の業を亡《な》くし、日夜《にちや》其の不肖の才力を竭《つ》くさんことを思い、務めて心を一にして職を営み、以て親しみ媚《なっ》かんことを主上に求めしに、事は乃《すな》わち大いに謬《あやま》りて然《しか》らざる者有《こと》る夫《かな》。僕と李陵《りりょう》とは、倶《とも》に門下《もんか》に居り、素《もと》より能《よ》く相い善《した》しむに非ざるなり。趣《すす》み舎《とど》まる路《みち》を異にし、未《い》まだ嘗《か》つて盃酒を銜《ふく》み、慇懃《いんぎん》の余《よ》懽《かん》を接《まじ》えず。然れども僕、其《そ》の人と為《な》りを観《み》るに、自のずから奇を守る士なり。親に事《つか》えて孝《こう》、士《し》に与《まじわ》りて信あり。財に臨《のぞ》んで廉《きよ》く、取ると与《あと》うるに義あり。分《わ》け別《わか》つに譲り有り、恭倹《きょうけん》にして人に下《くだ》る。常に奮《ふる》って身を顧《かえ》りみず、以て国家の急に徇《した》がわんと思《おも》うこと其れ素《もと》より蓄積する所なり。僕、以為《おも》えらく、国士の風《ふう》有りと、夫《そ》れ人臣《じんしん》にして万死《ばんし》に一生《いっせい》を顧《かえ》りみざるの計を出《い》だして、公家《こうか》の難に赴《おもむ》く、斯《こ》れ以《はなは》だ奇なり。今、事を挙《おこ》のうて一《いっ》も当らず、而して軀《からだ》を全《まっ》とうし妻子を保つの臣、随《した》がって其の短を媒《かも》し孽《つく》る。僕、誠に私《し》心《しん》に之れを痛めり。且つ李陵、歩卒《ほそっ》を提《ひっさ》ぐること五千に満たずして、深く戎馬《じゅうば》の地を践《ふ》み、足《あし》、王庭《おうてい》を歴《へ》、餌《え》を虎口《ここう》に垂れ、横《ほしい》ままに彊胡《きょうこ》に挑《いど》んで、億万の師に仰《むか》い、単于《ぜんう》と連戦すること十有余日《よじつ》、殺す所は過半当《とう》なり。虜《ろ》、死するを救い傷つけるを扶《たす》くること給せず、旃裘《せんきゅう》の君長《くんちょう》、咸《み》な震怖《しんふ》す。乃《すな》わち悉《ことごと》く其《そ》の左右の賢王を徴《め》し、弓を引くの人を挙《こぞ》り、一国共に攻《せ》めて之れを囲《かこ》む。転闘《てんとう》すること千里、矢尽《つ》き道窮《きわ》まって、救兵至らず、士卒の死傷、積むが如《ごと》し。然《しか》れども陵、一たび呼びて軍士を労《ねぎ》らえば、躬《み》を起こして自のずから涕《なみだ》を流し、血に沫《かおあ》らい泣《なみだ》を飲んで、更〻《こもごも》空しき拳《ゆみ》を張り、白刃《はくじん》を冒《おか》して、北に嚮《むか》って争って敵に死せざる者無し。陵、未まだ没せざりし時、使いして来報する有り。漢の公卿《こうけい》・王侯、皆な觴《さかずき》を奉じて寿《じゅ》を上《たてまつ》る。後《のち》数日、陵の敗《やぶ》るること書もて聞《きこ》ゆ。主上、之《こ》れが為《た》めに食《しょく》、味《あじ》を甘しとせず、朝《ちょう》に聴きて怡《よろこ》ばず。大《たい》臣憂懼《しんゆうく》して出《ふるも》う所を知らず。僕、竊《ひそ》かに自ずから其の卑賤《ひせん》なるを料《はか》らず、主上の惨愴怛悼《さんそうたっとう》するを見、誠に其の款款《かんかん》の愚《ぐ》を効《いた》さんと欲す。以《お》為《も》えらく、李陵は素《もと》より士《し》大夫《たいふ》と甘きを絶ち少《とぼ》しきを分ち、能《よ》く人の死力を得たり。古《いにしえ》の名将と雖《いえど》も能く過ぎざるなり。身は陥《おちい》り敗ると雖も、彼《か》の其の意を観るに、且《な》お其の当ること（罪の償いに充当すること）を得て漢に報ぜんと欲す。事已《すで》に奈何《いか》んともす可《べ》きこと無し。其の摧《くだ》き敗る所、功も亦《ま》た以て天下に暴《あらわ》すに足ると。僕、懐《こころ》に之れを陳《の》べんと欲すれども、未《い》まだ路《みち》有らず。適〻《たまたま》召問《しょうもん》に会い、即《すな》わち此《こ》の指《むね》を以て陵の功を推《お》し言《の》べ、以て主上の意《こころ》を広うし、（臣下の）睚眥《がいさい》の辞（目にかどたてた言葉）を塞《ふさ》がんと欲す。未まだ能く尽《ことごと》く明らかにせざるに、明主暁《さと》らず、以て僕、弐師《じし》を沮《こば》みて李陵の為《た》めに遊説《ゆうぜい》すると為《な》し、遂《か》くて理《しらす》に下《くだ》す。拳拳《けんけん》の忠、終《つい》に自ずから列《ときあか》すこと能わず、因《よ》りて上《かみ》を誣《し》いると為して、卒《つい》に吏《り》議《ぎ》に従ごう。家貧しくて貨《か》賂《ろ》は以て自ずから贖《あが》のうに足らず、交遊救う莫《な》く、左右、親近、為めに一言《いちげん》せず、身は木石《ぼくせき》に非ざるに、独り法吏《ほうり》と伍《ご》と為《な》り、深く囹圄《ひとや》の中《うち》に幽《とじこ》めらる。誰《たれ》か告げ愬《うった》う可き者あらんや。此《こ》れ真《まこと》に少卿《しょうけい》の親しく見る所なり。僕の行事《こうじ》、豈《あ》に然らざらん乎《や》。李陵、既に生きながら降《くだ》り、其《そ》の家声《かせい》を隤《お》とす。而して僕又た之《こ》れを蚕室《さんしつ》に佴《お》き、重ねて天下の観笑するところと為《な》れり、悲しい夫《かな》。事は未《い》まだ一二《つまびらか》に俗人の為めに言《の》べ易からざるなり。僕の先《とおつおや》は剖符《ほうふ》丹書《たんしょ》の功（貴族に列せられる功）有るに非ず。文史《ぶんし》星暦《せいれき》（記録・天文・暦の係）は卜祝《ぼくしゅく》の間に近し。固《もと》より主上の戯弄《きろう》する所、倡優《しょうゆう》のごとく畜《やしな》わるる所、流《りゅう》俗《ぞく》の軽んずる所なり。仮令《たと》え僕、法に伏し誅《ちゅう》を受くるとも、九牛の一毛を亡《うし》のうが若《ごと》し。螻蟻《ろうぎ》と何を以て異《ことな》らん。而して世は又た能く節に死する者に与《し》かずとし、特《ひと》り以為《おも》えらく、智《ち》窮《きわ》まり罪極《きわ》まって、自ずから免《まぬが》るること能わず、卒《つい》に死《し》に就《つ》く耳《のみ》と。何《な》んとなれば、素《もと》より自《み》ずから樹立する所の然《しか》ら使《し》むるなり。人固《もと》より一死有り。或《あ》るいは太山《たいざん》より重く、或るいは鴻毛《こうもう》より軽きは、用の趨《おもむ》く所異ればなり。太《もっと》も上《うえ》は先《とおつおや》を辱《はずか》しめず。其の次は理色《かおいろ》を辱《はずか》しめず。其の次は辞と令《れい》を辱しめず。其の次は体を詘《いまし》められて辱《はずか》しめを受く。其の次は服を易《か》えて（囚人服を着る）辱しめを受く。其の次は木索《もくさく》（枷《かせ》や縄など）を関《かん》し箠楚《すいそ》（むち）を被《こうむ》り辱しめを受く。其の次は毛髪を剔《そ》り金鉄を嬰《まと》うて辱しめを受く。其の次は肌膚《きふ》を毀《やぶ》り肢《し》体《たい》を断ちて辱しめを受く。最も下は腐《ふ》刑《けい》、極《きわ》まれり。伝に曰《い》わく、「刑《けい》は大夫《たいふ》に上《のぼ》さず」と。此の言うこころは士の節、勉励《べんれい》せざる可《べ》からずとなり。猛虎《もうこ》深山に在《あ》れば、百獣震恐《しんきょう》す。檻穽《かんせい》の中《うち》に在るに及んで、尾を揺《ゆ》りて食を求む。威《い》もて約《しば》らるるを積むことの漸《すす》めばなり。故に地に画《かく》して牢《ろう》を為《つく》るとも、勢い入る可からず、木を削《けず》って吏《り》を為《つく》るとも、議して対《こと》う可からざること有り。計を鮮《あきら》かなるに定む（裁判前に自殺する覚悟）ればなり。今手足《しゆそく》を交《まじ》えて、木《もく》索《さく》を受け、肌膚《きふ》を暴《あらわ》して榜箠《ぼうすい》を受け、圜牆《ひとや》の中《うち》に幽《とじこ》めらる。此の時に当って、獄吏を見れば則《すな》わち頭《こうべ》もて地に槍《ぶつ》け、徒隷《とれい》を視《み》れば則わち正《まさ》に惕《おそ》れ息《あえ》ぐ。何んとなれば、威もて約《しば》らるることを積むの勢いなればなり。以て是《ここ》に至るに及んで、辱《はずか》しめられずと言う者は、所謂《いわゆ》る強顔《きようがん》なる耳《のみ》。曷《な》んぞ貴ぶに足らん乎《や》。且《そもそ》も西伯《せいはく》の伯《はく》たる也《や》、羑里《ゆうり》に拘《とら》えらる。李斯《りし》の相《しよう》たる也《や》、五刑《ごけい》を具《そな》えり。淮陰《わいいん》の王たる也、械《かせ》を陳《ちん》に受く。彭越《ほうえつ》・張敖《ちようごう》は南面して孤と称するも、獄に繫《つな》がれて罪に抵《あた》る。絳侯《こうこう》、諸呂《しよりよ》を誅《ちゆう》し、権《けん》は五伯《ごは》をも傾《かたむ》くるも、請室《ひとや》に囚《とら》わる。魏其《ぎき》の大将たる也、赭《あか》き衣《ころも》を衣《き》、三木《さんぼく》（首かせ、手かせ、足かせ）を関せらる。季布《きふ》は朱家《しゆか》の鉗《くびかせ》したる奴《ど》と為《な》り、灌《かん》夫《ぶ》は辱しめを居室《ひとや》に受く。此《こ》の人皆な身は王・侯・将・相《しよう》に至り、声《せい》は隣国に聞こゆ。罪至り罔《のり》加わるに及んで、引決自裁《いんけつじさい》すること能《あた》わず、塵埃《じんあい》の中《うち》に在り。古今《ここん》一体なり。安《いず》くんぞ其《そ》の辱しめられざること在らん也。此れに由って之れを言えば、勇と怯《きよう》とは勢いにして、強と弱とは形なること、審《つまび》らかなり。何んぞ怪しむに足らん乎。夫《そ》れ人、早く自ずから縄墨《じようぼく》の外《そと》に裁《た》つこと能わざれば、以て稍《よう》や陵遅《りようち》して鞭箠《べんすい》の間《かん》に至り、乃《すな》わち節を引かんと欲するも、斯れ亦《ま》た遠からず乎《や》。古人の、刑を大夫《たいふ》に施すことを重《はばか》る所以《ゆえん》の者は殆《ほと》んど此れが為《た》めなり。夫れ人の情《じよう》は、生を貪り死を悪《にく》み、父母を念《おも》い妻子を顧《かえ》りみざるは莫《な》し。義理に激する者に至っては然《しか》らず。乃《すな》わち已《や》むを得ざる所有るなり。今僕、不幸にして早く父母を失ない、兄弟《けいてい》の親無く、独身孤立せり。少卿《しようけい》、僕の妻子に於《お》けるを視《み》るに、何如《いか》んぞ哉《や》。且《な》お勇者は必ずしも節に死せず、怯夫《きようふ》も義を慕《した》って、何処《いずこ》にか勉《つと》めざらん焉《や》。僕、怯懦《きようだ》にして苟《ともか》く活《い》きんと欲すと雖《いえど》も、亦た頗《いささ》か去就《きょしゅう》の分《けじめ》を識《し》れり。何んぞ自ずから累紲《とりなわ》の辱しめに沈溺《ちんでき》するに至らん哉《や》。且つ夫れ臧獲《しもべ》婢女《はしため》すら、由《な》お能《よく》引決《いんけつ》す。況《いわ》んや僕の已《や》むを得ざるときを乎《や》。隠忍して苟《ともか》く活《い》き、糞土《ふんど》の中《うち》に幽《とじこ》められて而も辞せざる所以《ゆえん》の者は、私心《ししん》に鄙陋《ひろう》を尽くさざる所有り、世を没《お》えて文彩《ぶんさい》、後世に表《あらわ》れざらんことを恨《うら》めばなり。古者《いにしえ》より、富貴にして名の摩滅するもの、勝《あ》げて記《しる》す可《べ》からず。唯《た》だ倜儻《てきとう》非常の人のみ称せらる。蓋《けだ》し文王は拘《とら》えられて周易《しゅうえき》を演《の》ぶ。仲尼《ちゅうじ》は厄《くるし》められて春秋を作る。屈原《くつげん》は放逐されて、乃《すなわ》ち離騒《りそう》を賦《ふ》す。左丘《さきゅう》は失明して、厥《そ》れ国語《こくご》有り。孫子は脚《あし》を臏《あしき》られて、兵法《へいほう》修《ととの》い列《つら》なれり。不韋《ふい》は蜀《しょく》に遷《うつ》されて、世に呂覧《りょらん》を伝《つと》う。韓非《かんぴ》、秦《しん》に囚《とら》われて、説難《ぜいなん》・孤憤あり。詩三百編、大底《おおむね》聖賢 憤《いきどお》りを発して為作《いさく》する所なり。此《こ》の人《ひと》、皆《み》な意《こころ》に鬱《ふさ》ぎ結《むす》ぼれるもの有りて、其《そ》の道を通ずることを得ず。故に往事《おうじ》を述《の》べ来者《らいしゃ》を思う。乃《すなわ》ち左丘《さきゅう》、目《まなこ》を無《な》くし、孫子《そんし》、足を断たれ、終《つい》に用《はたら》く可《べ》からざれば、退《しりぞ》きて書策《しょさく》を論じ、以《もっ》て其の、憤《いきどお》れる思いを舒《の》べ、空文《くうぶん》（文章）を垂れて以て自ずからを見《しめ》すが如し。僕、竊《ひそ》かに不遜《ふそん》にも近ごろ自ずから無能の辞に託し、天下の放失《ほうしつ》せる旧聞《きゅうぶん》を網羅《もうら》し、略《ほぼ》〻其の行事《こうじ》を考え、其の終始を綜《おさ》め其の成敗興壊《せいばいこうかい》の紀《のり》を稽《かんが》う。上《かみ》は軒轅《けんえん》より計《かぞ》え、下《しも》は茲《ここ》に至るまで、十表《じっぴょう》・本紀《ほんぎ》十二・書《しょ》八章、世家《せいか》三十・列伝七十、凡《す》べて百三十編を為《つく》る。亦《ま》た以て天人《てんじん》の際《さい》を究《きわ》め、古今の変に通じ、一《いっ》家《か》の言《げん》を成さんと欲す。草創《したがき》の未《い》まだ就《な》らざるに、会〻《たまたま》此の禍《か》に遭《あ》い、其の成らざるを惜しむ。已《すで》に極刑《きょくけい》に就《つ》いて慍《いきどお》る色無し。僕、誠に以《すで》に此の書を著《あらわ》し、諸《こ》れを名山《めいざん》に蔵し、之《こ》れを其《しかる》べき人に通邑大都《つうゆうだいと》に伝うれば、則《すなわ》ち僕、前辱《ぜんじょく》の責《せめ》を償《つぐ》のう。万《よろず》たび戮《りく》を被《こうむ》ると雖も、豈《あ》に悔い有らん哉《や》。然れども此れは智者の為めに道《い》う可く、俗人の為めに言い難し。且《か》つ負《みせお》う下《もと》、未《い》まだ居《す》み易すからず、下流《かりゅう》、謗議《ぼうぎ》多し。僕、口語《こうご》を以て此の禍《か》に遇《あ》い、重ねて郷党《きょうとう》の笑《わら》う所と為《な》って、以て先人《せんじん》を汚辱《おじょく》せり。亦た何んの面目《めんもく》ありて復《ま》た父母《ふぼ》の丘墓《きゅうぼ》に上《のぼ》らん乎《や》。百世《ひゃくせい》を累《かさ》ぬと雖《いえど》も、垢《はじ》弥〻《いよいよ》甚だしき耳《のみ》。是《ここ》を以て腸《はらわた》は一日《いちじつ》にして九《ここの》たび廻《めぐ》り、居《お》れば則《すな》わち忽忽《こつこつ》として亡《うし》のう所有るが若《ごと》く、出ずれば則《すな》わち其《そ》の往く所を知《し》らず。斯《こ》の恥を念《おも》う毎に、汗、未《い》まだ嘗《か》って背に発して衣《ころも》を沾《うるお》さずんばあらざるなり。身は直《た》だ閨閤《けいこう》の臣《しん》為《た》り。寧《いず》くんぞ自《み》ずから引きて深く岩穴《がんけつ》に蔵《かく》るるを得ん邪《や》。故に且《まさ》に俗に従《した》がって浮沈し、時と俯仰《ふぎょう》して以て其の狂惑に通ぜんとす。今少卿《しょうけい》、乃《すな》わち教《おし》うるに賢を推《お》し士を進むるを以てするも、乃《すな》わち僕の私心《ししん》と刺《もと》り謬《あやま》ること無けん乎《や》。今自ずから曼《うるわ》しき辞《ことば》を雕琢《ちょうたく》して以て自ずから飾《かざ》らんと欲すと雖《いえど》も、益無く俗に信ぜられず。適〻《たまたま》辱しめを取るに足らん耳《のみ》。死《し》する日を要《むか》えて、然《しか》る後《のち》、是非《ぜひ》乃《すな》わち定まらん。書は意《い》を悉《つ》くすこと能《あた》わず。略〻《ほぼ》固陋《ころう》を陳《の》ぶ。謹《つつし》んで再拝す。

——「文選」巻四十一

人虎伝《じんこでん》

李《り》　景《けい》亮《りょう》

隴西《ろうせい》の李徴《りちょう》は皇族《こうぞく》の子《のち》なり。虢略《かくりゃく》に家《いえ》す。徴《ちょう》、少《わか》くして博学《はくがく》、善《よ》く文《ぶん》を属《しょく》す。弱冠《じゃっかん》にして州《しゅう》府《ふ》の貢《こう》に従《した》ごう。時《とき》に名士《めいし》と号《ごう》す。天宝《てんぽう》十五載《さい》春《はる》、尚書右丞楊某《しょうしょゆうじょうようぼう》の榜下《ぼうか》に進士《しんし》の第《だい》に登《のぼ》る。後《のち》数年調選《ちょうせん》されて、尉《い》に江南《こうなん》に補《ほ》せらる。徴《ちょう》、性《うまれつき》疎逸《そいつ》、才《さい》を恃《たの》んで倨傲《きょごう》。跡《み》を卑僚《ひりょう》として屈《くっ》すること能《あた》わず。嘗《つね》に鬱鬱《うつうつ》として楽《たの》しまず。同舎《どうしゃ》の会《かい》、既《すで》に酣《たけな》わなる毎《ごと》に、顧《かえり》みて其《そ》の群官《ぐんかん》に謂《い》いて曰《い》わく、「生《わ》れ乃《すなわ》ち君等《きみら》と伍《ともがら》と為《な》らん邪《や》」と。其《そ》の僚友《りょうゆう》、咸《み》な之《こ》れに目《め》を側《そばだ》つ。秩《ちっ》を謝《しゃ》するに及《およ》び、則《すなわ》ち退《しりぞ》き帰《かえ》って間適《かんてき》し、人《ひと》と通《つう》ぜざる者《こと》近《ほとん》ど歳余《さいよ》なり。後《のち》迫《せま》りて以《もっ》て食《しょく》且《まさ》に欠《か》けんとし、乃《すなわ》ち東《ひがし》のかた呉楚《ごそ》の間《かん》に遊《あそ》び、郡国《ぐんこく》の長吏《ちょうり》より斂《あつ》めんことを期《き》す。呉《ご》・楚《そ》の人、其《そ》の声《せい》を聞《き》くこと固《もと》より久《ひさ》し。至《いた》るに及《およ》べば、皆《み》な館《やかた》を開《ひら》き以《もっ》て之《こ》れを俟《ま》ちて留《とど》め、宴遊《えんゆう》して歓《かん》を極《きわ》む。将《まさ》に去《さ》らんとするときは、悉《ことごと》く厚《あつ》く賄《おく》って以《もっ》て其《そ》の嚢橐《のうたく》を実《み》たせり。徴《ちょう》、呉《ご》・楚《そ》に在《あ》ること且《まさ》に周歳《しゅうさい》ならんとし、獲《う》る所《ところ》の饋遺《きい》甚《はなは》だ多《おお》し。西《にし》のかた虢略《かくりゃく》に帰《かえ》らんとす。未《い》まだ至《いた》らず。汝《じょ》の（かわの）墳《つつみ》の逆旅《げきりょ》中《ちゅう》に舎《やど》る。忽《たちま》ち疾《しつ》に被《かか》って発狂《はっきょう》し、僕者《しもべ》を鞭捶《べんすい》し、其《そ》の苦《くる》しみに勝《た》えざらしむ。是《か》くの如《ごと》きこと旬余《じゅんよ》、疾《しつ》益〻《ますます》甚《はなは》だし。何《いくばく》も無《な》くして、夜《よる》、狂《くる》って走《はし》り、其《そ》の適《ゆ》くところを知《し》る莫《な》し。家僮《かどう》、其《そ》の去《さ》れるを跡《あと》つけ之《こ》れを伺《うか》ごうも、一月《ひとつき》を尽《つ》くして徴《ちょう》、竟《つい》に回《かえ》らず。是《ここ》に於《お》いて僕者《しもべ》、其《そ》の乗馬《じょうば》を駆《か》り、其《そ》の嚢橐《のうたく》を挈《たずさ》えて遠《とお》く遁《のが》れ去る。明年《みょうねん》に至《いた》り、陳《ちん》郡《ぐん》の袁傪《えんさん》（原文「李儼《りげん》」とあるを改む。以下同じ）、監察御史《かんさつぎょし》を以《もっ》て詔《みことの》りを奉《ほう》じて嶺南《れいなん》に使《つか》いす。伝《でん》に乗《の》りて商於《しょうお》の界《さかい》に至《いた》り、晨《あした》に将《まさ》に去らんとす。其の駅吏《えきり》、白《もう》して曰《い》わく、「道《みち》に虎有《とらあ》り。暴《ぼう》にして人《ひと》を食《く》らう。故《ゆえ》に此《ここ》に途《みち》する者《もの》は、昼《ひる》に非《あら》ざれば敢《あ》えて進《すす》むこと莫《な》し。今尚《いまな》お早《はや》し。願《ねが》わくは且《しばら》く車《くるま》を駐《とど》めよ。固《かた》く前《すす》む可《べ》からず」と。傪《さん》、怒《いか》りて曰《い》わく、「我《わ》れ天子《てんし》の使《つかい》なり。従騎《じゅうき》極《きわ》めて多《おお》し。山沢《さんたく》の獣《けもの》、能《よ》く害《がい》を為《な》さん邪《や》」と。遂《か》くて駕《が》を命《めい》じて行《ゆ》く。去って未《い》まだ一里《いちり》を尽《つ》くさずして、果《はた》して虎《とら》の草中《そうちゅう》自《よ》り突《つ》きて出《い》ずる有《あ》り。傪《さん》、驚《おどろ》くこと甚《はなは》だし。俄《にわか》にして虎《とら》、身《み》を草中《そうちゅう》に匿《かく》す。人《ひと》の声《こえ》して言《い》って曰《い》わく、「異《あや》しき乎哉《かな》。幾《ほと》ど我《わ》が故人《こじん》を傷《きず》つけんとす」と。傪《さん》、其《そ》の音《こえ》を聆《き》くに李徴《りちょう》の者《さま》に似《に》たり。傪《さん》、昔《むかし》徴《ちょう》と同《とも》に進士《しんし》の第《だい》に登《のぼ》り、分《したし》み極《きわ》めて深《ふか》し。別《わか》れて年有《としあ》り。忽《たちま》ち其《そ》の語《ご》を聞《き》き、既《すで》に驚《おどろ》き且《か》つ異《あや》しむも測《はか》る莫《な》し。遂《か》くて問《と》うて曰《い》わく、「子《し》は誰《たれ》と為《な》すか。豈《あ》に故人《こじん》の隴西子《ろうせいし》に非《あら》ざる乎《か》」と。虎《とら》、呼吟《こぎん》すること数声《すうせい》、嗟泣《さきゅう》の状《じょう》の若《ごと》し。已《すで》にして傪《さん》に謂《い》って曰《い》わく、「我《わ》れ李徴《りちょう》なり」と。傪《さん》、乃《すなわ》ち馬《うま》より下《お》りて曰《い》わく、「君《きみ》、何《なに》に由《よ》りて此《ここ》に至《いた》れるや。且《そもそ》も傪《さん》、始《はじ》め君《きみ》と場屋《じょうおく》（試験場）を同《おな》じゅうして十余年、情《なか》好《むつま》じく歓《したし》み甚《ふか》きこと、他友《たゆう》に愈《まさ》れり。意《おも》わざりき吾《わ》れ先ず仕路《しろ》に登《のぼ》らんとは。君《きみ》も亦《ま》た継《つ》いで科選《かせん》に捷《か》つも、言笑《げんしょう》に睽間《へだ》たること、時《とき》を歴《へ》て頗《いささ》か久《ひさ》し。風《ひとがら》を傾《した》い想《おも》いを結《こ》らすこと、渇《かっ》して飲《いん》を待《ま》つが如《ごと》し。幸《さいわ》いに出《い》でて使《つか》いするに因《よ》って、此《ここ》に君《きみ》に遇《あ》うを得《え》たるに、及《すな》わち自《み》ずから草中《そうちゅう》に匿《かく》るとは、豈《あ》に故人《こじん》の疇昔《ちゅうせき》の意《い》なる也《か》」と。虎曰《とらい》わく、「吾《わ》れ已《すで》に異類《いるい》と為《な》る。君《きみ》をして、吾《わ》が形《かたち》を見《み》しめば、則《すなわ》ち且《まさ》に畏怖《いふ》して之《こ》れを悪《にく》まん。何《な》んぞ疇昔《ちゅうせき》を之《こ》れ念《おも》うに暇《いとま》あらん邪《や》。然《しか》りと雖《いえど》も君《きみ》、遽《にわか》に去《さ》ること無《な》かれ。少《すこ》しく款曲《かんきょく》を尽《つ》くすを得《え》ば、乃《すな》わち我《わ》が幸《さいわ》いなり」と。傪曰《さんい》わく、「我《わ》れ素《もと》より以《もっ》て故人《こじん》に兄事《けいじ》せり。願《ねが》わくは拝礼《はいれい》を展《の》べん」と。乃《すな》わち再拝《さいはい》す。虎曰《とらい》わく、「我《わ》れ足下《そっか》と別《わか》れて自《よ》り、音《こえ》と容《すがた》と曠《むな》しく阻《へだ》たり且《か》つ久《ひさ》し。僕夫《しもべ》は恙無《つつがな》きを得《え》たる乎《か》。宦途《かんと》は淹留《とどこお》ることを致《いた》さざる乎《か》。今又《いまま》た何《いず》こへ適《ゆ》くや。向者《さき》に見《み》るに、君《きみ》、二吏《にり》有《あ》り駆《か》りて前《すす》み、駅《えき》の隷《しもべ》、印嚢《いんのう》を挈《たずさ》えて以《もっ》て導《みちび》く。庸《あ》に御史《ぎょし》と為《な》って出《い》でて使《つか》いするに非《あら》ず乎《や》」と。傪《さん》曰《い》わく、「近者《ちかごろ》幸《さいわ》いに御史《ぎょし》の列《れつ》に備《そな》わるを得《え》たり。今使《いまつか》いを嶺南《れいなん》に奉《ぼう》ず」と。虎曰《とらい》わく、「吾《き》子《み》文学《ぶんがく》を以《もっ》て身《み》を立《た》て、位《くらい》、朝序《ちょうじょ》（朝廷の高官）に登《のぼ》る。盛《さか》んなりと謂《い》う可《べ》し。況《いわ》んや憲台《けんだい》は清《くらいたか》く、要《おも》く、百揆《ひゃっき》（百官）を分《わ》け糺《ただ》すをや。聖明《せいめい》、慎《つつし》んで択《えら》ぶこと、尤《はなは》だ人《ひと》に異《こと》なれり。心《こころ》より故人《こじん》の此《こ》の位《くらい》に居《お》るを喜《よろこ》ぶ。甚《はなは》だ賀《が》す可《べ》し」と。傪曰《さんい》わく、「往者《さき》に吾《わ》れ執事《きみ》と同年《どうねん》に名《な》を成《な》し、交契深密《こうけいしんみつ》なること常《つね》の友《とも》に異《ことな》れり、声容間阻《せいようかんそ》して自《よ》り、去《ゆ》く日《とき》は流《なが》るる如《ごと》く、風儀《ゆかしきひとがら》を想い望《のぞ》むも、心目倶《しんもくとも》に断《た》たれたり、意《おも》わざりき、今日君《こんにちきみ》の旧《むかし》を念《おも》うの言《げん》を獲《え》んとは。然《しか》りと雖《いえど》も、執事《きみ》何《な》ん為《す》れぞ我《わ》れを見《み》ずして、自《みず》から草木中《そうもくちゅう》に匿《かく》るるや。故人《こじん》の分《したし》みは、豈《あ》に当《まさ》に是《か》くの如《ごと》くなるべけん邪《や》」と。虎曰《とらい》わく、「我《わ》れ今《いま》は人為《ひとた》らず。安《いず》くんぞ君《きみ》を見《み》るを得《え》ん乎《や》」と。傪曰《さんい》わく、「願《ねが》わくは其《そ》の事《こと》を詳《つまび》らかにせよ」と。虎曰《とらい》わく、「我《わ》れ前《さき》の身《み》なりしとき呉《ご》・楚《そ》に客《かく》たり。去《す》ぐる歳《とし》、方《まさ》に還《かえ》らんとし、道《みち》すがら汝《じょ》の墳《つつみ》に次《やど》る。忽《たちま》ち疾《しっ》に嬰《かか》りて発狂《はっきょう》し、夜戸外《よるこがい》に吾《わ》が名《な》を呼《よ》ぶ者有《ものあ》るを聞《き》く。遂《か》くて声《こえ》に応《おう》じて出《い》で、山谷《さんこく》の間《あたり》を走《はし》り、覚《おぼ》えず左《さ》右《ゆう》の手《て》を以《もっ》て地《ち》を攫《つか》んで歩《ほ》す。是《こ》れ自《よ》り心愈〻狠《こころいよいよむご》く、力愈〻倍《ちからいよいよま》すを覚《おぼ》ゆ。其《そ》の肱髀《こうひ》を視《み》るに及《およ》んで、則《すなわ》ち斑《まだら》の毛《け》の生《しょう》ずる有《あ》り、心《こころ》に甚《はなは》だ之《こ》れを異《あや》しむ。既《すで》にして渓《たに》に臨《のぞ》んで影《かげ》を照《てら》せば、已《すで》に虎《とら》と成《な》れり。悲慟《ひどう》良久《ややひさ》しゅうす。然《しか》れども尚《な》お生物《せいぶつ》を攫《つか》んで食《く》らうに忍《しの》びざりき。既《すで》に久《ひさ》しゅうして、饑《う》えて忍《しの》ぶ可《べ》からず。遂《か》くて山中《さんちゅう》の鹿《しか》・豕《いのしし》・獐《のろ》・兎《うさぎ》を取《と》りて食《しょく》に充《あ》つ。又《ま》た久《ひさ》しゅうして、諸獣皆《しょじゅうみ》な遠《とお》く避《さ》け、得《う》る所無《ところな》し。饑益〻《うえますます》甚《はなは》だし。一日《いちじつ》、婦人《ふじん》の山下《さんか》従《よ》り過《す》ぐる有《あ》り。時正《ときまさ》に餒迫《うえせま》る。徘徊《はいかい》すること数《すう》四。自《み》ずから禁《きん》ずること能《あた》わず、遂《か》くて取《と》りて食《く》ろう。殊《こと》に甘《かん》美《び》なるを覚《おぼ》ゆ。今其首飾《いまそのあたまかざ》り、猶《な》お巌石《がんせき》の下《もと》に在《あ》り。是《こ》れ自《よ》り冕《かんむり》して乗《の》る者《もの》、徒《かち》して行《ゆ》く者《もの》、負《お》うて趨《はし》る者《もの》、翼《つばさ》ありて翔《か》ける者《もの》、毳《ほそきけ》して馳《は》しる者《もの》を見《み》れば、力《ちから》の及《およ》ぶ所《ところ》、悉《ことごと》く擒《とら》えて之《こ》れを咀《く》らい立《た》ちどころに尽《つ》くす。率《した》がいて以《もっ》て常《つね》と為《な》す。妻孥《さいど》を念《おも》い、朋友《ほうゆう》を思《おも》わざるに非《あら》ざるも、直《た》だ行《おこ》ないの神祇《しんぎ》に負《そむ》くを以《もっ》て一旦化《いったんか》して異獣《いじゅう》と為《な》り、人《ひと》に靦《は》ずるもの有《あ》り。故《ゆえ》に分《わか》れて見《あ》わざりき。嗟夫《ああ》、我《わ》れ君《きみ》と同年《どうねん》に第《だい》に登《のぼ》り、交契素《こうけいもと》より厚《あつ》し。君《きみ》、今日《こんにちおおぎみ》 天の憲《のり》を執《と》って、親友《しんゆう》を耀《かがや》かし、我《わ》れは身《み》を林藪《りんそう》に匿《かく》し、永《なが》く人《ひと》の世《よ》を謝《さ》る。躍《おど》って天《てん》に呼《さけ》び、俛《ふ》して地《ち》に泣《な》くも、身《み》は毀《こぼ》たれて用《やく》たず。是《こ》れ果《はた》して命《めい》なる乎《か》」と。因《よ》りて呼吟咨嗟《こぎんしさ》して、殆《ほと》んど自《み》ずから勝《た》えず、遂《か》くて泣《な》く。傪《さん》、且《か》つ問《と》うて曰《い》わく、「君《きみ》、今既《いますで》に異類《いるい》と為《な》るに、何《なん》ぞ尚《な》お人言《じんげん》を能《よ》くする邪《や》」と。虎曰《とらい》わく、「我《わ》れ今形変《いまかたちかわ》れど、心甚《こころはなは》だ悟《めざ》むる耳《のみ》。此《こ》の地《ち》に居《お》りて自《よ》り、歳月《さいげつ》の多少《たしょう》を知《し》らず。但《た》だ草木《そうもく》の栄枯《えいこ》するを見《み》る耳《のみ》。近日絶《きんじつた》えて過客無《かかくな》く、久《ひさ》しく饑《う》えて堪《た》え難《がた》し。不幸《ふこう》にも故人《こじん》に搪突《とびかか》らんとし、慙《は》じ惶《おそ》るること殊《こと》に甚《はなは》だし」と。傪曰《さんい》わく、「君《きみ》、久《ひさ》しく饑《う》うれば、某《それがし》に余馬一疋有《よばいっぴきあ》り。留《とど》めて以《もっ》て贈《おくりもの》と為《な》さば如何《いか》ん」と。虎曰《とらい》わく、「吾《わ》が故人《こじん》の俊乗《しゅんじょう》を食《く》ろうは、何《な》んぞ吾《わ》が故人《こじん》を傷《きず》つくるに異《こと》らん乎《や》。願《ぬが》わくは此《こ》れに及《およ》ぶこと無《な》かれ」と。傪《さん》曰わく、「食籃中《しょくらんちゅう》に羊肉数斤有《ようにくすうきんあ》り。留《とど》めて以《もっ》て贈《おくりもの》と為《な》さば可《か》ならん乎《か》」と。曰《い》わく、「吾《わ》れ方《まさ》に故人《こじん》と旧《むかし》を道《い》う。未《い》まだ食《く》ろうに暇《いとま》あらざるなり。君《きみ》の去《さ》るとき則《すな》わち之《こ》れを留《とど》めよ」と。又《ま》た曰《い》わく、「我《わ》れと君《きみ》とは真《まこと》に忘形《ぼうけい》の友《とも》なり。我《わ》れ将《まさ》に託《たく》する所有《ところあ》らんとするも、其《そ》れ可《か》ならん乎《か》」と。慘曰《さんい》わく、「平昔《むかし》の故人《こじん》なり。安《いず》くんぞ可《か》ならざること有《あ》らん哉《や》。恨《うら》むらくは未《い》まだ何如《いか》なる事かを知《し》らず。願《ねが》わくは尽《ことごと》く之《こ》れを教《おし》えよ」と。虎曰《とらい》わく、「君《きみ》、我《わ》れを許《ゆる》さざれば、我《わ》れ何《な》んぞ敢《あ》えて言《い》わん。今既《いますで》に我《わ》れを許《ゆる》せり。豈《あ》に我《わ》れ望《のぞ》まんや（望外のしあわせである）。初《はじ》め我《わ》れ逆旅《げきりょ》の中に於《お》いて疾《しっ》の為《た》めに発狂《はっきょう》し、既《すで》に荒山《こうざん》に入《い》る。而《しか》して僕者《しもべ》、我《わ》が乗馬衣嚢《じょうばいのう》を駆《か》りて悉《ことごと》く逃《に》げ去《さ》る。吾《わ》が妻孥《さいど》、尚《な》お在《あ》りて号《さけ》び怨《うら》まん。豈《あ》に我《わ》れ化《か》して異類《いるい》と為《な》るを知《し》らん乎《や》。君《きみ》、南自《みなみよ》り回《かえ》らば、為《た》めに書《しょ》を齎《もたら》して吾《わ》が妻子《さいし》を訪《と》い、但《た》だ我《わ》れ已《すで》に死《し》せりと云《い》え。今日《こんにち》の事《こと》を言《い》う無《な》かれ。之《こ》れを志《しる》せ」と。乃《すな》わち曰《い》わく、「吾《わ》れ人《ひと》の世《よ》に於《お》いて且《いささ》かも資業《しぎょう》（財産）無《な》し。子有《こあ》るも尚《な》お稚《おさな》く、固《もと》より自《み》ずから謀《はか》り難《がた》し。君《きみ》、位《くらい》は周《かしこき》あたりの行《ならび》に列《つら》なり、素《もと》より風義《みさお》を秉《まも》る。昔日《せきじつ》の分《したし》み、豈《あ》に他人《たにん》、能《よ》く右《みぎ》にいでん哉《や》。必《かな》らず、其《そ》の孤弱《こじゃく》を念《おも》って、時《とき》に其《そ》の乏《とぼ》しきを賑《すく》わんことを望《のぞ》む。道途《どうと》に殍死《かつえじに》せしむること無《な》くんば、亦《ま》た恩《おん》の大《だい》なる者《もの》なり」と。言已《げんおわ》って又《ま》た悲泣《ひきゅう》す。慘《さん》も、亦《ま》た泣《な》いて曰《い》わく、「慘《さん》と足下《そっか》とは休《よろこび》と戚《うれい》を同《とも》にす。然《しか》らば則《すな》わち足下《そっか》の子《こ》は、亦《ま》た、慘《さん》が子《こ》なり。当《まさ》に力《つと》めて厚命《こうめい》に副《そ》うべし。又《ま》た何《な》んぞ其《そ》の至《いた》らざるを虞《おそ》れん哉《や》」と。虎曰《とらい》わく、「我《わ》れに旧文《きゅうぶん》数十編《べん》有り。未《い》まだ代《よ》に行《おこ》なわれず。遺稿《いこう》有《あ》りと雖《いえど》も、当《まさ》に尽《ことごと》く散落《さんらく》すべし。君《きみ》、我《わ》が為《た》めに伝録《でんろく》せよ。誠《まこと》に文人《ぶんじん》の戸闥《はしくれ》にも列《つら》なること能《あた》わざるも、然《しか》れども亦《ま》た子孫《しそん》に伝《つた》うるを貴《とうと》ぶなり」と。慘《さん》、即《すな》わち僕《ぼく》を呼《よ》びて筆《ふで》を命《めい》じ、其《そ》の口《くち》に随《した》がって書《しょ》せしむ。二十章《しょう》に近《ちか》し。文甚《ぶんはなは》だ高《たか》く、理《り》甚《はなは》だ遠《とお》し。閲《み》て歎《たん》ずる者再三《ことさいさん》なり。虎曰《とらい》わく、

「此《こ》れ吾《わ》が平生《ありしひ》の業《ぎょう》なり。又《ま》た安《いず》くんぞ寝《や》めて伝《つた》えざるを得《え》ん歟《や》」と。既《すで》にして又《ま》た曰《い》わく、

「吾《わ》れ詩《し》一編を為《つく》らんと欲《ほっ》す。蓋《けだ》し吾《わ》が外《そと》は異《ことな》ると雖《いえど》も中《うち》は異《ことな》る所無《ところな》きを表《しめ》さんと欲《ほっ》し、亦《ま》た以《もっ》て吾《わ》が懐《おも》いを道《い》い吾《わ》が憤《いきどおり》を攄《はら》さんと欲《ほっ》するなり」。傪《さん》、復《ま》た吏《り》に命《めい》じ筆《ふで》を以《もっ》て之《こ》れに授《さず》けしむ。詩《し》に曰《い》わく、「偶〻《たまたま》狂疾《きょうしつ》に因《よ》って殊類《しゅるい》と成《な》る。災患《さいかん》相《あ》い仍《よ》って逃《のが》る可《べ》からず。今日《こんにち》の爪《そう》牙《が》誰《た》れか敢《あ》えて敵《てき》せん。当時《そのかみ》の声跡《せいせき》共《とも》に相《あ》い高《たか》し。我《わ》れ異物《いぶつ》と為《な》る蓬茅《ほうぼう》の下《もと》。君《きみ》已《すで》に軺《くるま》に乗《の》って気勢豪《きせいごう》なり。此《こ》の夕渓山《ゆうべけいざん》明月《めいげつ》に対《たい》す。長嘯《ちょうしょう》を成《な》さずして但《た》だ嘷《こう》を成《な》す」と。傪《さん》、之《こ》れを覧《み》て驚《おどろ》いて曰《い》わく、「君《きみ》の才行《さいこう》、我《わ》れ之《こ》れを知《し》ること久《ひさ》し。而《しか》も君《きみ》、此《ここ》に至《いた》れる者《は》、君《きみ》、平《その》生《かみ》に自《みず》から恨《く》ゆること有《あ》る無《な》きを得《え》ん乎《や》」と。虎曰《とらい》わく、「二儀《てんち》の物《もの》を造《つく》るに、固《もと》より親疎《しんそ》厚薄《こうはく》の間無《へだてな》し。其《そ》の遇《あ》う所《ところ》の時《とき》、遭《あ》う所《ところ》の数《さだめ》の若《ごと》きは、吾《わ》れ又《ま》た知《し》らざるなり。噫《ああ》、顔子《がんし》の不《ふ》幸《こう》、冉有《ぜんゆう》の斯《こ》の疾《やまい》、尼父《じほ》、常《か》って深《ふか》く之《こ》れを歎《たん》ぜり。若《も》し其《そ》の自《み》ずから恨《く》ゆる所《ところ》を反《かえ》りて求《もと》むれば、則《すな》わち吾《わ》れも亦《ま》た之《こ》れ有《あ》り。定《さだ》めて此《こ》れに因《よ》ることを知《し》らざらん乎《や》。吾《わ》れ故人《こじん》に遇《あ》えば、則《すな》わち自《み》ずから匿《かく》す所無《ところな》し。吾《わ》れ常《つね》に之《こ》れを記《しる》す。南陽郊外《なんようこうがい》に於《お》いて、嘗《か》つて一孀婦《そうふ》と私《わたくし》す。其《そ》の家《いえ》窺《ひそ》かに之《こ》れを知《し》り、常《つね》に我《わ》れを害《がい》する心有《こころあ》り。孀婦《そうふ》、是《こ》れ由《よ》り再《ふたた》び合《あ》うことを得《え》ず。吾《わ》れ因《よ》りて風《かぜ》に乗《じょう》じて火《ひ》を縦《はな》ち、一家数人、尽《ことごと》く之《こ》れを焚《や》き殺《ころ》して去《さ》る。此《こ》れ恨《く》いと為《な》す爾《のみ》」と。虎曰《とらい》わく、「使《つか》いして回《かえ》る日《ひ》、幸《さいわ》いに道《みち》を他《た》の郡《ぐん》に取《と》り、再《ふたた》び此《こ》の途《みち》を遊《たび》する無《な》かれ。吾《わ》れ今《こん》日《にち》は尚《な》お悟《めざ》めたるも、一日都《すべ》て酔《よ》わば、則《すな》わち君《きみ》此《ここ》を過《す》ぐるも、吾《わ》れ既《すで》に省《かえり》みず、将《まさ》に足下《そっか》を歯牙《しが》の間《かん》に砕《くだ》かんとし、終《つい》に士林《しりん》の笑《わら》いと成《な》らん。此《こ》れ吾《わ》れの切《せつ》なる祝《いのり》なり。君《きみ》、前《すす》み去《さ》ること百余歩、小山《しょうざん》に上《のぼ》り下視《かし》すれば、尽《ことごと》く此《ここ》を見《み》ん。将《まさ》に君《きみ》をして我《わ》れを見《み》令《し》めんとす。勇《ゆう》を矜《ほこ》

らんと欲《ほっ》するに非《あら》ず。君《きみ》をして見《み》て復《ま》た再《ふたた》び此《ここ》を過《す》ぎざら令《し》めば、則《すな》わち吾《わ》れの故人《こじん》を待《ま》つことの薄《うす》からざるを知《し》らん」と。復《ま》た曰《い》わく、「君《きみ》、都《みやこ》に還《かえ》り、吾《わ》が友人妻子《ゆうじんさいし》を見るも、慎《つつし》んで今日《こんにち》の事《こと》を言《い》う無《な》かれ。吾《わ》れ久《ひさ》しく使《つか》いの旆《はた》を留《とど》め、王程《おうてい》（公用の旅程）を稽《とど》め滞《とどこお》らせしを恐《おそ》る。願《ねが》わくは子《きみ》と訣《わか》れん」と。別《わか》れを叙《の》べること甚《はなは》だ久《ひさ》し。傪《さん》、乃《すな》わち再拝《さいはい》して馬《うま》に上《のぼ》り、草茅中《そうぼうちゅう》を回視《かいし》すれば、悲泣《ひきゅう》の聞《き》くに忍《しの》びざる所《ところ》あり。傪《さん》も亦《ま》た大《おお》いに慟《なげ》く。行《ゆ》くこと数里、嶺《みね》に登《のぼ》りて再《ふたた》び視《み》るに、則《すな》わち虎《とら》、林中《りんちゅう》自《よ》り躍《おど》り出《い》でて咆哮《ほうこう》し、巌谷《がんこく》皆《みな》震《ふる》う。後回《のちかえ》るに南中《なんちゅう》自《よ》りし（南方から帰るのに）、乃《すな》わち他《た》の道《みち》を取《と》りて、復《ま》た此《ここ》に由《よ》らず。使《つか》いを遣《つかわ》し書《しょ》及《およ》び賵贈《ふうぞう》（とむらいの供物）の礼《れい》を持《も》ち、徴《ちょう》が子《こ》に訃《ふ》せしむ。月余、徴《ちょう》が子《こ》、虢略《かくりゃく》自《よ》り京《けい》に入《い》り、傪《さん》に詣《いた》って先人《せんじん》の柩《ひつぎ》を求《もと》む。傪《さん》、已《や》むを得《え》ず具《つぶさ》に其《そ》の事《こと》を疏《の》ぶ。遂《か》くて己《おの》が俸《ほう》を以《もっ》て均《ひとし》く徴《ちょう》の妻子《さいし》に給《きゅう》し、饑凍《きとう》を免《まぬか》れしむ。傪《さん》、後官《のちかん》は兵部侍郎《へいぶじろう》に至《いた》れり。

——呉曾祺編「旧小説」

※　以上の文章は、作品「李陵」「山月記」の創作材料と目される中国古典を、作品鑑賞の参考として読み下したものである。理解を容易にするため、自由な訓読をほどこし、難解な語句には（　）を付して、補助的語句・説明を加えた。

（都留春雄編）

主要参考文献目録

単行本

福永武彦編　中島敦・梶井基次郎〔近代文学鑑賞講座・第18巻〕（角川書店　昭34・12）
佐々木充著　中島敦〔近代文学資料1〕（桜楓社　昭43・3、増補改訂版　昭50・5）
佐々木充著　中島敦の文学〔近代の文学・10〕（桜楓社　昭48・6）
濱川勝彦著　中島敦の作品研究〔国文学研究叢書〕（明治書院　昭51・9）
鷺只雄編　中島敦〔叢書　現代作家の世界・5〕（文泉堂出版　昭52・4）
日本文学研究資料刊行会編　梶井基次郎・中島敦〔日本文学研究資料叢書〕（有精堂　昭53・2）
中村光夫・氷上英広・郡司勝義編　中島敦研究（筑摩書房　昭53・12）
田鍋幸信編　写真資料　中島敦（創林社　昭56・12）
濱川勝彦編著「鑑賞現代日本文学」⑰梶井基次郎・中島敦（角川書店　昭57・1）
勝又浩編著　Sprit 中島敦〔作家と作品〕（有精堂　昭59・7）
奥野政元著　中島敦論考（桜楓社　昭60・4）
木村一信著　中島敦論（双文出版　昭61・2）

雑誌特集号・全集月報等

中島敦全集通信　第一号―第三号（『中島敦全集』筑摩書房　月報　昭23・10―24・6）

ツシタラ　第一輯—第五輯（『中島敦全集』文治堂書店　月報　昭34・6—36・4）
月報1—3（『中島敦全集』筑摩書房　昭51・3—51・9）
特集　中島敦　光と風と夢（「ユリイカ　詩と批評」第9巻9号　青土社　昭52・9）
小特集　中島敦（「方位」第2号　双文社　昭56・4）
特集　中島敦（「指向」第2号　麻布学園国語科内「指向」同人　昭58・3）山内修ほか論文5
中島敦（「現代文研究シリーズ」13〈「国語展望」別冊No.37〉尚学図書　昭58・5）成田孝昭ほか論文11

雑誌・単行本所収論文（昭和56年以後）

鈴木秀夫　『悟浄歎異』論—「唯心を其の形に置く」の一節を中心にして—（「日本文学研究」〈大東文化大学〉20号　昭56・1）
佐々木充　〈紹介〉原稿覆刻版『李陵』（「国文学」26—3　昭56・2）
奥野政元　「悟浄出世」論（「活水論文集」〈活水女子短大〉24号　昭56・3）
高村淳子　中島敦研究—「名人伝」より—（「宇部国文研究」〈宇部短大〉第12号　昭56・3）
片岡純子　中島敦「山月記」について（「駒沢短大国文」4号　昭56・3）
後藤悦良　「山月記」小考（「国語展望」57号　尚学図書　昭56・3）
大久保典夫　学界寸評111、戦時下文学の研究（「解釈と鑑賞」46—5　昭56・5）
竹腰幸夫　中島敦『弟子』制作過程について（「常葉国文」〈常葉学園短大〉6号　昭56・6）
竹腰幸夫　中島敦『遍歴』注釈ノート(2)（「国文瀬名」〈常葉学園短大〉第二集　昭56・6、(1)は第一集昭55・6、(3)は第三集　昭57・6、(4)は第四集　昭58・6、(5)は第六集　昭60・6）
内田圭子　中島敦『弟子』論（「国文瀬名」第二集　昭56・6）
渡辺和宜　中島敦における「神」その二（「新大国語」〈新潟大学教育学部〉七号　昭56・9、その一は

四号　昭53・3）
丹羽正光　中島敦覚え書（「関西文学」〈関西文学の会〉通巻217号　関西書院　昭56・10）
木村東吉　「古譚」の構想とその背景―中島敦中期文学についての一考察―（「日本文学」30巻10号　昭56・10）
木村一信　中島敦研究史稿㈢―昭和三十年代・その1―（「近代文学論集」〈日本近代文学会九州支部〉6号　昭56・11、㈠は、5号　昭54・11、㈡は、「方位」1号　昭55・9）
奥野政元　「弟子」の構造と主題（「活水日文」〈活水女子短大〉5号　昭56・12）
宇佐美真　「山月記」小論（「国語教室」9号　大修館　昭56・12）
吉崎一衛　中島敦の出発―『斗南先生』と『斗南存稾』―（「論究」〈二松学舎大学〉創刊号　昭57・1）
木村一信　「山月記」僻見（『鑑賞日本現代文学⑰梶井基次郎・中島敦』角川書店　月報　昭57・1）
郡司勝義　決定版　中島敦全集第二巻補遺（「中島敦全集」第二巻増補版　筑摩書房　昭57・3）
入江春行　中島敦「山月記」論（「大谷女子大国文」12号　昭57・3）
村田秀明　中島敦の漢詩の成立（「国語国文学研究」〈熊本大学〉17号　昭57・3）
野口久美　「李陵」考―モチーフ論の試み(1)―（「緑岡詞林」〈青山学院大学〉6号　昭57・3）
奥野政元　「李陵」ノート㈠（「活水論文集」25集　昭57・3）
中野美代子　沙悟浄と中島敦（「蟬」5号　文治堂書店　昭57・4）
佐々木充　原稿覆刻版『李陵』による試技一つ（「蟬」5号　文治堂書店　昭57・4）
吉崎一衛　中島敦の漢詩全釈㈠（「論究」〈二松学舎大学〉2号　昭57・4、㈡は　3号　昭57・7、㈢は　4号　昭57・10、㈣は　5号　昭58・3）
高島敏夫　中島敦論（「試行」〈試行社〉59号　昭57・9）
對馬勝淑　芸術家と倫理―『山月記』をめぐって（「半獣神」35号　沖積舎　昭57・11）

村山吉廣　中島敦とその家学(続)―祖父撫山及び三人の伯父―（「中国古典研究」〈早稲田大学〉27号　昭57・12、中島敦とその家学―鵬斎門流の中島撫山―は、22号　昭52・4）
神田秀夫　「悟浄出世」「悟浄歎異」覚書（「武蔵大　人文学会雑誌」氷上教授記念号14巻2号　昭57・12）
日南田一男　ヘンリー・アダムズとR・L・スティヴンスンと中島敦と―サモアでのある出会いをめぐって（その1）―（「武蔵大　人文学会雑誌」14巻3号　昭57・12）
国岡彬一　閉ざす型の文学―中島敦の三作品概念―（「国文白百合」〈白百合女子大学〉14号　昭58・3）
西谷博之　近代日本文学における実存思想―透谷・中島敦・泰淳をめぐって―（「女子聖学院短期大学紀要」15号　昭58・3）
河田正彦　「山月記」考（「国文学試論」〈大正大学〉9号　昭58・3）
江藤茂博　中島敦の文学的出発―宿命の認識―（「武蔵大学　日本文化研究」3号　昭58・5）
木村一信　中島敦「虎狩」の詩相―出発期の問題―（「昭和文学研究」7号　昭58・7）
佐々木充　中島敦（「別冊国文学　日本現代文学研究必携」昭58・7）
佐々木充　昭和十七年　社会情勢文壇の動向（「解釈と鑑賞」48巻11号　昭58・8）
藤村猛　『李陵』小考―その本質と成立について―（「国文学攷」〈広島大学〉99号　昭58・9）
木村東吉　『名人伝』とその背景（「島大国文」〈島根大学〉12号　昭58・10）
藤村猛　『山月記』小考―その問題点と構造及び位置―（「近代文学試論」〈広島大学〉21号　昭58・12）
高橋聡　『古譚』と『古俗』とから―中島敦ノート―（「立教高等学校研究紀要」14号　昭58・12）
小川由香里　「古譚」と「古俗」―「古俗」の成立を中心に―（「大妻国文」15号　昭59・3）
宗田潔　『山月記』―その構造と「何か他のもの」について―（「緑岡詞林」〈青山学院大学〉8号　昭59・3）
昆隆　「山月記」論史一面（「芝学園国語科研究紀要」2号　昭59・3）

丸山　茂　中島敦『山月記』についてのノート（「弘学大語文」〈弘前大学〉10号　昭59・3）
小沢保博　中島敦の南洋行(上)（「琉球大学教育学部紀要」27号　昭59・3）
武市恭介　中島敦『山月記』論（「徳島大・国語科研究会報」9号　昭59・3）
藤野恒男　『人虎伝』と『山月記』（「仁愛女子短大紀要」15号　昭59・4）
安廣英仁子　中島敦論―「光と風と夢」に見る雄飛への意志―（「山口国文」7号　昭59・4）
藤野恒男　『弟子』小論（「仁愛国文」2号昭59・10）
山本周子　中島敦「山月記」考（「二松学舎大学人文論叢」29号　昭59・10）
吉崎一衛　中島敦漢詩全釈（「NHK学園紀要」9号　昭59・11）
藤本千鶴子　「山月記」の自尊心と羞恥心（「甲南国文」31号　昭60・3）
長谷川明久　「山月記」論（「国語教室」23号　大修館書店　昭60・4）
昆　　隆　「山月記」読解（「日本文学」34巻6号　昭60・6）
竹腰幸夫　中島敦「名人伝」の周辺（「常葉国文」10号　昭60・6）
倉澤昭壽　中島敦ノート　Ⅰ「名人伝」について　Ⅱ無題　Ⅲ「北方行」を中心に　Ⅳ「南島譚」をめぐって　Ⅴ「古譚」を中心に（『作家と文体―国語教育の一方法―』麦秋社　昭60・6）
村山吉廣　中島撫山の「幸魂教舎」（「漢文教育」創刊号　昭60・10）
飯塚　浩　井上靖「狼災記」について―中島敦「山月記」をめぐって―（「文学研究」62号　昭60・12）
藤村　猛　「名人伝」小考―その意味するもの―（「近代文学試論」〈広島大学〉23号　昭60・12）
趙　楽甡　〝長嘯を成さず、但だ嘷を成すのみ〟―中島敦「山月記」読後―（「国語通信」No.282　筑摩書房　昭61・2）
入江春行　中島敦「李陵」論（「大谷女子大国文」16号　昭61・3）
平島英利子　中島敦の文学―「狼疾」と「妖怪」―（「金城国文」62号　昭61・3）

Ochner, Nobuko Miyama, Ph. D.（University of Hawaii）
NAKAJIMA ATSUSHI : His Life and Work.（1948）（学位論文）

（木村東吉作成）

年譜

明治四二年（一九〇九）

五月五日、東京市四谷区箪笥《たんす》町五九番地（現在の東京都新宿区三栄町一〇番地のあたり）に生まれた。父、田人《たびと》は、千葉県銚子町外二町五か村組合立銚子中学校に勤務していた。母、千代子も教員で東京市内の小学校に勤務していたというが、詳しくはわかっていない。

戦前、教員検定試験の制度があって、学歴がなくとも、この試験によって教員の資格を取得できた。敦の父、田人は、二二歳で中等教員漢文科（現在の高等学校に相当する）の資格を得て、中学校の教師をしていた。

敦の祖父撫山《ぶざん》中島慶太郎は亀田《かめだ》鵬斎《ほうさい》門の漢学者である。七男三女があり、田人（一八七四―一九四五）は六男である。長子靖は栃木在住の、次男端は斗南と号したともに漢学者であり、三男竦は中国古代文字の在野の研究者である。四男翊はプロテスタント派の牧師であり、五男開蔵は造船家、末弟比多吉は満州国の高級官吏であった。

また、以下の年譜が示すように、敦は父親とはかけ離れた生活もあってか、われわれに想像されるような幼少からの漢学の素読は受けていなかった。後年「山月記」を読んだ田人は「誰も教えないのによくこれほどまでに」と驚いたという。

明治四三年（一九一〇）　一歳

二月、ゆえあって母千代子が離別された。後年「彼は生みの母の面影も知らなかった」とみずから書いている。父の郷里埼玉県久喜町の祖父母の許に引きとられた。

四月、父、田人、奈良県郡山中学校に転じ任地に移る。

明治四四年（一九一一）　二歳
六月二四日、祖父中島撫山永眠す。行年八四歳。
大正三年（一九一四）　五歳
二月一八日、父が再婚する。
大正四年（一九一五）　六歳
三月、小学校入学のために、父の任地、奈良県郡山町に移る。
大正五年（一九一六）　七歳
四月、奈良県郡山男子尋常小学校に入学。
大正七年（一九一八）　九歳
五月、父が静岡県浜松中学校の教師となり、六月末、第三学年一学期を終了して、七月静岡県浜松尋常小学校に転入学する。
大正九年（一九二〇）　一一歳
九月、父が朝鮮竜山中学校に転勤し、朝鮮京城竜山小学校の第五学年に第二学期より転入学する。
大正一一年（一九二二）　一三歳
三月、竜山小学校を卒業し、四月、朝鮮京城府公立京城中学校に入学。
大正一二年（一九二三）　一四歳
三月、妹澄子が生まれ、四月第二母が死去する。
大正一三年（一九二四）　一五歳
四月、三番目の母を迎える。
大正一四年（一九二五）　一六歳
三月、父が竜山中学校を退職し、一〇月より関東庁立大連第二中学校へ奉職する。
大正一五年・昭和元年（一九二六）一七歳
四月、中学の四年修了より第一高等学校（現在の東京大学教養学部）文科甲類に入学する。抜群の成績であった。

昭和二年（一九二七）　一八歳

春、肋膜《ろくまく》炎をわずらい一年間休学する。八月、『校友会雑誌』に「下田の女」を掲載。

昭和三年（一九二八）　一九歳

この頃よりすでに喘息《ぜんそく》の発作があったといわれている。四月、今までの寮生活から、東京青山の親《しん》戚《せき》の家に寄寓《きぐう》する。そこで、年長の田中西二郎と相知るようになった。一一月、『校友会雑誌』に「ある生活」「喧嘩《けんか》」の二編が掲載される。

昭和四年（一九二九）　二〇歳

二月、文芸部員となり『校友会雑誌』の編集に携わるようになる。部長は立沢剛、部員は高橋三義、木村左京、氷上英広、中島敦の四名。同誌は不定期刊行ながら年間に五、六回出すのを目標としていた。六月『校友会雑誌』に「蕨《わらび》・竹・老人」「巡査の居る風景」を「短篇二つ」という題のもとに発表する。

昭和五年（一九三〇）　二一歳

一月、『校友会雑誌』に「D市七月叙景(1)」を発表。三月、第一高等学校を卒業。四月、東京帝国大学文学部国文学科に入学。六月、伯父中島端（斗南先生）目黒区洗足の第三弟山本開蔵氏宅にて死去、行年七八歳。著書に「支那分割の運命」「斗南存稾《となんぞんこう》」（昭和七年文求堂刊）がある。夏期休暇を中心にして荷風、潤一郎の作品をほとんど読む。

昭和六年（一九三一）　二二歳

三月、橋本たかと結婚。八月、休暇中にやがて卒業論文への材料となる上田敏全集、子規全集、鷗外全集などを読む。

▼「私の覚え書きに『十二月十二日、中島ノレコード売立』というのがある。本郷三丁目あたりで高校以来の友人を集めて、私の家へ円タク連れて来て、中島のレコード三十枚あまりを売り立てた。そのころはなにくれとなく金が要ったのだろう」（氷上英広「中島の回想から」）

▼「夏休みがすぎてから、しばらくぶりで逢《あ》った時の話。

――このごろ、なにか、大ものを読んだかね」と、私。

――うん、夏中勉強したよ」と、トン。

――なんだい、それは」

――アマノソウフの全集を、読み通したよ。もうれつに勉強した。ヤツは、えらいな」と、トン、すましている。

――なんだい、そのアマノソウフっていうのは。学者かい」

――うん。将棋の天才だ。江戸時代のヤツだ」

（釘本久春「敦のこと」）

昭和七年（一九三二）　二三歳

八月、当時満州国建国の要人だった旅順《りょじゅん》在住の叔父を頼って、南満州、中国北部を旅行する。秋、朝日新聞社の入社試験を受ける。伯父（中島撫山の次男、端、斗南と号した）のことを「斗南先生」という短編にまとめる。「療養所にて」という短編を試みている。

昭和八年（一九三三）　二四歳

一月中島撫山の著『演孔堂詩文』および中島斗南の『斗南存稾』を東京帝国大学図書館に寄贈する。

▼「（別の伯父から『斗南存稾』を）帝大と一高の図書館へ納めるように、いいつけられているのである。……図書館に納めることが功徳《くどく》になるか、どうかすこぶる疑問だな、などと思いながら、彼は、渋紙《しぶがみ》を探して小包を作りにかかった」（「斗南先生」より）

三月、東京帝国大学国文科を卒業した。卒業論文は「耽美派の研究」。森鷗外、上田敏および『スバル』一派の耽美《たんび》的傾向を論じ、永井荷風（「つゆのあとさき」まで）・谷崎潤一郎（「蘆刈《あしかり》」「盲目物語」まで）に終わる四二〇枚の論攷《ろんこう》である。

四月、大学院に入学する。研究題目は「森鷗外の研究」。

▼「勝田鹿谷《ろっこく》ノ事ハ森鷗外《もりおうがい》ノ伊沢蘭軒《いざわらんけん》ノ伝ニ鵬《ほう》斎《さい》始メテ菅茶山《かんさざん》ニ逢《あ》ワレシ時ノ事ヲ説キテ勝田鹿谷ノ寿筵《じゅえん》ニ遅レテ往キタル……此《こ》ノ鹿谷ノ伝ガ判然セザリシ故ニ問合セタノデアルガ此《これ》ハイ

ササカ間違ノ様デアル……鵬先生逝去ノ年ニテ先生七十五ナレバ鹿谷ハ二十五歳年下ナリ老人ト称ス可《べ》き理ナシ……恐ラクロクコク違イニシテ麓谷《ろっこく》ト云《い》ウ人ナルベシ……別ニ麓谷ト云ウ人ハ無シ哉《や》無クバ致方《いたしかた》ナキモ発見シタナラ報ジ越サレタシ（以下略）」（中島竦より中島敦あて書簡より）

▼「大学へ入ってからは、氏は国文科であり、僕は仏文科だったので、殆《ほと》んど顔を合わす機会はなかった。しかし高等学校の同級生だった友人が国文科にいたので、その友人を通じて氏の消息はときどき聞くことがあった。氏はその頃《ころ》無数に出ていた同人雑誌のどれにもあまり関係せず、また小説なども書かなかったらしい。その頃僕等の使った言葉で云《い》えば、氏は『文学をやめて』いた。ただその頃学校で流行《はや》っていた明治文学研究の会で、氏が喋《しゃべ》ったことがなかなか面白かったというようなことをその友人は云っていた」（中村光夫「旧知」）

四月、父の縁故によって横浜市中区の横浜高等女学校（現在、横浜市磯子区の横浜学園高等学校）の教師となり、単身赴任し、居を同市中区長者町に定める。妻郷里の愛知県依佐美《よさみ》村にて長男を生出する。五月、横浜市中区山下町に移転する。八月、ロレンス「息子と恋人たち」を同窓の木村行雄氏と翻訳する。ただし沢村寅二郎助教授の下訳である。この秋、前記山下町のアパートにて「北方行」の一部をある同僚に朗読してきかせたことがあったという。

この春、カフカの作品を英訳で読んでいるがわが国でのカフカの読者としてはかなり早い方であろう。一部、翻訳が残されている。

昭和九年（一九三四）　二五歳

二月ごろ「虎狩」を書き『中央公論』の懸賞に応募する。三月、大学院を中退。四月、横浜市中区柏葉《かしわば》の市営アパートに移る。五月、同僚と乙女峠に登る。七月、「虎狩」が選外佳作と発表される。「やはり入選作（「贅肉《ぜいにく》」「盲目」）には到底及びつかないよ」とある友人に述懐していたという。八月、同僚と尾瀬から奥日光に遊ぶ。

この秋、喘息《ぜんそく》発作のため生命を危ぶまれたことがある。

昭和一〇年（一九三五）　二六歳

四月、横浜市の浅野学園中学校の教師をしていた友人の釘本久春氏を介して同校の教師の三好四郎氏と相知る。三好氏は京城中学で敦の二年後輩である。七月、白馬岳に登る。八月、御殿場に一夏を過ごす。秋、関西修学旅行に引率同行する。ラテン語、ギリシア語に興味をよせたり、ガーネットの作品を愛読したり、「列子」や「荘子」を愛読したりしていたのはこの頃であるという。同僚数名とパスカルの「パンセ」の講読会を持ったのもこの年という。

昭和一一年（一九三六）　二七歳

二月、シャリアピンの独唱会を日比谷公会堂へききに行く。三月初め、横浜市中区本郷町に一家を構える。下旬、小笠原諸島への旅行に出る。四月二五日、第三母死去。六月、遅くともこの頃から三好四郎氏を介して同氏の隣人深田久弥氏の許を訪れるようになる。八月、中国旅行に立ち、上海《シャンハイ》埠頭《ふとう》にて三好四郎氏と落ちあい、杭州《こうしゅう》、蘇州《そしゅう》に遊ぶ。この時の見聞印象をのちに「朱塔」と題して短歌にまとめる。一一月より一二月までに「狼疾《ろうしつ》記《き》」「かめれおん日記」をそれぞれ脱稿。韓非子《かんぴし》、王維《おうい》、高青邱《こうせいきゅう》などを愛読していたのはこの頃であるといわれ、「アナトール・フランス全集」を英訳によって読んでいる。ついでながら、その頃翻訳された、アナトール・フランスの「エピキュールの園」と「狼疾記」「かめれおん日記」との関連について考えてみるのもむだではないであろう。

昭和一二年（一九三七）　二八歳

一月、長女正子生まれて三日目に亡くなる。七月には同僚の教員たちと野球ができるほど元気で、一週間の受持ち時間が二三時間もあるほどだった。秋より喘息《ぜんそく》が悪化しはじめる。「北方行」を現在の形にまとめ上げたのもほぼこの頃であり、一一月から一二月にかけて「和歌五百首」を作る。

昭和一三年（一九三八）　二九歳

この年、草花つくりに熱中したり、機を見てはよく音楽会やレコードを聴きに出歩いたりしている。八月、渋川、地獄谷を経て志賀高原に遊ぶ。この頃より同年輩の同僚たちがぼつぼつ他へ転勤、転職して行くようになる。八月、オルダス・ハックスレイの「パスカル」を訳了する。

昭和一四年（一九三九）　三〇歳

この年より喘息の発作が劇《はげ》しくなり、相撲や音楽や天文学に好奇心を持つようになったのもこのためであったという。教務手帳が相撲の星取表に変わったりしていた。

友人釘本久春氏が一〇月より文部省の教科書の図書監修官となり「支那で出す日本語の教科書」を編修するようになる。翌々年「南方植民地で出す日本語の教科書」の編修書記となったのは、同氏の斡旋によるものである。

一月、「悟浄歎異《ごじょうたんい》」脱稿。この年、オルダス・ハックスレイの「スピノザの虫」と小説「クラックスドン家の人々」を翻訳、後者は全文ではなく、しかも未定稿のまま残されている。

昭和一五年（一九四〇）　三一歳

二月、次男出生。

夏ごろからスティヴンスンを読みはじめる。

▼「スティヴンスンのエヴリマンズは見当らないが、ツシタラ・エディションがある。三十何巻かあって全部じゃないかと思う。イン・ザ・サウス・シーズとポエムズ二巻を借りて来たが役に立つようだったら送る。バルフォアの評伝はみつからない」（九月一六日　氷上英広より中島敦あて）

またプラトンをさかんに読んでいたのもこの頃であり、後年「国家」を基にして小説を書いてみたいと、雑誌の編集者に語っていたという。古代エジプト、アッシリアに関する文献をも同時に読みだしていたという。

暮れごろから喘息の発作にしばしばみまわれ、週一日ないし二日という勤務状態となる。冬は南洋に、夏は満州に転地すればよいだろうと考えるようになる。

昭和一六年（一九四一）　三二歳

二月、喘息《ぜんそく》の発作がひどく、真剣に転地療養を考えはじめる。三月末、横浜高女を休職する。一か年の復帰猶予が認められていたが、結局これが事実上の退職となった。四月、新学期より校主田沼氏の要請により当時六六歳の父田人が代わって同校に勤めることとなり、東京世田谷の自宅より通勤する。

▼「僕の南洋の就職の話がきまりかけていて、少し、ぐずぐずしているためです。僕の病気は冬に悪いので、いっそ南洋へでも行ったらと考えたのです。その話がきまり次第、伺います」

（五月三一日　田中西二郎あて書簡）

五月末か六月はじめ、別れの挨拶《あいさつ》かたがた深田久弥氏のもとをたずねるが、同氏が不在だったため置き手紙とともに原稿数編を委託する。六月一六日、横浜高女へ退職届を提出。六月二八日、国語編修書記として南洋庁内務部地方課に勤務することとなる。パラオ島コロール町一丁目パラオ南洋庁に赴任するため横浜を出発し、七月六日任地に着く。（当時の南洋庁長官は近藤駿介、内務部長は堂本貞一である。昭和一六年末現在の人口は一四一、二五九人、うち日本人は九〇、〇七二人であった。全群島に三四の国民学校があり、島民児童のための公学校は二六、他に中学校、高等女学校、木工徒弟養成所、青年学校、国語養成所、その他に実業学校が二校あった。）着任早々から八月末までひどく健康を害う。この頃彫刻家でパラオ民俗に造詣の深い土方久功氏を知り、以来勤務外の暇をみては同氏のもとを訪れ、同氏の採集した数々の民話を教えられる。

九月一〇日、島民部落への出張を手始めに「実にいやでいやで堪らぬ官吏生活のうちで唯一つの息抜き」の出張旅行に勤務の大半を費やすようになる。一一月から一二月にかけて、深田久弥氏のもとにあずけて行った原稿のうち二編「山月記」と「文字禍」が翌年二月号の『文学界』に採用ときまる。一一月一九日、文部省より「（旧制）高等学校教員無試験検定合格」の国語教員免許状を下付される。一二月三一日「心臓性喘息ノタメ劇務ニ適セズ」という理由によって「内地勤務」を希望する。

昭和一七年（一九四二）　三三歳

一月、中旬より約二週間、土方久功氏とパラオ本島一周旅行をする。

▼「パラオは毎日雨が降るんでね、カラリと地面の乾くことがない。之《これ》では喘息《ぜんそく》に良くない訳だ。内地の五月から十月迄《まで》の方が、パラオよりは、ずっと喘息にいいよ。戦争が終る迄喘息と戦いながらこんな所で頑張るのでは身体《からだ》がもつかどうか怪しいから、なるべく東京出張所勤務にして貰《もら》って、上野の図書館へ通わして貰うようにしようと考えている。全然参考書も何もなしでは、僕の仕事は出来ないから、しかし、この時節がら、何時になったら東京へ廻《まわ》して貰えるやら見当が付かない。……役所での生活は相変らず不愉快。毎日毎日イヤーナ気持ばかり味わせられている……」（一月九日　妻あて書簡）

二月、『文学界』二月号に「古譚《こたん》」の名のもとに「山月記」と「文字禍」が掲載される。

▼「四篇のうち二篇だけ載せたのは、あの二篇がすぐれていたからです。……『カメレオン日記』は推薦しなかった。君の感想文としては面白いが、小説としては取れない気がした。……最後に一番大事なこと。次作を待つ」（三月三一日　深田久弥より中島敦あて書簡）

▼「『古譚《こたん》』の内二篇が『文学界』二月号に出たことは既に御承知の事と思います。ジャアナリスチックの噂《うわさ》は知りませんが（此頃《このごろ》あまりその方は注意しませんので）眼のある人達の間では大へん好評だったことを書添えます」（四月一日　深田久弥より中島敦あて書簡）

三月一七日、南洋よりおそらくは東京へ転勤の意を含めた出張のため帰京する。気候の変化による寒さのため肺炎をおこし、世田谷区世田谷一の一二四、父田人方にて病を養うに至る。三月末、「ツシタラの死」が『文学界』に採用されることとなり、内容の重複があることと分量が多いこと、さらに題名が不適当とする意見があって、省略と改題を提案される。

▼「この頃は紙の統制で雑誌が薄くなり、五月号から又一割減だそうです。それで『ツシタラ

の死』を載せると、大半はそれで頁を埋めてしまいますので、作品を少し削減して頂きたいのです。……尤《もっと》も僕がどうしても削除訂正絶対反対を唱えれば、編輯《へんしゅう》の方でも折れるそうですが……君も削除絶対反対なら、何とかして全文載せるが、枉《ま》げて削除訂正御承知下されば幸甚に存じます。新人の百枚以上の小説を一度に載せることは、商売雑誌（文学界はもうそれに成長しました）にとって一大英断で、それほど河上も僕もこの作品をみとめて、勢いこんでいるのです」（四月一日　深田久弥より中島敦あて書簡）

五月、「光と風と夢―五河荘日記抄」が『文学界』五月号に全文削除なく一挙掲載される。四月から六月にかけて「悟浄出世《ごじょうしゅっせ》」を脱稿。六月末、「弟子」を脱稿。

▼「ヤメル形式ハ僕モ知ラナイノデスガ、モウ日数モナイノデ僕ノ方ハ診断書ヲ添エテ兎《と》モ角《かく》モ出サナケレバナラナイト思ッテ居マス」（七月六日　土方久功より中島敦あて書簡）

「これからは役人をやめて、原稿を書いて生活して行くことになるでしょう。今も盛んに書いています」（七月三日　中島敦より教え子あて書簡）

「送って貰《もら》った文学界の小説を読んだ。何ともいえず楽しく幸福な感動を味《あじわ》いながら読み終った。あの一篇は僕のこれまでの君についての一切の知識や理解の貧しさを知らせたとも云《い》えるが同時にそれらから帰納して持っていた漠然《ばくぜん》としたものが立派な形をとって現前したことを感じ会心に堪えなかった」（七月三一日　田中西二郎より中島敦あて書簡）

七月一五日、『光と風と夢』が筑摩書房より刊行、収録作品は「古譚」四編、「斗南先生」「虎狩」「光と風と夢」である。七月末ごろ、南洋庁へ辞表を提出し、九月七日付けにて願いにより本官を免ぜられる。八月、「幸福」「夫婦」「鶏」を書き上げる。九月初め、第二創作集の原稿をまとめ、一一月一五日、今日の問題社より『南島譚《たん》』が刊行された。収録作品は「南島譚」三編、「環礁《かんしょう》」「悟浄出世」「悟浄歎異」「古俗」二編、「過去帳」二編である。一一月中旬より喘息の発作が烈《はげ》しく、心臓衰弱のため、世田谷一の一七七岡田医院に入院する。一二月四日午前六時、同医院にて死去、多磨墓地に葬られる。
一二月「名人伝」が『文庫』に発表された。一〇月末ごろ一応書き上げた原稿が遺《のこ》され、未亡人より深田久弥氏の手に渡された。同氏が「出来るだけ主観を入れない、淡白な題を選んで」「李陵《りりよう》」と名づけた。

昭和一八年（一九四三）

一月、船山馨氏らの同人雑誌『新創作』に遺稿「章魚木《たこのき》の下で」が掲載される。二月『中央公論』に「弟子」が掲載される。
▼「『弟子』の方を戴《いただ》き度《た》いと存じます、ただ今年一ぱいは大体創作欄が予約済みの形ですので来年度に発表させて戴きます」（以下略）（昭和一七年八月、編集担当者より中島敦あて）
七月「李陵」が『文学界』に掲載される。

（郡司勝義編）

李《り》陵《りょう》・山《さん》月《げつ》記《き》

弟《で》子《し》・名《めい》人《じん》伝《でん》

中《なか》島《じま》 敦《あつし》

昭和43年 9月10日　初版発行
令和6年 5月15日　改版101版発行

発行者●山下直久

発行●株式会社KADOKAWA
〒102-8177　東京都千代田区富士見2-13-3
電話　0570-002-301(ナビダイヤル)

角川文庫 294

印刷所●株式会社KADOKAWA
製本所●株式会社KADOKAWA

表紙画●和田三造

●お問い合わせ
https://www.kadokawa.co.jp/(「お問い合わせ」へお進みください)
※内容によっては、お答えできない場合があります。
※サポートは日本国内のみとさせていただきます。
※Japanese text only

Printed in Japan
ISBN978-4-04-110302-9　C0193

◆◇◇

角川文庫発刊に際して

角川源義

第二次世界大戦の敗北は、軍事力の敗北であった以上に、私たちの若い文化力の敗退であった。私たちの文化が戦争に対して如何に無力であり、単なるあだ花に過ぎなかったかを、私たちは身を以て体験し痛感した。西洋近代文化の摂取にとって、明治以後八十年の歳月は決して短かすぎたとは言えない。にもかかわらず、近代文化の伝統を確立し、自由な批判と柔軟な良識に富む文化層として自らを形成することに私たちは失敗して来た。そしてこれは、各層への文化の普及滲透を任務とする出版人の責任でもあった。

一九四五年以来、私たちは再び振出しに戻り、第一歩から踏み出すことを余儀なくされた。これは大きな不幸ではあるが、反面、これまでの混沌・未熟・歪曲の中にあった我が国の文化に秩序と確たる基礎を齎らすためには絶好の機会でもある。角川書店は、このような祖国の文化的危機にあたり、微力をも顧みず再建の礎石たるべき抱負と決意とをもって出発したが、ここに創立以来の念願を果すべく角川文庫を発刊する。これまで刊行されたあらゆる全集叢書文庫類の長所と短所とを検討し、古今東西の不朽の典籍を、良心的編集のもとに、廉価に、そして書架にふさわしい美本として、多くのひとびとに提供しようとする。しかし私たちは徒らに百科全書的な知識のジレッタントを作ることを目的とせず、あくまで祖国の文化に秩序と再建への道を示し、この文庫を角川書店の栄ある事業として、今後永久に継続発展せしめ、学芸と教養との殿堂として大成せんことを期したい。多くの読書子の愛情ある忠言と支持とによって、この希望と抱負とを完遂せしめられんことを願う。

一九四九年五月三日

角川文庫ベストセラー

角川文庫ベストセラー

河童・戯作三昧　芥川龍之介

芥川が自ら命を絶った年に発表され、痛烈な自虐と人間社会への風刺である「河童」、江戸の戯作者に自己を投影した「戯作三昧」の表題作他、「或日の大石内蔵之助」「開化の殺人」など著名作品計10編を収録。

杜子春　芥川龍之介

人間らしさを問う「杜子春」、梅毒に冒された15歳の南京の娼婦を描く「南京の基督」、姉妹と従兄の三角関係を叙情とともに描く「秋」他「黒衣聖母」「或敵打の話」などの作品計17編を収録。

トロッコ・一塊の土　芥川龍之介

写実の奥を描いたと激賞される「トロッコ」、一つの事件に対する認識の違い、真実の危うさを冷徹な眼差しで綴った「報恩記」、農民小説「一塊の土」ほか芥川文学の転機と言われる中期の名作21篇を収録。

或阿呆の一生・侏儒の言葉　芥川龍之介

時代を先取りした「見えすぎる目」がもたらした悲劇。自らの末期を意識した凄絶な心象が描かれた遺稿「歯車」「或阿呆の一生」、最後の評論「西方の人」、箴言集「侏儒の言葉」ほか最晩年の作品を収録。

高野聖　泉　鏡花

飛騨から信州へと向かう僧が、危険な旧道を経てようやくたどり着いた山中の一軒家。家の婦人に一夜の宿を請うが、彼女には恐ろしい秘密が。耽美な魅力に溢れる表題作など5編を収録。文字が読みやすい改版。

角川文庫ベストセラー

伊豆の踊子　川端康成

孤独の心を抱いて伊豆の旅に出た一高生は、旅芸人の十四歳の踊り子にいつしか烈しい思慕を寄せる。青春の慕情と感傷が融け合って高い芳香を放つ、著者初期の代表作。

雪国　川端康成

国境の長いトンネルを抜けると雪国であった。「無為の孤独」を非情に守る青年・島村と、雪国の芸者・駒子の純情。魂が触れあう様を具に描き、人生の哀しさ美しさをうたったノーベル文学賞作家の名作。

檸檬　梶井基次郎

私は体調の悪いときに美しいものを見るという贅沢をしたくなる。香りや色に刺激され、丸善の書棚に檸檬一つを置き――。現実に傷つき病魔と闘いながら、繊細な感受性を表した表題作など14編を収録。

武蔵野　国木田独歩

人間の生活と自然の調和の美を詩情溢れる文体で描き出し、日本の自然主義の先駆けと称された表題作をはじめ、初期の名作を収録した独歩の第一短編集。（解説：中島京子）

蟹工船・党生活者　小林多喜二

ソ連領海を侵して蟹を捕り、船内で缶詰作業も行う蟹工船では、貧困層出身の人々が過酷な労働に従事している。非人間的な扱いに耐えかね、労働者たちは立ち上がったが……解説が詳しく読みやすい新装改版！

角川文庫ベストセラー

続　明治開化　安吾捕物帖　坂口安吾

文明開化の明治の世に次々起こる怪事件。その謎を鮮やかに解くのは英傑・勝海舟と青年探偵・結城新十郎。果たしてどちらの推理が的を射ているのか？　安吾が描く本格ミステリ12編を収録。

晩年　太宰治

自殺を前提に遺書のつもりで名付けた、第一創作集。〝撰ばれてあることの　恍惚と不安と　二つわれにあり〟というヴェルレエヌのエピグラフで始まる「葉」、少年時代を感受性豊かに描いた「思い出」など15篇。

女生徒　太宰治

「幸福は一夜おくれて来る。幸福は――」多感な女子生徒の一日を描いた「女生徒」、情死した夫を引き取りに行く妻を描いた「おさん」など、女性の告白体小説の手法で書かれた14篇を収録。

走れメロス　太宰治

妹の婚礼を終えると、メロスはシラクスめざして走りに走った。約束の日没までに暴虐の王の下に戻らねば、身代わりの親友が殺される。メロスよ走れ！　命を賭けた友情の美を描く表題作など10篇を収録。

斜陽　太宰治

没落貴族のかず子は、華麗に滅ぶべく道ならぬ恋に溺れていく。最後の貴婦人である母と、麻薬に溺れ破滅する弟・直治、無頼な生活を送る小説家・上原。戦後の混乱の中を生きる4人の滅びの美を描く。

角川文庫ベストセラー

人間失格
太宰 治

無頼の生活に明け暮れた太宰自身の苦悩を描く内的自叙伝であり、太宰文学の代表作である「人間失格」と、家族の幸福を願いながら、自らの手で崩壊させる苦悩を描き、命日の由来にもなった「桜桃」を収録。

ヴィヨンの妻
太宰 治

死の前日までに13回分で中絶した未完の絶筆である表題作をはじめ、結核療養所で過ごす20歳の青年の手紙に自己を仮託した「パンドラの匣」、「眉山」など著者が最後に光芒を放った五篇を収録。

ろまん燈籠
太宰 治

退屈になると家族が集まり〝物語〟の連作を始める入江家。個性的な兄妹の性格と、順々に語られる世界が重層的に響きあうユニークな家族小説。表題作他、バラエティに富んだ七篇を収録。

津軽
太宰 治

昭和19年、風土記の執筆を依頼された太宰は3週間にわたって津軽地方を1周した。自己を見つめ、宿命の生地への思いを素直に綴り上げた紀行文であり、著者最高傑作とも言われる感動の1冊。

愛と苦悩の手紙
太宰 治
編／亀井勝一郎

獄中の先輩に宛てた手紙から、死のひと月あまり前に妻へ寄せた葉書まで、友人知人に送った書簡二一二通。太宰の素顔と、さまざまな事件の消息、作品の成立過程などを明らかにする第一級の書簡資料。

角川文庫ベストセラー

痴人の愛　谷崎潤一郎

日本人離れした家出娘ナオミに惚れ込んだ譲治。自分の手で一流の女にすべく同居させ、妻にするが、ナオミは男たちを誘惑し、堕落してゆく。ナオミの魔性から逃れられない譲治の、狂おしい愛の記録。

春琴抄　谷崎潤一郎

9つの時に失明した春琴は丁稚奉公の佐助と心を通わせていく。そんなある日、春琴が顔に熱湯を浴びせられ、やけどを負った。そのとき佐助は——。異常なまでの献身によって表現される、愛の倒錯の物語。

細雪　(上)(中)(下)　谷崎潤一郎

大阪・船場の旧家、蒔岡家。四人姉妹の鶴子、幸子、雪子、妙子を主人公に上流社会に暮らす一家の日々が四季の移ろいとともに描かれる。著者・谷崎が第二次大戦下、自費出版してまで世に残したかった一大長編。

二十四の瞳　壺井　栄

昭和のはじめ、瀬戸内海の小島に赴任したばかりの大石先生と、個性豊かな12人の教え子たちによる人情味あふれる物語。戦争のもたらす不幸、貧しい者が常に虐げられることへの怒りを訴えた不朽の名作。

吾輩は猫である　夏目漱石

苦沙弥先生に飼われる一匹の猫「吾輩」が観察する人間模様。ユーモアや風刺を交え、猫に託して展開される人間社会への痛烈な批判で、漱石の名を高からしめた。今なお爽快な共感を呼ぶ漱石処女作にして代表作。

角川文庫ベストセラー

坊っちゃん　夏目漱石

単純明快な江戸っ子の「おれ」(坊っちゃん)は、物理学校を卒業後、四国の中学校教師として赴任する。一本気な性格から様々な事件を起こし、また巻き込まれるが。欺瞞に満ちた社会への清新な反骨精神を描く。

草枕・二百十日　夏目漱石

俗世間から逃れて美の世界を描こうとする青年画家が、山路を越えた温泉宿で美しい女を知り、胸中にその念願を成就する。「非人情」な低徊趣味を鮮明にした漱石の初期代表作『草枕』他、『二百十日』の2編。

虞美人草　夏目漱石

美しく聡明だが徳義心に欠ける藤尾は、亡父が決めた許嫁ではなく、銀時計を下賜された俊才・小野に心を寄せる。恩師の娘という許嫁がいながら藤尾に惹かれる小野……漱石文学の転換点となる初の悲劇作品。

三四郎　夏目漱石

大学進学のため熊本から上京した小川三四郎にとって、見るもの聞くもの驚きの連続だった。女心も分からず、思い通りにはいかない。青年の不安と孤独、将来への夢を、学問と恋愛の中に描いた前期三部作第1作。

それから　夏目漱石

友人の平岡に譲ったかつての恋人、三千代への、長井代助の愛は深まる一方だった。そして平岡夫妻に亀裂が生じていることを知る。道徳的批判を超え個人主義的正義に行動する知識人を描いた前期三部作の第2作。

角川文庫ベストセラー

門　夏目漱石

かつての親友の妻とひっそり暮らす宗助。他人の犠牲の上に勝利した愛は、罪の苦しみに変わっていた。宗助は禅寺の山門をたたき、安心と悟りを得ようとするが。求道者としての漱石の面目を示す前期三部作終曲。

こころ　夏目漱石

遺書には、先生の過去が綴られていた。のちに妻とする下宿先のお嬢さんをめぐる、親友Kとの秘密だった。死に至る過程と、エゴイズム、世代意識を扱った、後期三部作の終曲にして、漱石文学の絶頂をなす作品。

明暗　夏目漱石

幸せな新婚生活を送っているかに見える津田とお延。だが、津田の元婚約者の存在が夫婦の生活に影を落としはじめ、漠然とした不安を抱き――。複雑な人間模様を克明に描く、漱石の絶筆にして未完の大作。

文鳥・夢十夜・永日小品　夏目漱石

夢に現れた不思議な出来事を綴る「夢十夜」、鈴木三重吉に飼うことを勧められる「文鳥」など表題作他、留学中のロンドンから正岡子規に宛てた「倫敦消息」や、「京につける夕」「自転車日記」の計6編収録。

道草　夏目漱石

肉親からの金の無心を断れない健三と、彼に嫌気がさす妻。金に囚われずには生きられない人間の悲哀と、意固地になりながらも、互いへの理解を諦めきれない夫婦の姿を克明に描き出した名作。

角川文庫ベストセラー

銀の匙　中　勘助

書斎の小箱に昔からある銀の匙。それは、臆病で病弱な「私」が口に薬を含むことができるよう、伯母が探してきてくれたものだった。成長していく「私」を透明感ある文章で綴った、大人のための永遠の文学。

セメント樽の中の手紙　葉山嘉樹

ダム建設労働者の松戸与三が、セメント樽の中から発見した手紙には、ある凄惨な事件の顛末が書かれていた。教科書で読んだ有名な表題作他、小林多喜二にも影響を与えた幻の作家・葉山嘉樹の作品8編を収録。

風立ちぬ・美しい村・麦藁帽子　堀　辰雄

その年、私は療養中の恋人・節子に付き添い、高原のサナトリウムで過ごしていた。山の自然の静かなうつろい、だが節子は次第に弱々しくなってゆく……死を見つめる恋人たちを描いた表題作のほか、五篇を収録。

注文の多い料理店　宮沢賢治

二人の紳士が訪れた山奥の料理店「山猫軒」。扉を開けると、「当軒は注文の多い料理店です」の注意書きが。岩手県花巻の畑や森、その神秘のなかで育まれた九つの物語からなる童話集を、当時の挿絵付きで。

セロ弾きのゴーシュ　宮沢賢治

楽団のお荷物のセロ弾き、ゴーシュ。彼のもとに夜ごと動物たちが訪れ、楽器を弾くように促す。鼠たちはゴーシュのセロで病気が治るという。表題作の他、「オッベルと象」「グスコーブドリの伝記」等11作収録。

角川文庫ベストセラー

銀河鉄道の夜
宮沢賢治

漁に出たまま不在がちの父と病がちな母を持つジョバンニは、暮らしを支えるため、学校が終わると働きに出ていた。そんな彼にカムパネルラだけが優しかった。ある夜二人は、銀河鉄道に乗り幻想の旅に出た――。

新編 宮沢賢治詩集
編／中村 稔

亡くなった妹トシを悼む慟哭を綴った「永訣の朝」。自然の中で懊悩し、信仰と修羅にひき裂かれた賢治のほとばしる絶唱。名詩集『春と修羅』の他、ノート、手帳に書き留められた膨大な詩を厳選収録。

風の又三郎
宮沢賢治

谷川の岸にある小学校に転校してきたひとりの少年。その周りにはいつも不思議な風が巻き起こっていた――落ち着かない気持ちに襲われながら、少年にひかれてゆく子供たち。表題作他九編を収録。

蛙のゴム靴
宮沢賢治

宮沢賢治の、ちいさくてうつくしい世界が、新装版でよみがえる。森の生きものたちをみつめ、生きとし生けるすべてのいのちをたたえた、心あたたまる短編集。

不道徳教育講座
三島由紀夫

大いにウソをつくべし、弱い者をいじめるべし、痴漢を歓迎すべし等々、世の良識家たちの度肝を抜く不道徳のススメ。西鶴の『本朝二十不孝』に倣い、逆説的レトリックで展開するエッセイ集、現代倫理のパロディ。

角川文庫ベストセラー

美と共同体と東大闘争　三島由紀夫　東大全共闘

学生・社会運動の嵐が吹き荒れる一九六九年五月十三日、超満員の東大教養学部で開催された三島由紀夫と全共闘の討論会。両者が互いの存在理由をめぐって、激しく、真摯に議論を闘わせた貴重なドキュメント。

純白の夜　三島由紀夫

村松恒彦は勤務先の銀行の創立者の娘である13歳年下の妻・郁子と不自由なく暮らしている。恒彦の友人・楠は一目で郁子の美しさに心を奪われ、郁子もまた楠に惹かれていく。二人の恋は思いも寄らぬ方向へ。

夏子の冒険　三島由紀夫

裕福な家で奔放に育った夏子は、自分に群らがる男たちに興味が持てず、神に仕えた方がいい、と函館の修道院入りを決める。ところが函館へ向かう途中、情熱的な瞳の一人の青年と巡り会う。長編ロマンス！

夜会服　三島由紀夫

何不自由ないものに思われた新婚生活だったが、ふと覗かせる夫・俊夫の素顔は絢子を不安にさせる。見合いを勧めたはずの姑の態度もおかしい。親子、嫁姑、夫婦それぞれの心境から、結婚がもたらす確執を描く。

複雑な彼　三島由紀夫

森田冴子は国際線スチュワード・宮城譲二の精悍な背中に魅せられた。だが、譲二はスパイだったとか保釈中の身だとかいう物騒な噂がある「複雑な」彼。やがて2人は恋に落ちるが……爽やかな青春恋愛小説。

角川文庫ベストセラー

お嬢さん　三島由紀夫

大手企業重役の娘・藤沢かすみは20歳、健全で幸福な家庭のお嬢さま。休日になると藤沢家を訪れる父の部下たちは花婿候補だ。かすみが興味を抱いた沢井はプレイボーイで……「婚活」の行方は。初文庫化作品。

にっぽん製　三島由紀夫

ファッションデザイナーとしての成功を夢見る春原美子は、洋行の帰途、柔道選手の栗原正から熱烈なアプローチを受ける。が、美子にはパトロンがいた。古い日本と新しい日本のせめぎあいを描く初文庫化。

幸福号出帆　三島由紀夫

虚無的で人間嫌いだが、容姿に恵まれた敏夫は、妹の三津子を溺愛している。「幸福号」と名づけた船を手に入れた敏夫は、密輸で追われる身となった妹と共に、純粋な愛に生きようと逃避行の旅に出る。純愛長編。

愛の疾走　三島由紀夫

半農半漁の村で、漁を営む青年・修一と、湖岸の工場に勤める美代。この二人に恋をさせ、自分の小説のモデルにしようとたくらむ素人作家、大島。策略と駆け引きの果ての恋の行方は。劇中劇も巧みな恋愛長編。

舞姫・うたかたの記　森　鷗外

若き秀才官僚の太田豊太郎は、洋行先で孤独に苦しむ中、美貌の舞姫エリスと恋に落ちた。19世紀のベルリンを舞台に繰り広げられる激しくも哀しい青春を描いた「舞姫」など5編を収録。文字が読みやすい改版。